Ouvrage composé par
PCA 44400 Rezé

Imprimé en France par

MAURY IMPRIMEUR
à Malesherbes (Loiret)
en juin 2020

N° d'impression : 246394
S30681/01

FOREVER

CRISTINA BOSCÁ

FOREVER

SE BUSCAN PRINCESAS

NOVELA

SUMA de letras

Primera edición: abril de 2016
Cuarta edición: mayo de 2016

Printed in Spain – Impreso en España

ISBN: 978-84-8365-852-9
Depósito legal: B-3518-2016

Impreso en Liberdúplex, Sant Llorenç d'Hortons (Barcelona)

SL 5 8 5 2 9

Penguin
Random House
Grupo Editorial

Al niño de trece años que me dijo «te quiero» el mismo día que me conoció, por darme la mejor historia de amor.

1

Robin

—Cariño, sal por la otra puerta, no vayan a vernos juntos.

No consigo quitarme de la cabeza la naturalidad con la que me soltó aquello, sin inmutarse. Y lo peor fue lo poco que me sorprendió. Él, como siempre, tan encantador y desagradable al mismo tiempo. Pero no he dejado de darle vueltas desde anoche. Exactamente, ¿qué le preocupa? ¿Que lo vean otra vez con una tía? ¿Que se hable de él, cosa que le encanta? ¿O será que no quiere que lo relacionen con una chica como yo, que no tiene nada que ver con sus anteriores líos?

Lío, eso es lo que tengo yo hoy. Sacudo la cabeza esperando que el movimiento físico me ayude a ordenar las ideas. Miro la hora en el móvil y tengo motivos para sonreír; voy a ser puntual y sin ni siquiera tener que maquillarme en el metro. Voy a evitar las miradas crueles y despectivas de las chicas perfectas con las que suelo coincidir y que no aprueban que me retoque a la vista de todos. Lo que no saben es que, gracias a mis malabarismos, estoy desarrollando una técnica depurada ¡que ya querrían ellas! Podría hacerme un ahumado hasta en un avión durante un aterrizaje movido. Lo sé porque lo he hecho… Pero reconozco que mi objetivo esta semana es evitar ir a matacaballo todo el día, y eso implica no tener que terminar de arreglarme en el transporte público, por muy bien que se me dé. Así que, de momento, caos cero, Robin uno.

Y eso que esta mañana no pintaba nada bien cuando, desesperada, incluso barajé la posibilidad de ir de compras ante la típica crisis «no tengo nada que ponerme». Tras probármelo todo y dejar mi casa como si Bella y Edward hubieran pasado su noche de bodas en mi dormitorio, por fin di con EL MODELITO: falda skater, crop top con estampado de helados y zapatillas blancas. Parecerá una tontería, pero sentirme favorecida me da una seguridad extra.

El metro pasa por la estación de Bilbao, la próxima parada es la mía. ¡Si hasta voy a tener tiempo suficiente para tomarme un té chai con soja antes de llegar! Eso sí, a precio de adosado en la costa (menos mal que no todos los días voy bien de tiempo…).

Todo está saliendo según mis cálculos, pero a pesar de lo bien que se me está dando el lunes siento esa palpitación en el pecho, ese gusanillo en el estómago... Creo que ya puedo decir, tajante, tras un año en la radio, que no son nervios... ¡Es emoción! Y aunque resulta algo estresante vivir con este cosquilleo, no querría dejar de sentirlo nunca, porque me demuestra que sigo enamorada de mi trabajo.

Saco mis apuntes y repaso las preguntas por décimo octava vez. Hoy, por fin, tendré en mi programa a los chicos que protagonizan el último fenómeno musical de nuestro país. Estoy deseando preguntarles cómo están viviendo esta experiencia, qué proyectos tienen, qué han preparado para su próxima gira... Mi móvil vibra en mi nueva mochila de polipiel negra acolchada (que me tiene loca de amor, con ella no tuve dudas esta mañana) y leo a Rebeca, que me da los buenos días... a su manera, claro.

—Hoy entrevistas a los buenorros de Dani y Jesús, ¿no? Dales un morreo de mi parte, anda.

—Hola, loquita, ¿qué tal si te buscas un chico de tu generación y dejas de babear con menores de edad? #EresUnaBelieber

—Mira quién fue a hablar... Seguro que te has puesto falda, zapatillas y mochila... #SoyMasDeHarryStyles

No puedo evitar sonreír, ajena al resto de zombis que viajan a estas horas en mi vagón. Por lo bien que me conoce y por su amor por el greñudo de One Direction, empiezo a temer qué pasará el día que tenga que entrevistarlos. Lo mismo me secuestra y se presenta ella en mi lugar.

Aprieto fuerte el móvil como si así pudiera sentirme más cerca de Rebeca. Es mi otra mitad desde que nos conocimos el primer año de universidad. Pasamos juntas prácticamente todo nuestro tiempo libre. Fiestas, inauguraciones, conciertos... Ya se encarga ella de apuntarnos a las listas VIP de los mejores saraos de la ciudad para que no nos falte nunca un plan. El móvil vuelve a vibrar. ¡A ver qué se le ha ocurrido a esta loca ahora!

—Que no me entere yo de que tonteas hoy con los chicos esos...

Y ¡oh, sorpresa!, el mensaje es del mismo tío que no quiso acompañarme a casa anoche por miedo a que nos vieran juntos. Pero ¿cómo se puede ser tan rematadamente idiota? Pienso mientras tecleo a toda prisa:

—Llegué bien a casa, gracias. Sí, también he dormido muy bien. Un detalle que me desees suerte. ¡Ah! Y son unos NIÑOS.

Cierro los puños con fuerza mientras lucho porque no me invada la rabia. Me preparo para salir, he llegado a mi parada. Aún tengo esperanzas de que la gente asimile la norma básica «antes de entrar dejen salir», cuando una señora me embiste y tengo que retroceder antes de llegar, por fin, al andén.

Subo las escaleras en tiempo récord y suspiro disfrutando por un momento de la inmensidad de los edificios. Sonrío admirando cómo se refleja el sol en los cristales. Paradójicamente, me resulta organizado el caos que reina a estas horas en la siempre imponente Gran Vía de Madrid. Quizá, a pesar de todo, hoy pueda ser un buen día.

Aún estoy a unos metros de la puerta de la radio y ya veo la cantidad de gente que ha venido a ver a los chicos. Unas trescientas personas esperan pacientes con pancartas, sus nombres en la cara, camisetas customizadas, cámaras de fotos…

—¡Robin! —Oigo al acercarme.

—Chicas, ¿qué tal? ¿Nerviosas? —respondo con una sonrisa de emoción sincera.

—Sí, ¡mucho! Me muero por verlos otra vez. Y mi amiga, Baby, creo que está entrando en estado de shock…

Una niña preciosa y delicada sonríe, algo incómoda. Sí que es cierto que parece sobrepasada…

—Bueno, vosotras tranquilas. Quedaos aquí, que enseguida baja la productora y os sube al estudio.

—Pero ¿cuándo llegan ellos? Anda, dinos, porfa, porfa...

—No tardarán, y esta es la única puerta...

Les guiño un ojo y la rubia despampanante de ojos azules a quien ya conozco de vista de otros eventos da un gritito acompañado de pequeños saltitos.

Entro en el edificio y pasa un buen rato hasta que consigo llegar a mi mesa.

—Hola, buenos días, *loquers.*

Mis compañeros están tan concentrados escuchando música o editando audios que ninguno contesta, pero no le doy importancia, ocurre bastante a menudo. Cuando despeguen los ojos de su pantalla y me vean, incluso puede que se asusten. Como es un milagro que en esta empresa esté todo tan tranquilito y no tengo tiempo para cachondeo, aun a riesgo de que me llamen borde, no insisto, y me pongo a escribir un mail a mi compañera Lucía, que debe de andar por los estudios de radio. ¿Tendrá todo listo? ¿Público e invitados? Mientras espero respuesta, preparo las canciones que pondré en el programa.

Lo mejor está por venir, Carrusel... ¡Ah! Y quiero ponerles *Chicas, chicas* y aprovechar para hablar del fenómeno fan... Es una canción que describe el acoso que sufren por parte de sus admiradoras, de ellas, las locuras que están dispuestas a hacer con tal de verlos de cerca... Me pregunto si, con lo peques que son, no se habrán escandalizado más de una vez de lo que les habrán llegado a proponer...

Lucía llega a la redacción justo cuando imagino a un grupo de chicas esperando a la salida de un concierto de Jesús y Daniel armadas con juguetes que asustarían al mismísimo Christian Grey. Lo que me recuerda que una vez Leiva me confesó en una entrevista que lo más raro que le había regalado una fan era un látigo.

El sonido de los formularios de autorizaciones que los menores traen para poder asistir de público cayendo sobre mi mesa me devuelve a la realidad. Lucía agita una mano delante de mi cara y me pregunta si estoy bien. En ese momento, mis compañeros se dan cuenta de que estamos en la redacción y se quitan los cascos.

—¡Chicas! Pero ¡qué antipáticas sois! Llegáis y ni un beso, ni un abrazo... ¿Ni siquiera un saludo?

Juro que nunca entenderé la obsesión por tanto beso si nos vemos a diario. Miro fijamente a Fede, le saco el dedo corazón y, con una sonrisa, le pregunto:

—¿Café?

—¡Venga! ¡Uno solo, por favor! ¡Gracias, ARISCAAAA!

Esto último lo grita fuerte para que pueda oírlo, porque antes de que termine su frase yo ya estoy yendo hacia la cafetería.

A toda prisa y con el móvil en la mano, me choco con alguien que huele realmente bien. Me recreo un momento, sin saber por qué, en el tacto de su pecho en mi cara y en sus brazos, que me han sujetado para amortiguar el golpe. Pido disculpas avergonzada antes de levantar la cabeza y, cuando lo hago, me topo con los ojos más dulces que he visto en mi vida...

2

Jesús

—En serio, Daniel, yo creo que ya tienes bien el tupé, ¿no?

—Espera, que voy a hacértelo a ti para ver cómo queda de lejos.

Es algo que hacemos desde hace tiempo, nos usamos el uno al otro de espejo. Total, somos idénticos. Pero hoy Daniel se está pasando. Lleva media hora probándose camisetas y peinándose.

—No, ni de coña, mi pelo se queda como está. Y el tuyo también, que tenemos que salir ya.

Hemos decidido llevar exactamente el mismo look: zapatillas grises con estampado de Mickey Mouse, pitillos negros y camisas vaqueras abiertas encima de camisetas básicas de algodón. Daniel, además, cree que nos queda bien la placa estilo militar que nos regaló nuestra madre. Pero yo sé que la quiere llevar porque se está convirtiendo en su amuleto. Adora esa cadena.

Entiendo que esté nervioso, yo también lo estoy, hoy es un día especial. Vamos a la emisora de radio musical más importante del país. Nos han llamado del programa más top del momento, dirigido y presentado por Robin Gómez, una chica que parece muy agradable, aunque, no sé por qué, me impone bastante que nos entreviste.

—Tío, tú sabes lo buena que está la Robin esa, ¿no? ¡*Bua*, chaval!

—Ya puedes ponerte lo que te dé la gana, que no se va a fijar en nosotros... Para ella somos unos críos —digo mientras recojo los móviles y las carteras de los dos.

—Cuando me la lleve a cenar ya te diré lo que piensa de mí.

Y Daniel desaparece cantando:

Dame de tu boca ese sabor
y beso a beso
derrama en mi piel esa pasión
que llevas dentro.

Pongo los ojos en blanco e inevitablemente canto con él, como siempre, a dúo, inundando la casa de música. Estamos tan unidos, tan sincronizados, que me da miedo pensar en que algún día nuestra idea de compartir una gran casa dividida en dos, cada uno con su propia familia, no pueda hacerse realidad y tengamos que separarnos. Un pinchazo en el estómago me obliga a apartar esos pensamientos y a volver a la realidad. Repaso mentalmente lo que probablemente nos pregunten: fechas de conciertos, próximos proyectos, sorpresas para la gira de verano... Estamos listos para la entrevista.

El bocinazo de la furgoneta en la calle nos hace salir apresurados, Jorge nos espera dentro. Es nuestro road manager, la persona que está siempre con nosotros. Es como un hermano mayor más que un compañero de trabajo.

—¿Qué tal, chicos? ¿Preparados?

—Hola, Jorge... Sí, por supuesto.

—Bueno, para ser sinceros, Daniel se ha preparado más para intentar ligarse a la presentadora esa. Pero no te preocupes, que yo me he empollado bien lo que nos interesa destacar de cara a la promoción.

—Así me gusta, Jesús. Dani, me apuesto lo que quieras a que ni siquiera consigues que venga al concierto de esta noche.

Daniel se levanta de su asiento, le ofrece la mano a Jorge y, con mucha chulería, le contesta:

—¿El nuevo *Call Of Duty* a que lo consigo?

—Hecho. —Jorge ríe a carcajada limpia y le da un apretón de mano.

Tras la apuesta cantamos y debatimos qué tema interpretar en caso de que Robin nos proponga improvisar algo en directo. *Lo mejor está por venir*, esa haremos.

Llegamos a Gran Vía y miro embobado el juego de luces que se forma a esas horas de la mañana entre el sol y los cristales de los míticos edificios. Me paro un momento a pensar lo que nos está pasando... Va todo tan deprisa que es como si lo estuviese viendo en una película, como si le ocurriera a otro, vamos. Me da pánico que se acabe, no ser capaz de mantener este sueño con vida y sé que me estoy torturando sin sentido. Lo único que podemos hacer es seguir trabajando como hasta ahora y lo mejor posible, superarnos y aprender. Salgo de mi estado de reflexión cuando oigo gritar a Daniel.

—¡¿Estáis viendo eso?! ¡Qué flipe, tío! Debe de haber unas trescientas personas esperándonos.

—Voy a llamar a la gente del programa ahora mismo. Necesito que alguien me ayude a llevaros hasta la puerta. ¡Os van a comer! —dice Jorge visiblemente afectado.

Es muy bueno en su trabajo y nos adora. No se toma estas cosas a la ligera ni consigue disfrutarlas nunca. Nosotros siempre lo tranquilizamos, explicándole que no es para tanto y que nos flipan los encuentros con nuestras princesas. La llamada de Jorge a producción ha surgido efecto instantáneo. Vemos cómo de entre la multitud sale una chica alta y delgada que se abre paso hasta llegar a la puerta de atrás de la furgoneta. Golpea la ventanilla y Daniel abre la puerta. Como una lagartija, se desliza rápida por el pequeño hueco y cierra de un portazo para que las chicas no puedan aprovechar el momento para entrar también. Va cargada con dos móviles, lleva puesto un manos libres de auriculares y micrófono de diadema. Está seria, con el ceño fruncido, claramente concentrada. Eso sí, desprende una energía tan arrolladora que no me extrañaría nada si me dijeran que ella solita se encarga de montar la Super Bowl cada año.

Es clara y contundente cuando nos da las instrucciones para salir de la furgoneta y entrar en el edificio:

—Chicos, tenéis que ser rápidos y no os podéis parar a hablar con ninguna chica. Nosotros nos encargamos de rodearos y pedir disculpas en vuestro nombre. Os pedirán fotos, autógrafos, besos... No deis nada. Basta con que cedáis con una de ellas, para que el resto se abalance sobre vosotros y nos ponga a todos en peligro. Hacedme caso, no son fans, son una masa peligrosa.

Jorge asiente todo el tiempo dándole la razón. A mí, en cambio, no me hacen ninguna gracia las indicaciones que nos da, sería mucho más fácil atender a todas. De hecho, es probable que nunca nos lo perdonen y hasta podré comprender que así lo hagan. Este no es modo de tratar a nuestras fans, deben de llevar aquí horas esperando para vernos y no puedo callarme.

—Perdonad, pero no estoy de acuerdo. Sois unos exagerados. ¡No son más que unas chavalas que quieren una foto! El motivo de que estemos hoy aquí, promocionando nuestra gira, ¿no os dais cuenta?

A mi lado, Daniel se endereza, dejando claro con su gesto que opina como yo. Pero no añade nada. Es así como funciona nuestra relación. Pensamos siempre prácticamente lo mismo y nos protegemos y apoyamos en todo momento. Igual está feo que lo reconozca, pero yo suelo llevar la voz cantante y decido por los dos la mayor parte del tiempo.

Jorge y la chica de producción, que no nos ha dicho ni cómo se llama, se miran molestos, y ceden.

—Está bien, atendéis a las chicas, pero no podéis estar todo el día. Calculo que solo habrá tiempo para unas veinte fotos —dice la productora mientras se ajusta las gafas a la nariz—. Robin os espera y el programa es en directo.

Llegan tres profesionales de la seguridad privada de la radio y crean espacio suficiente para que podamos salir. Daniel y yo nos miramos a los ojos y asentimos como dando el pistoletazo de salida a esa carrera hasta la puerta del edificio, en la que ya se han congregado trabajadores de la emisora. Solo les faltan las palomitas para disfrutar en condiciones del espectáculo.

Doy tres pasos y cojo el primer móvil de una de las chicas para hacernos un selfie, firmo rápido a otra, dos selfies más, tres abrazos, no dejo de dar las gracias a todas y sonrío de corazón. Estoy emocionado de verdad al ver todas sus muestras de cariño. Me regalan peluches, cartas, pulseras… Firmo fotos que nos hicimos con ellas y que traen impresas, camisetas, entradas de conciertos…

De pronto, noto un empujón. No es nadie y al mismo tiempo somos todos. Siento que me mantendría erguido aunque dejara de tener los pies en el suelo, porque estoy literalmente apresado por una masa de gente. Vale, reconozco que quizá se nos está yendo de las manos. Oigo a mucha gente gritar el nombre de mi hermano, a quien no veo desde hace unos minutos, ha avanzado más que yo. Cuando miro preocupado hacia el origen de esos gritos, descubro que están formando un corro alrededor de alguien. Me abro paso entre la gente hasta llegar a la altura de Daniel y lo veo en el suelo, con los ojos cerrados.

Me agacho y le sujeto la cabeza con las manos para reanimarlo. Entreabre los ojos y, con una sonrisa, balbucea:

—Es un ángel, ¿la has visto? Es mi ángel.

Pero ¿qué dice? Me suda todo el cuerpo y me entra el pánico. Pido ayuda a gritos y entre todos conseguimos levantarlo y llegar hasta el vestíbulo del edificio. A pesar de lo aturdido y asustado que estoy, no me pasa desapercibido el portal tan psicodélico que tengo delante. Una decena de espejos biselados que recuerdan a la entrada de algún casino o bingo nos devuelven nuestra triste estampa multiplicada. Reconozco que me he equivocado y me siento culpable.

Llegamos a la séptima planta y Daniel ya está recuperado, ha sido solo un desmayo. Aunque no parece necesitar nada, quiero sentirme útil y decido ir a buscarle un vaso de agua. No conozco las instalaciones y Jorge me insiste en que no me mueva. Salgo sin hacerle caso, estoy muy agobiado y no puedo estarme quieto.

Como pollo sin cabeza voy, sin una dirección concreta, dando tumbos, y de pronto me choco con una chica. Está a punto de caerse, pero la sujeto entre mis brazos y la freno con mi pecho. Es un poco más bajita que yo y tiene un pelazo que reconozco enseguida. Pasan unos segundos que me saben a gloria hasta que se separa de mí y, no sé por qué, no quiero que lo haga.

—Perdona..., yo... —dice justo antes de levantar la mirada.

Cuando me reconoce, sus preciosos ojos claros se iluminan y avergüenzan al mismo tiempo. Es la chica más bonita y dulce que he visto en mi vida.

3

Daniel

¡Qué locura! ¿Cómo ha podido pasar algo así? Estoy confuso. Sé que querían protegerme, pero al final son ellos, el cuerpo de seguridad, los que parece que generan confusión y caos. No recuerdo bien cómo ha sido, pero creo que todo empezó con un simple tropezón de una chica que, para no caerse, se agarró a mi cadena y la rompió. Fue sin querer, pero uno de los hombres de seguridad se asustó y me apartó de ella para protegerme (no sé qué pensaba que iba a hacerme); no resistí el empujón y acabé en el suelo. Me duele el estómago al recordarlo, pero sobre todo porque adoro esa cadena que me regaló mi madre.

Y con todo ese jaleo, hasta he tenido alucinaciones. Porque eso ha debido de ocurrir cuando de pronto todo ha pasado a ser blanco y negro excepto ella, una chica que brillaba con luz propia. No recuerdo su cara, solo que era perfecta, como un ángel... Sin duda ha sido mi imaginación. Sujetaba la cadena triste, sufriendo por mí, mirándome a los ojos. Estiraba el brazo intentando alcanzarme la cadena, quería dármela, pero no conseguía abrirse paso entre la multitud... Eso es lo último que recuerdo. Eso, y que todo me daba vueltas. Luego, desperté en el suelo. Pobre Jesús, tenía la cara desencajada. Les he dado un buen susto a todos.

Voy a procurar olvidar todo lo que ha pasado. Al final, la productora del programa y Jorge tenían parte de razón; la situación era peligrosa para todos. Me arreglo la camisa, me sacudo los pantalones y miro el móvil. Al menos no se ha roto cuando me he caído al suelo. Es la hora, tenemos que subir al estudio. ¿Dónde se habrá metido Jesús?

Me quedo mirando la entrada en la que estamos, repleta de radios clásicas. Hay modelos que deben de tener unos cien años. Observo también la pantalla enorme en la que se reproduce el canal de televisión musical de la emisora. Es increíble que nuestros videoclips sean de los que más se emiten ahora. Aún no puedo creer que esto nos esté pasando. Me parece que por eso, por mi inseguridad, últimamente me comporto de «ese modo». Intento demostrar que todo esto no me supera y quizá parezco algo sobrado. He pensado mucho en ello desde que Jorge me lo comentó.

Oigo la puerta y veo que entra Jesús acompañado de Robin. La presentadora es mucho más guapa en persona que en televisión y foto. Tiene una sonrisa contagiosa que es todo luz y sensualidad, con esos labios rojos y carnosos. Parece más joven de lo que en realidad es, quizá por sus rasgos...

Me acerco a saludarla y es el propio Jesús quien hace las presentaciones. Ella me mira con esos ojazos azules y me desarma. Ahora es cuando me entra a mí la vegüenza y empiezo a decir idioteces para que no se me note. En tres, dos...

—Bueno, bueno..., ¡eres un pibón, Robin! Mucho más guapa en persona que en televisión... ¡Y mira que eso ya es decir!

Le doy dos besos mientras ella sonríe, incómoda.

—Gracias, Daniel, tenía muchas ganas de conoceros, estoy fascinada con vuestro trabajo. —Se pone muy seria de pronto.

Acto seguido nos invita a seguirla hasta el estudio. Pasamos por la redacción y otros presentadores que conozco también de la radio y la tele se levantan a saludarnos dejando lo que están haciendo. Entre bromas, risas y fotos, la tranquila redacción se convierte en casi una fiesta a nuestro paso.

Aparece la productora de antes. Tiene el mismo aspecto de estresada y anuncia que el público ya está en el estudio esperando.

—Ella es Lucía —dice Robin.

Pero Lucía da manotazos al aire para dejarnos claro que no va a perder su valioso tiempo en besarnos ni darnos la mano.

Seguimos avanzando y veo una guitarra colgada en la pared. No puedo evitar acercarme y veo que está firmada por Alejandro Sanz. Llamo a Jesús, que se aproxima emocionado, también, y roza con el dedo el cristal que la protege como si fuera un tesoro. Para nosotros lo es. Hemos crecido con sus canciones. Habrá estado mil veces en esta redacción, pisando el suelo que ahora pisamos nosotros. ¡Me siento tan afortunado! Le masajeo la oreja a Jesús. Estoy poniéndome nervioso.

Lucía carraspea fuerte y le recuerda a Robin que quedan solo diez minutos para que empiece el programa. Noto todas las miradas puestas en nosotros y, como no quiero que nos tengan que pedir que sigamos, le doy un golpecito en la espalda a Jesús y vamos de nuevo hacia el grupo.

Subimos las escaleras, cruzamos otra redacción y llegamos a la puerta del estudio.

—Robin, ¿aquí es donde tenéis esa terraza con vistas a Madrid que veo en vuestros Snapchats?

—Sí, justo ahí. Os prometo que cuando acabe la entrevista os llevo a verla, ¿vale? —me dice atravesándome con sus ojazos.

—¿Es una cita? —pregunto guiñando un ojo y derrochando todo mi encanto. Ha vuelto a salir el «Daniel bocazas».

Robin fuerza una sonrisa y se gira. Jesús me mira serio.

—Relaja la raja, tío, que tampoco he dicho nada… —le susurro sin que Robin pueda oírnos.

—Chicos, esperad aquí, Lucía os avisará cuando sea el momento de entrar.

Nos señala una sala muy pequeña separada por un cristal del estudio en el que se hará la entrevista. El público ya está sentado en las sillas. Las chicas cuchichean nerviosas. Puedo ver, desde aquí, banderas, pancartas, camisetas con nuestra imagen… Alguna lleva escrito en la cara nuestros nombres y muchas lloran. No saben que podemos verlas. De ser así, seguro que se volverían locas.

De pronto veo a Laura. Es una de nuestras fans más fieles, no se pierde ninguna de nuestras actuaciones, firmas de discos… Además es una de las chicas más guapas que he visto en mi vida. Debe de tener unos dieciséis años, pero aparenta veinte. Rubia, ojos azules y curvas de escándalo. Me vuelve loco, la verdad. Y ella aprovecha cada vez que nos vemos para tentarme…

Le pego un codazo a Jesús y señalo a la chavala.

—¿Has visto quién ha venido? Madre mía, cómo está esa niña.

Jesús sonríe y asiente, pero noto que está a otra cosa. Supongo que concentrado en la entrevista. Comienza el programa y las chicas rompen a gritar cuando oyen que Robin anuncia nuestra visita. Unos diez minutos más tarde, escuchamos cómo nos presenta:

—Son el fenómeno musical del momento en nuestro país. Todo el mundo habla de ellos y tienen uno de los fandoms más potentes. Prácticamente cada día son trending topic en Twitter... Sus fans, sus «princesas», como ellos las llaman, se vuelven absolutamente locas cuando los ven...

Lucía nos avisa de que es el momento. Oímos nuestros nombres y entramos en el estudio. Los aplausos y gritos vuelven a sobrecogerme. Robin pide silencio y nos agradece que hayamos ido al programa.

La entrevista fluye con normalidad. Estamos muy a gusto y se nota que Robin está disfrutando también. El estudio es más un plató de televisión que un estudio convencional de radio. Todo está retransmitiéndose en streaming a través de la página web de la emisora y por eso hay cámaras, realizador...

Llega el momento de anunciar que hoy actuamos en Madrid.

—Es un concierto solo para prensa y amigos, pero nos gustaría invitar a una chica del público a que venga con un acompañante.

Antes de que pueda terminar la frase, las niñas gritan desatadas. Nos reímos y Robin propone un concurso para conseguir la invitación para dos personas.

Hacemos que parezca improvisado, pero ya lo habíamos hablado antes del programa. La mecánica será tipo audiciones a ciegas de *La voz*.

Robin elige al azar a una chica del público. Y no es otra que Laura, el bombón que me distrae todo el rato con sus caídas de ojos y, para qué voy a engañarme, con su escote. Se sienta en la mesa junto a Robin, se coloca los cascos y se pone de espaldas a nosotros. Tiene que adivinar cuál de los dos está cantando sin vernos. La verdad es que creo que es casi igual de difícil adivinarlo viéndonos que de espaldas. Hasta a mí me impacta lo idénticos que somos en todo.

Soy yo el que canto, un fragmento pequeño de *No hay nadie como tú*. Laura dice mi nombre y las chicas, rabiosas, acaban aplaudiendo solo porque Lucía las amenaza con la mirada y, sinceramente, da miedo. Esta productora es un auténtico sargento.

—Laura, enhorabuena. Esta noche estarás en el concierto exclusivo que darán los chicos en Hard Rock Cafe de Madrid. ¿Con quién irás? —dice Robin mientras Laura sonríe seductora mirándonos sin quitarnos la vista de encima.

—Con mi amiga Baby, claro. Ella también es muy fan de los chicos —contesta Laura señalando a una niña del público.

La chica en cuestión ahora mismo quiere desaparecer, estoy convencido. Se escurre en su asiento y baja la mirada, roja como un tomate. Es adorable. Me quedo más tiempo de lo normal mirándola. Entonces Jesús hace una pregunta que no me esperaba.

—Robin, ahora te toca a ti, ¿serás capaz de adivinar cuál de los dos canta? —Me giro y le miro interrogante. ¿De qué va esto?

Robin acepta el reto divertida. Se coloca de espaldas, yo miro a Jesús y se da un toque en el pecho dejándome claro que va a cantar él.

Eres la luz que alumbra mi mundo,
un amor profundo hay en ti que me hace sentir.
Veo que al fin lo nuestro es eterno,
con solo mirarnos perdemos el miedo.
Si es tu primera vez, te besaré lento
para que recuerdes que yo fui el primero.
Si es tu primera vez y tiemblan tus manos,
procuraré darte calor, que sientas lo mismo que yo.

Mi hermano deja de cantar. Ha sonado tan... intenso, tan emotivo... que entiendo que se haya creado un silencio incómodo. Robin se gira con la boca entreabierta. Está sonrojada, seria, esconde la mirada simulando leer su guión. Toda su seguridad se ha esfumado de golpe. Se acerca al micro y pronuncia el nombre de mi hermano con dificultad.

—Jesús...

Las chicas rompen la tensión con un fuerte aplauso. ¿Me he perdido algo? No entiendo bien qué pasa. Intento volver a la normalidad.

—Robin, tienes que prometernos que vendrás esta noche a vernos, ¿verdad, chicas? —suelto con energía.

Robin asiente. Pero no parece convencida, así que de pronto se me ocurre una manera de ganar la apuesta a Jorge. Me tendrá que comprar el *Call Of Duty*.

—Hagamos un trato: nosotros cantamos *Lo mejor está por venir* y tú vienes esta noche, sin excusas. Te llevaremos al camerino y estarás con nosotros en el backstage para que mañana les puedas contar a tus oyentes lo que hacemos antes de los directos.

De nuevo, apenas puedo acabar de hablar porque nuestras fans gritan emocionadas. Robin no tiene más remedio que aceptar.

Cantamos a capela un trozo de la canción. Las chicas, histéricas, lloran y graban todo con sus móviles.

Robin pone orden y, finalmente, nos despide.

—Gracias por venir, Daniel, Jesús... Os deseo lo mejor. ¡Hasta la próxima!

Suena una de nuestras canciones y Robin se levanta para acompañarnos a la puerta. Nos despedimos de las chicas y le recuerdo a Robin que nos debe una visita a la terraza. Se hace la remolona, pero acaba pidiéndole a su técnico de sonido que ponga publicidad y otro tema hasta que vuelva.

Vamos a la terraza y contemplamos la inmensidad de la ciudad, tan silenciosa desde aquí arriba, a pesar de que la capital bulle como cualquier otro día laborable. Jorge se ha quedado hablando con Lucía dentro y solo hemos salido Jesús, Robin y yo.

Es alucinante cómo, a pesar de las impactantes vistas, apenas puedo dejar de mirar a esta rubia que no para de hablar. Ya entiendo por qué se dedica a la radio... Me fijo en su pelo y me hace gracia pensar que probablemente ni se haya peinado, lo tiene todo alborotado, pero le queda muy bien. Al momento me pregunto cómo estará mi tupé. Me miro en el reflejo de un cristal y respiro tranquilo, todo en su sitio. Vuelvo a centrar mi atención en ella y me cuesta creer que nos llevemos ocho años, lo he mirado en Wikipedia antes de salir de casa. Robin mira el móvil y nos dice que tiene que irse. Vuelve a darnos las gracias por venir.

—Te vemos esta noche, sin excusas —digo con mi mirada más seductora y una media sonrisa.

—Hasta luego, Robin... —susurra Jesús, casi carraspeando. Pero ¿qué le pasa a este?

—Hasta luego, chicos. Iré con una amiga, ¿vale?

Robin desaparece a toda prisa por el pasillo y los dos nos quedamos como un par de tontos mirando en su dirección.

—*Quillo,* dos pibones en una misma noche, Robin y Laura... A ver cómo me organizo...

Jesús me mira muy serio y me da un puñetazo en el brazo.

4

Baby

No creo que pueda aguantar esta tensión durante más rato... ¿Cómo me he dejado convencer? No sé qué hago aquí... Me sudan las manos, me duele el cuello de tener apretado cada músculo del cuerpo y el cedé que sostengo en la mano desde hace dos horas necesita una toallita, ¡está empañado! ¿Cómo se lo voy a dar así para que me lo firmen?

Mi madre no sabe nada, pero mi padre, que desde hace unos días está sospechosamente comprensivo, no ha tenido problema en traerme. «Total, es la última semana y ¡ya tienes las notas!», me ha dicho con una sonrisa y guiñándome un ojo. En realidad, casi le odio por dejarme venir, Laura puede ser muy insistente cuando quiere. Aunque sé que será genial la experiencia, ahora mismo me arrepiento tanto de haberle hecho caso...

Está imponente. Bueno, ella siempre está guapa, es un pibón. Pero es que además hoy ha dado en el clavo con su outfit. Adoro ese mono blanco con estampado de plantas verdes y pequeñas flores en rosa palo. Es uno de los best sellers de la temporada, pero si a alguien le queda bien, es a ella. El escote palabra de honor convierte pasear con ella en una tortura para la autoestima. Todas y cada una de las personas del género masculino con las que nos cruzamos se juegan el cuello con tal de mantener la vista puesta en su cuerpo explosivo el máximo tiempo posible.

No es que tenga envidia, pero deprime un poco verla a ella, todo luz y sensualidad... Y luego a mí, que, aunque me esfuerzo por parecer sexy, siempre acabo pareciendo demasiado dulce... Por ejemplo estos vaqueros, muy rasgados, tal y como se llevan, deberían ser hasta obscenos, pero no dicen gran cosa sobre estas piernas tan delgadas. Tampoco destaca mi torso, a pesar de que llevo mi camiseta favorita, esa con la que siempre me siento bien. Blanca, de algodón, de textura muy fina, sin mangas y desbocada de axilas, dejando entrever el sujetador de encaje negro. Sin duda destacan más los músculos de mi espalda, tonificados por el baile, que mi escasa delantera.

Menos mal que tengo melena para taparme. No lo puedo evitar, me siento más cómoda camuflando que mostrando. Eso sí, las ondas que me he hecho con la plancha de pelo han quedado perfectas, como a mí me gustan. De eso y de las pestañas kilométricas sí puedo presumir.

Laura dice que huelen a Invictus. Ella los ha tenido más cerca que yo, de hecho está convencida de que le tiran los trastos. La verdad es que yo antes ni me he fijado… ¡Estaba histérica! No me creo que vaya a aguantar estar cerca de ellos otra vez, verlos en directo y en un concierto tan exclusivo. Cuando estoy en casa y escucho sus canciones, me emociono tanto que la mayoría de veces acabo llorando. Son… tan románticos, tan dulces, tan perfectos… Mejor me concentro en no parecer una pava cuando los tenga al lado.

En ese momento, Laura me coge de la mano y me arrastra consigo gritando:

—Robin, ¡ya estamos aquí!

Robin va con una chica pelirroja que parece súper simpática, van las dos muy guapas. Me encantaría ser como ellas cuando tenga su edad. Parecen tan seguras de sí mismas, tan felices e independientes…

—Chicas, os presento a Rebeca, trabaja en una revista de moda que seguro que leéis.

Yo le confirmo que así es e indago un poco más.

—Hola, Rebeca. Soy Baby, encantada. ¿Qué haces exactamente en la revista?

—Soy redactora. Hago entrevistas, reportajes… También soy especialista en tips del tipo: *Cinco trucos infalibles para ligarte al chico que te gusta* y esas cosas... —dice riendo.

—¡Ah! Pues eso es lo que necesito yo ahora, que me ayudes a ligarme a Daniel, que me tiene enamorada perdida... —suelta Laura cogiendo a Rebeca del brazo y arrastrándola hacia la entrada del local.

Robin me mira con los ojos en blanco y yo me encojo de hombros. Soy consciente de que mi amiga puede ser demasiado... ¡intensa! Pero es buena chica.

Entramos en el Hard Rock Cafe, cruzamos el restaurante y bajamos las escaleras. Llegamos a la sala donde será el concierto. Aunque es privado, está a reventar, porque el espacio es limitado. Paseo la mirada y descubro algunos rostros conocidos. Entre el público hay presentadores, cantantes e influencers. Nos acercamos al escenario siguiendo a Laura y a Rebeca. En ese momento, Jorge se dirige a Robin. Se dicen algo que no consigo oír y me entra el agobio cuando deduzco que en unos cinco minutos iremos al camerino a ver a los chicos. Es parte del premio, un meet & greet antes de que salgan a actuar.

Rebeca y Laura son extrovertidas por naturaleza, no han pasado ni dos minutos y ya están las dos, cada una por su lado, charlando animadamente con diferentes grupos de personas. Yo en cambio paseo sin rumbo fijo por la sala... ¡Me va a dar un ataque al corazón, no sé si quiero entrar al camerino! ¡Al cameriiiinoooo!

Escondo mi emoción de manera que nadie note nada y, por supuesto, paso de montar un numerito. Soy muy fan de los chicos, pero no es mi estilo llorar ni gritar... Robin nos reúne y nos informa del plan. Los chicos nos esperan y tenemos que ir ya, porque en media hora empezará el directo.

Seguimos a Robin hasta el fondo del local. A la izquierda del escenario hay una puerta por la que entramos y nos encontramos con Jorge, que nos espera y nos guía por los pasillos. Llegamos a unas oficinas y ahí es donde están descansando los chicos.

Hay bebidas frías y unos nachos con queso en una mesa en el centro. La primera en saludar es Robin. Me doy cuenta de que su intención es darles dos besos, pero ambos, muy cariñosos, la abrazan. Robin se sonroja y se separa, visiblemente afectada. Se queda junto a Jesús. No sé ni cómo puedo estar fijándome en todo eso teniéndolos al lado. La segunda en saludar es Laura, que literalmente se abalanza sobre ellos. Robin les presenta a Rebeca, que parece estar acostumbrada a conocer todos los días a estrellas de la música, porque los trata con una normalidad que me llama la atención.

Por último me toca a mí. Me acerco y les doy dos besos tímidos a cada uno. Apenas soy capaz de pronunciar mi nombre al presentarme. A Daniel parece hacerle gracia que sea tan introvertida.

—¿Baby? —dice mirándome fijamente, levantando una ceja y con su sonrisa más pícara.

¿Cómo puede ser tan guapo? Me tiemblan las piernas, literalmente.

—En realidad me llamo Raquel. Soy hija única, pero en la familia de mi padre soy la pequeña de quince primos. El mayor, con el que me llevo diez años, empezó a llamarme Baby cuando nací y todo el mundo acabó haciéndolo —recito casi sin pensar. Habré contado esta historia un millón de veces.

Daniel no aparta su mirada penetrante, como si quisiera saber mucho más sobre mí, y no puedo evitar mirar al suelo. ¡Y eso que pasaría el día perdida en esos ojazos! En ese momento recuerdo que llevo el cedé para que me lo firmen. Saco el rotulador permanente y a duras penas pronuncio una frase en condiciones:

—Mira, he traído esto... Me encantáis y yo... Bueno, que no sé si podéis... Pero querría...

No necesito terminar el intento de frase. Laura me coge el cedé y el permanente y se los da a Daniel.

—Anda, dedícale el cedé a Baby, que nunca ha ido a una de vuestras firmas. Es que es muy cortada y siempre está muy ocupada... —como si fuera a contarle un secreto sobre mí y yo no estuviera delante, se acerca a él y le dice en una voz algo más baja—: Además, sus padres no la dejan salir mucho. Son bastante controladores, ¿sabes? No como los míos, que me dejan hacer lo que quiera —esto último lo remarca de tal modo que Daniel abre los ojos sorprendido y divertido mientras la mira de arriba abajo—. Fírmame a mí también, guapo —dice Laura mientras él se sienta en el sofá del camerino.

Daniel se apoya en la mesa algo aturdido después del abrumador monólogo de Laura. Antes de escribir me mira y vuelve a guiñar los ojos. Se pasa la mano por el pelo y noto cómo se le marcan los pectorales tonificados en esa camiseta de algodón negra que lleva. Vale, igual ahora me desmayo y entonces a ver qué hago con mi dignidad.

Por suerte, no necesito que me abaniquen ni nada. Aguanto como una campeona. Daniel me da el cedé firmado y lo mantiene sujeto antes de soltarlo y dejarme que lo coja. ¿Está tonteando conmigo? Leo su dedicatoria y me derrito.

Un apodo precioso, Baby, nunca me olvidaré de ti. Gracias por todo, Daniel.

Laura se sienta a su lado en el sofá y le da su cedé. Cruza las piernas apretando el culo y junta los brazos dejando, más a la vista aún, esos pechos tan sugerentes que tiene. Sin duda, lo suyo no es la discreción. Daniel olvida que el mundo existe y se pierde en ese espectáculo de mujer. No puedo culparle, es impresionante. Algo incómoda, me giro y le paso el cedé y el rotulador a Jesús, que deja de hablar con Robin y se apoya en la mesa para escribir: *Para Baby, con mucho cariño, Jesús.*

Dos minutos tarda a lo sumo en volver a incorporarse a la animada conversación que mantiene con la famosa presentadora. Ojalá algún día me parezca a ella en algo. Me fascina lo inteligente y segura de sí misma que aparenta ser. Por no hablar del estilazo que tiene. Como amante de la moda, reconozco que Robin es una de esas chicas que se atreve con todo y que se lleva las tendencias a su terreno. Ahora, por ejemplo, luce esos pantalones tobilleros oversize tan poco favorecedores y tan difíciles de llevar en la vida real. Un look masculino que ella vuelve sexy gracias a sus curvas. En realidad, ni es tan guapa ni tiene tan buen cuerpo como, por ejemplo Laura, pero es muy resultona.

Intento unirme a su conversación y Rebeca me pasa un brazo por los hombros para que me acerque. Definitivamente no solo lo parece, es súper simpática y cariñosa. No puedo evitar espiar de reojo el coqueteo que se traen Laura y Daniel. Es curioso, porque tengo a Jesús delante, que es exactamente igual que Daniel, y no sé por qué, pero no me provoca las mismas cosquillas en el estómago. Es pensarlo y noto que los tres me miran. Estoy tan nerviosa que no oigo lo que me están diciendo.

—¿Qué? —digo exaltada.

—Estamos hablando del repertorio del concierto. Tú, que eres muy fan de los chicos, ¿qué tema no querrías que faltara? —dice Robin.

¿No puede dejar de trabajar? ¡Parece una entrevista! Vale, Baby, contesta, vamos...

—Mmmm, ehhhh... A ver, no sé... Todas me gustan. Bueno, ehhhhh..., sí, quizá, *Lo mejor está por venir* —digo sintiéndome una completa estúpida. Pero ¿qué me pasa? ¿Ahora no sé hablar o qué?

—¿Lo ves? Totalmente previsible, Jesús. Es fácil no defraudar al público. Lo que no puedes hacer es no interpretar tus éxitos más importantes. Es un pecado muy común entre grandes artistas. Se hartan de cantar las canciones que les han hecho conocidos y dejan de incluirlas en sus conciertos, para decepción de su público. Por mucho que te moleste, si eres Alejandro Sanz y voy a verte, quiero escuchar *Corazón partío* te guste o no te guste. Otra cosa es que conscientemente decidas no hacerlo y te lo puedas permitir porque eres un artista consolidado como él, claro.

Robin da miedo, no puede dejar de trabajar ni un minuto. Eso sí, Jesús parece estar encantado y absorbe cada una de sus palabras.

Vuelvo a mirar a Laura y a Daniel. Ella le habla muy de cerca y no consigo entender nada de lo que le dice. De pronto, veo que le coge la mano. Pero ¡cómo es de lanzada! Siento vergüenza ajena y celos a partes iguales. Daniel se mira la mano, ella la retira y veo un papel blanco, pequeño, que intuyo será su número de teléfono. Él sonríe y le guiña un ojo mientras lo guarda en el bolsillo del pantalón. De pronto me mira y noto que se siente algo avergonzado al darse cuenta de que lo he visto todo. Se levanta de sopetón y Jorge anuncia que nos tenemos que ir. Laura abraza a Daniel sin ningún tipo de pudor y él responde al abrazo.

Jorge nos recuerda que si queremos foto con los chicos ha de ser ya. Nos hacemos un par de selfies. En uno de ellos posan plantándome un beso cada uno en una mejilla y me dejan en shock. No volveré a lavarme la cara.

Laura le dice un sugerente «hasta pronto» a Daniel y yo solo consigo balbucear un tímido «adiós».

—Espero que te guste el concierto, Baby —dice Daniel cuando nos despedimos.

Al momento dirige su mirada al culazo de Laura, que ella contonea sabiendo lo bien que le queda ese mono tan cortito. Suspiro y me despido con una leve inclinación de cabeza.

5

Jesús

—Ahora estamos centrados en la gira, pero en cuanto acabe, lanzaremos una nueva canción que tenemos. De hecho, es una colaboración. Un bombazo, vais a flipar.

—¿De verdad? ¿Con quién la habéis grabado? —pregunta Robin mientras se le dilatan las pupilas, ávida de información.

—Pues la verdad es que...

Antes de que pueda terminar la frase, Daniel, que se ha incorporado a nuestra conversación después de que se fueran las fans, me pega un codazo y me mira sorprendido.

—*Bro,* ¿te has vuelto loco? ¡No podemos decirlo aún! ¡Y menos a Robin! No ves que mañana puede estar contándolo todo en la radio...

Noto que Robin se tensa y mira a Daniel disgustada. Le dura unos segundos. De pronto, pillándonos por sorpresa a todos, rompe a reír.

—Tienes toda la razón, no os podéis fiar de mí. En ese sentido no. Aunque si me contáis algo y me decís que no puede salir de aquí, prometo que no os traicionaré.

El ambiente se relaja tras las risas de Robin. ¿Soy yo o es lo más bonito que he escuchado nunca? No quiero que llegue la hora del concierto, me pasaría la noche entera aquí hablando con ella. Su amiga Rebeca es un encanto también, se nota que son muy buenas amigas. De pronto, tengo la necesidad de ser amigo de ella también, quiero ser parte de todo lo que rodea a Robin.

Llega Jorge con unos cuantos Yatekomo, esos fideos orientales es lo que más nos gusta tomar antes de los conciertos. Nos insiste en que nos los comamos ya, porque si no, no nos dará tiempo. Y Robin sigue con su entrevista sin fin.

—¿Vais a cenar eso?

—No, esto es para antes de salir a cantar. Aunque es *fuchina,* una sopa chunga..., nos sienta bien a la voz. Luego ya cenaremos.

—Entonces, ¿soléis cenar después de los conciertos?

—Normalmente sí. Pero depende de la hora y de las comidas que hayamos hecho... Hoy, por ejemplo, sí, porque acabaremos pronto y en un restaurante nos han dicho que nos reservan una mesa para todo el equipo. Por cierto, ¿os apuntáis?

Robin se gira rápidamente hacia Rebeca, que se encoge de hombros. Se miran unos segundos y por fin contestan.

—Si no acabáis muy tarde, en principio sí, pero os lo decimos después, ¿vale? Le mando un whatsapp a Jorge con lo que sea. Jo, mil gracias, ¡sois tan ricos!

«Sois tan ricos». La frase suena una y otra vez en mi cabeza, la ha dicho con un tono tan de «hermana mayor»... Pues tampoco somos tan pequeños, solo nos llevamos ocho años. Vamos, no creo que sea como para hablarnos como si fuésemos unos niñatos.

—Ok, vale, ya nos decís... —digo quitándole importancia—. Y, bueno, si tardáis, lo mismo no hay hueco, somos muchos. Así que si no nos vemos, pues hasta la próxima.

Mis palabras suenan bastante más duras y bordes de lo que era mi intención. Me aparto, saco el móvil y me siento en el sofá haciendo que las ignoro. En realidad no estoy mirando nada, solo paso de una aplicación a otra haciendo que estoy ocupado. La realidad es que me siento estúpido y no sé qué decirles.

De reojo veo cómo Robin y Rebeca terminan una conversación vacía con Daniel y luego dicen que se van a ir para dejarnos tranquilos. Yo las despido levantando un momento la vista y con un leve saludo de mano, pero sin moverme del sofá. Robin está desconcertada.

Salen y Daniel se gira inmediatamente con el ceño fruncido.

—¿Qué haces, tío? ¿Estás tonto o qué?

—¿Qué quieres?

Solo falta que se enfade conmigo ahora.

—Pues tío, que quiero que se vengan a cenar... Yo creo que le molo a Robin.

Lo que me faltaba por oír.

—Tú estás flipando, Dani... Mira, déjame que me concentre para el concierto.

Sin duda a él le parece buena idea también, porque ha fruncido el ceño y ha puesto su cara de «trabajo». Convencido de que está repasando mentalmente las cosas importantes, antes de salir me pregunta:

—¿Al final qué nos vamos a poner? ¿Todo de blanco?

Nos encanta ir iguales, sobre todo para el escenario. Uno de nuestros outfits favoritos es: zapatillas, pitillos y camisetas de algodón, todo blanco.

—Sí, vale, me parece bien.

No tengo ganas de pensar.

—Qué pena no poder sacar el segway al escenario.

Daniel se ríe tan a gusto que me contagia. Últimamente ya no andamos, vamos siempre que podemos subidos en nuestro nuevo juguete favorito. Un Segway pero sin manillar, un monopatín eléctrico, vamos.

Cuando recupero el aliento tras las risas, me quedo pensando en cómo la he fastidiado con Robin. Tengo esperanza de que al acabar el concierto venga a cenar con nosotros, pero ¿y si no lo hace? ¿Cuándo volveré a verla?

Jorge nos avisa de que ha llegado el momento. La gente grita nuestro nombre, la emoción se palpa. La histeria se desata cuando ven que sube al escenario Robin, que va a presentarnos.

—Le he pedido que, ya que estaba por aquí, subiese a presentar el concierto. —Jorge nos sonríe satisfecho.

La luz principal enfoca a Robin. Está tan bonita... Me encanta cómo habla, se expresa tan bien. Le va dando cada vez más énfasis a su speech hasta acabar casi gritando nuestro nombre.

En ese momento subimos con una energía arrolladora y le damos dos besos cada uno. Cuando va a bajarse, la cojo de la mano y la retengo a mi lado.

—¡Un fuerte aplauso para la bella Robin Gómez! Gracias por acompañarnos en este día tan especial.

Su mano arde al contacto con la mía. Mientras la gente aplaude me acerco a su mejilla y le doy un último beso, a la vez que la señalo con las dos manos levantadas, llamando la atención sobre ella, dándole más visibilidad aún sobre el escenario.

Siento el calor de su mejilla al besarla y su pelo indomable me acaricia. Podría quedarme todo el día cogido a ella. La libero y se baja del escenario con esa delicadeza con la que se mueve. Intento quitármela de la cabeza y me concentro en las chicas bonitas que tengo delante. No puedo adorarlas más. Voy reconociendo a muchas. Pero más allá de las primeras filas, el público es muy variado. Voy identificando a gente de la prensa y a celebrities. Empiezo a ponerme algo nervioso. ¿Qué pensarán de nosotros? ¿Les gustaremos? ¿Hablarán bien del concierto a sus seguidores y en sus medios?

De pronto una niña en la primera fila me devora con la mirada mientras le caen lágrimas de emoción y se me quita de la cabeza todo lo malo que puedan pensar los demás. Lo importante es lo que piensa nuestro público, que logramos que vibre e incluso se emocione hasta el punto de perder el control y dejarse llevar.

Se nos da genial esto. Me encanta subirme al escenario, y más con mi otra mitad. Daniel está que se sale. Sin duda él también lo está disfrutando. Antes de que nos demos cuenta, el concierto ha terminado y nos tenemos que despedir. Es entonces cuando pienso de nuevo en Robin, ¿subirá a despedirnos? Pero no la veo por ningún lado. Los aplausos me sobrecogen, al parecer no solo las pocas fans que han venido han disfrutado, el resto también. Y aunque no quería darle importancia, es un gran alivio.

El técnico de iluminación enciende las luces a modo de despedida y podemos ver bien al público. Al fondo del local detecto la silueta de Robin. Está con un actor famoso, Fer Berria. Es uno de los tipos más golfos de la industria. Cada vez que sale en las revistas tiene una novia nueva. ¿Caerá Robin en sus redes? Por cómo le mira, diría que ya lo ha hecho. ¡Qué coraje! Acto seguido siento una punzada en la boca del estómago. Ella aparta, por fin, sus ojos del greñudo y mira hacia el escenario. Nuestros ojos se encuentran y el bullicio de la sala pasa a un segundo plano.

Daniel tira de mí y me doy cuenta de que me espera para salir de allí. Entramos en los camerinos y nos sentamos en el sofá con nuestras respectivas toallas al cuello. Se acerca el verano y en esta pequeña sala se nota más que en ningún otro sitio.

Me seco el sudor de la cara mientras Jorge nos da la enhorabuena por nuestra profesionalidad. Nos pide que nos preparemos porque va a ir invitando a gente que quiere conocernos.

Los siguientes minutos los paso como si fuese un espectador de mi propia vida. Apenas intervengo en las conversaciones ni me entero de lo que me dicen. Dani me llama la atención en un par de ocasiones.

—*Quillo*, ¿estás bien? ¡Luego me dices a mí! ¡Estás en la parra!

—No, es que necesito comer algo... En cuanto estemos cenando me recuperaré.

Especialmente si viene Robin, claro.

Jorge se hace cargo de mi petición y cancela el resto de visitas. No sé cómo nos disculpará, pero estoy seguro de que lo hará de maravilla. Es un zalamero y sabe quedar bien con todo el mundo. Paso al vestuario y me cambio de ropa. Básicamente, necesito sentirme seco. Ya me ducharé al llegar a casa, no quiero marear más de la cuenta en este local. Me pongo unos vaqueros grises ceñidos y una sudadera ancha que lleva escrito «Los Ángeles»; es de uno de mis mejores amigos, siempre se la robo porque me encanta. Me arreglo el pelo todo lo que puedo y me dirijo a la mesa. Llevo la mano en el bolsillo y, sin que nadie pueda verlo, los dedos cruzados, deseando con todas mis fuerzas que Robin se haya apuntado a la cena.

La esperanza dura poco..., Robin no ha venido.

—Jorge, ¿te ha dicho algo Robin? ¿Sabes si va a venir?

—¡Ah! No, me ha dicho que se tenía que marchar... Que tenía otro compromiso...

Sí, un compromiso llamado Fer. Me siento y me agobio pensando en que no sé cuándo será la próxima vez que la vea. Quizá si pudiéramos volver a la radio...

Pero hasta que no lancemos nuevo single, no iremos. O podríamos invitarla al próximo concierto que hagamos en Madrid... Paso un rato dándole vueltas a esas dos ideas cuando, de pronto, veo la luz. No puedo ocultar la emoción y no tardo ni dos minutos en contárselo a Jorge. Se me ha ocurrido la excusa perfecta para coincidir de nuevo con ella.

6

Robin

Que alguien me explique en qué momento he aceptado venir a este sarao de postureo, por favor. Menos mal que Rebeca sigue conmigo. Creo que le apetecía más cenar con Jesús y Daniel, pero Fer puede ser insistentemente encantador si se lo propone, y es muy difícil decirle que no.

La fiesta privada a la que nos ha llevado está repleta de actores, cantantes, presentadores, bloggers, DJs... En fin, mi fauna preferida, modo ironía *on.* La sala del ático del hotel Puerta de América está decorada tal y como la recordaba. Es una terraza cubierta, con sofás blancos de polipiel, mesas bajitas y una iluminación muy característica, en tonos azules y rojos.

A pesar de las dos rondas de chupitos que me he tomado nada más llegar no solo no me siento integrada, sino que me doy por vencida, no lo voy a conseguir en ningún momento de la noche. En cambio Rebeca está en su salsa. Le encanta un sarao. A Fer hace rato que no lo veo. Para «morirse» por estar conmigo esta noche, como me ha asegurado antes, no me ha dirigido la palabra desde hace más de media hora y parece tan tranquilo.

Miro de nuevo el teléfono esperando que Jorge me haya contestado. Pero ¿por qué me va a contestar? Pues nada, que no quiero cenar con ellos y que todos tan contentos. ¿Qué me esperaba? Me siento tan sola a pesar de estar rodeada de gente...

Carlos Milán, uno de los presentadores de moda, se acerca a mí y se pasa un rato interrogándome. Es el típico chico que te fríe a preguntas sin darte tiempo a filtrar. Vamos, que con él no se tienen conversaciones, sino que se vive un tercer grado en el que lo único que le importa es sacar tajada. Hacerse con el contacto de las firmas que se han interesado por mí, analizar mis últimos trabajos y cómo los he logrado, o tantear si mi nivel de notoriedad es el suficiente como para hacerse un selfie conmigo y publicarlo en sus redes sociales son los temas a tratar en cada uno de nuestros encuentros.

Cuando mi paciencia ha llegado a un límite, le pido disculpas alegando que Fer me estará buscando e intento escabullirme del interrogatorio.

—¿Fer Berria?

Genial, acabo de subir +2 en popularidad y a ver cómo me escapo ahora.

—Sí, Fer Berria. Por cierto, ¿lo has visto?

Su mirada se vuelve compasiva y frunce levemente el ceño...

—Robin, juraría que lo he visto con alguien...

Esto último lo dice con malicia.

—Lógicamente estará con alguien. Es una fiesta —digo intentando parecer tranquila, a pesar de que no me hace ninguna gracia y me temo lo peor.

—Sí, claro... —sonríe levemente y se despide de mí—. Hasta la próxima, guapa. Suerte.

¿Cómo que suerte? Este tío definitivamente es insoportable. Recorro con la mirada cada rincón de la fiesta en busca de mi chico. Bueno, o mi rollo. Si se entera de que he pensado en él como mi novio puede entrar en estado de shock.

Cuando veo que no es suficiente con pasear la mirada, decido moverme y acercarme a todos los grupitos que han formado los asistentes en esta locura de juerga. De pronto veo su melena oscura de rizos casi pegada contra la pared y su cuerpo prácticamente incrustado en un cuerpo que reconozco enseguida. Lo tengo claro, porque me he fijado en ese vestido blanco de gasa al llegar y en esas sandalias romanas hasta la rodilla. Es Úrsula, una de las cien mil exparejas de Fer. Probablemente la más loca de todas. Se me cae el mundo a los pies.

Me dirijo a ellos hecha una furia y cuando estoy a punto de golpearle la cabeza, me pongo a llorar y salgo del local. Las fuerzas me abandonan y me flaquean las piernas. Al segundo tengo a Rebeca cogiéndome la cintura mientras me consuela como puede.

—¡Te lo dije! ¿Por qué no me haces caso nunca? ¿No te estoy diciendo que es un cerdo? ¿No conozco de primera mano sus aventuras? En serio, Robin, me dan ganas hasta de darte un bofetón.

Como de Rebeca te lo puedes esperar todo, me aparto y le hago saber que ni de coña me va a poner la mano encima.

—Vale, ¡ya está! Si en realidad ya lo sabía, solo que ¿hola? ¿Delante de mis narices? ¡Menudo imbécil!

—Pues qué te juegas a que te llamará y te dará la brasa para que vuelvas con él. Robin, no te lo voy a repetir ni una vez más. Si quieres que sigamos siendo amigas, olvídate del «me meto en todas» este.

Cualquiera le dice que no.

Saco el neceser y me miro en el espejo de mi maquillaje compacto. El rímel que me corre por las mejillas me da un aspecto tétrico. Gracias a Rebeca recupero mi dignidad y me vengo arriba, levantando bien la cabeza, precisamente por si veo a alguien de la fiesta.

En veinte minutos llegamos a mi casa. Cuando entro ya no tengo ganas ni de llorar, así que decidimos sacar helado y despellejar a todos los mamarrachos de la fiesta. Hago como que estoy mejor, pero por dentro estoy destrozada. En parte, sabía que esto pasaría algún día. No sé por qué siempre me fijo en tíos con los que sé que no hay futuro. Probablemente en el fondo es que no me gustan las cosas fáciles por mucho que luego me queje. Lo peor de todo es que me vuelve loca y tendré que ser fuerte cuando vuelva a llamarme, porque estoy convencida de que lo hará.

Después de reírnos de los momentos más vergonzosos de la noche, recojo los platos sucios y los llevo hasta el lavavajillas. Desde la cocina, asomo la cabeza al salón y le pido a Rebeca que se quede a dormir. Mi forma de sobornarla es poner la cara de pena del gato de *Shrek*. En realidad, sigo pensando que deberíamos vivir juntas. Para mi alegría, me dice que sí. Nos metemos en mi cama y me duermo abrazada a su cintura. Es como una hermana para mí.

El teléfono me despierta a las diez de la mañana. Anoche no puse la alarma porque no tengo que ir a trabajar hasta la tarde. Miro quién llama y es mi jefe. Salto de la cama, me aclaro la voz y contesto.

—Dime, Félix.

—Robin, soy Carla, Félix quiere hablar contigo… Te paso.

Nunca me acuerdo de que es la secretaria la que llama primero siempre hasta localizarme.

—Robin, ¿qué tal? —en realidad no quiere que conteste, es una forma de hablar. Al momento se lanza, le gusta ir al grano—. Necesito que vengas cuanto antes. Tenemos una propuesta muy interesante que hacerte, de hecho creo que te va a entusiasmar.

—Ok, Félix, en una hora estoy allí.

—Vale.

Y de nuevo, sin darme tiempo a contestarle, cuelga el teléfono.

Vivo cerca de la radio, pero no tanto como para tomármelo con tranquilidad. Descarto desayunar y me visto a la velocidad del rayo. Camiseta de manga corta básica negra, pantalón alto de cintura con cortes en las rodillas, también negro, y mis Reebok rojas freestyle igualitas que las que lleva Kiesza en su videoclip de *Hideaway*. ¡Me encantan!

Dejo una nota para Rebeca, que espero que no tenga nada importante hoy porque duerme como un bebé. Bueno, como un bebé o como mi padre... Luego dice que no ronca...

De camino al trabajo barajo posibilidades... ¿Será un nuevo programa? ¿Querrán que vaya a la presentación de algún disco? ¿Alguna rueda de prensa fuera de España y por eso es tan especial que hay que hablarlo en persona? Habitualmente nos comunicamos casi todo por e-mail.

Me sorprendo porque estoy tarareando una de las canciones del concierto de ayer. ¡Qué monos son Jesús y Daniel! Son tan... abrazables. Seguro que la chica que esté con ellos no sufrirá como yo con Fer. Tienen ese aspecto leal, de buenos chicos, ese del que no sé por qué siempre acabo huyendo. Dani aún es como más pícaro. Pero Jesús... ¡es tan adorable! He de reconocer que me intimida cuando me traspasa con esa mirada tan penetrante. Es como si supiera lo que pienso, como si pudiera conectar con una Robin frágil que no dejo que nadie vea.

Anoche casi le saco hasta esa colaboración que tienen entre manos. Luego me supo mal haber preguntado tanto. Pero bueno, es mi trabajo. La verdad es que me da cosita saber que voy a tardar mucho tiempo en volver a verlos. Se meten de lleno en su gira y hasta que vuelvan a la radio a promocionar un nuevo tema...

Es raro, nunca me había pasado esto con ningún artista. En realidad, supongo que mejor así, que no nos veamos más. No me gusta coger tanta confianza con lo que son, al fin y al cabo, relaciones de trabajo.

Llego a la redacción y, nada más entrar, me choco con Fede, que por poco no me tira el café encima.

—Vaaaaya, la ojitos ya está por aquí...

—¿Cómo que «la ojitos»?

—Sí, los que le ponías ayer a Jesús... Que he visto el streaming de tu programa, mona. ¡El niño te ha dejado echando babita!

—Pero... ¿qué? Tú no estás bien, ¿verdad? Olvídame, tengo una reunión con el boss.

—Sí, pues ánimo, que está de un humor...

Qué bien, justo lo que me falta, aguantar a Félix cabreado. Llamo a la puerta y asomo sonriente la cabecita. Me invita a pasar y me siento frente a él. Aunque me ha pedido que entre, sigue colgado al teléfono.

—Sí, Jorge, la tengo aquí delante. Se lo cuento todo y te llamo. Venga, sí, hasta luego —cuelga el teléfono y, sin apartar la vista de su pantalla de ordenador, me dice—: Robin, a Jorge y a su equipo se les ha ocurrido una idea estupenda como contenido para nuestros programas. Quieren que te vayas de gira este verano con Jesús y Daniel, para que puedas contar tanto en vídeos como en conexiones en antena todos los detalles, anécdotas... —deja de mirar el ordenador y, con una sonrisa, añade—: Serás la sombra de los chicos, los ojos de las fans. ¡Va a ser un bombazo! Prepárate para que seamos trending topic todos los días, ¡las niñas están loquitas con ellos!

¿Acabo de oír lo que creo que acabo de oír? ¿Irme de gira con Daniel y... Jesús? ¿Pasar todo el día con ellos? ¿Ser su sombra? Vale, creo que me estoy mareando.

7

Daniel

Pero ¡cómo mola tener nuestros propios cromos! Los repaso uno a uno alucinando y hasta un poco asustado por lo grande que se está haciendo todo esto. Jamás habría imaginado algo así. Hoy tenemos otra entrevista, para una revista en la que somos portada a menudo y que ha hecho mil pósteres nuestros. Después sesión de fotos para otra publicación y mañana, por fin, día libre. Perfecto, quedaremos con Laura y su amiga la «tímida». Al fin y al cabo, si no quedamos ya, cuando estemos de lleno en la gira será muy difícil vernos.

—Laura, soy Dani, mañana día libre. ¿¿¿Nos vemos??? ;)

Tarda unos diez minutos en contestar.

—¡Vale! ¿Dónde me vas a llevar? ^.^ "
—Tráete a tu amiga Baby, iré con Jesús. En cuanto al sitio... espero que no tengas vértigo.

—Jesús, mañana tenemos una cita doble.
—¿Qué? —dice Jesús, molesto.
—Lo que oyes, le he escrito a Laura y le he dicho que mañana quedamos con ella y con la niña esa tan mona...

Llega Jorge acompañado de la redactora que nos va a entrevistar y a quien ya conocemos de otras veces. Nos saluda con una sonrisa y nos da dos besos a cada uno. Comenta divertida que la última vez que nos vio no tuvo que ponerse de puntillas para hacerlo. Como nos hicimos famosos de pequeños, estamos acostumbrados a ese tipo de comentarios. Los periodistas que nos entrevistan siempre se sorprenden al ver cuánto hemos cambiado. En la sala en la que estamos han montado un pequeño set, ya que, aunque la entrevista es para prensa escrita, la van a grabar en vídeo para subirla también, una vez publicada, a su canal de YouTube. Me retoco el pelo y se lo arreglo un poco a Jesús. Aprovecho para tocarle la oreja, lo hago casi como un impulso, sin pensarlo. ¡Me relaja tanto! Nos ponemos frente a la cámara y empieza la entrevista. Las preguntas no nos sorprenden, son las típicas: novedades, gira, expectativas... Al acabar nos pide un saludo para la revista y sus lectoras. Aunque estamos prácticamente en verano, nos cuenta que están preparando un vídeo con todos los invitados que han entrevistado en el último año y nos graban felicitando las fiestas de Navidad. Cuando ya parece que hemos terminado nos pide un último favor, responder a un test rápido.

—¿Tenéis novia?

—No —respondemos al mismo tiempo—. Chispas —volvemos a decir a la vez.

Nos sonreímos y la redactora dispara la siguiente pregunta.

—¿Cuál es vuestra comida favorita?

—Moussaka —se me hace la boca agua al contestar.

Jesús confiesa el plato por el que pierde los papeles:

—Huevos fritos con patatas.

—¿Cuáles son vuestros hobbies?

—El tenis y montar a caballo —digo por los dos.

Y así hasta veinte preguntas. Al terminar me siento liberado. Me estresa contestar este tipo de cosas, ya que a veces ni siquiera me las había planteado. Me sería más fácil responder por Jesús, tengo más claras sus preferencias que las mías.

—Jorge, ¿sabes algo ya? —pregunta por lo bajini Jesús mientras la redactora recoge el material.

—¿Qué pasa? ¿Qué es lo que tiene que saber? —Me molesta no enterarme de qué hablan.

—Todavía no. Sé que le han hecho la propuesta, más que nada porque mientras hablaba con el director me dijo que Robin ya estaba en su despacho... Pero debe de estar valorándolo aún.

—¿Robin? ¿Qué está valorando?

Jesús y Jorge fruncen el ceño, se miran y se recriminan el uno al otro no haberme contado nada. La chica de la revista, que sigue en la sala, carraspea nerviosa. Cuando la miramos tiene todo recogido, se despide y nos dice que llamará a la productora para que nos acompañe a la salida. Sale de la habitación y Jesús me cuenta por fin lo que se traen entre manos.

—Anoche durante la cena se me ocurrió una idea que nos puede dar mucha visibilidad durante la gira. He pensado que Robin podría venirse con nosotros a todos los conciertos y así compartir en antena, en las redes sociales y en el canal de YouTube de la emisora un diario de nuestra gira. Con anécdotas, momentos divertidos...

—Oh, my God! ¿Cómo no me lo habías dicho antes? ¡Es brutal!

—Pensé que te lo había contado Jorge. Como tardaste tanto en sentarte a la mesa a la hora de cenar...

—Ojalá diga que sí. Me flipa esta tía.

Entra la productora que nos había comentado la redactora y nos acompaña a la puerta. Cinco fotos con compañeros de la revista después, conseguimos salir a la calle. Esta vez nos movemos en taxi. Cogemos uno dirección a la sesión de fotos. Al entrar, oímos nuestra canción. Está sonando en la emisora que lleva sintonizada el conductor. Nos partimos de risa, porque el tío es muy gracioso y se ha quedado muy loco al vernos. Dice que sus hijas son súper fans y que se van a morir cuando les cuente que nos ha llevado en su taxi. Antes de bajar le firmamos un autógrafo para sus niñas, le grabamos un vídeo mandándoles un saludo y nos hacemos un selfie con él. Jorge se pone serio y quiere que nos bajemos, pero se me ha ocurrido grabar un vídeo para *Vine* con el taxista enseñando que lleva nuestros cedés en la guantera del coche. ¡Qué cachondo el hombre! Da gusto encontrarse gente tan simpática.

La sesión de fotos es para otra revista y la vamos a hacer en los estudios que tienen en un piso de plaza de España. Es una revista de moda muy cool, y cuando nos hicieron la propuesta nos dijeron que querían sacarnos como nadie antes lo había hecho. Así que aquí estamos, bastante nerviosos.

Una chica muy moderna, con el pelo gris y un vestido con estampado de plátanos, nos recibe con una sonrisa. Nos pide que esperemos en un sofá de terciopelo rojo. Pasan un par de minutos y entra el fotógrafo que es, además, el director de la revista. Un tío con estilazo y muy guapo que nos da la mano y nos cuenta rápidamente en qué va a consistir el shooting. Mientras nos explica los detalles, con un gesto nos invita a seguirle hasta una habitación en la que están los outfits preparados. Son dos, el primero consta de pantalón negro, camiseta de algodón blanca, cazadora de cuero y botines de piel con tachuelas. El segundo es un sencillo pantalón de deporte gris. Al parecer, la idea es que caiga de manera que se vean los calzoncillos, unos clásicos Calvin Klein blancos. Lo siguiente que nos enseña es el estudio en el que haremos las fotos. Hay dos opciones, un fondo blanco y un decorado que parece un loft neoyorquino con una pared de ladrillo rojo, suelo de cemento pulido, una ventana de pavés y una butaca chester marrón oscuro. A un lado hay un montón de cosas amontonadas, atrezo que, imagino, irá sacando según le interese. Ricardo, el fotógrafo, nos presenta a la maquilladora y a la estilista, que se sonrojan al saludarnos.

Jesús me mira y nos entendemos sin hablar, nos encanta la buena pinta que tiene todo. Así que, sin más, nos ponemos a trabajar. Empezamos con el primer modelito. Nunca nos habíamos puesto algo tan macarra. Veo a Jesús, me miro en el espejo y me cuesta reconocernos, es cierto que hemos crecido mucho en los últimos meses, pero es que, además, con estas cazadoras de piel parecemos otros. Me encanta el peinado que me han hecho y me gusta que no se hayan pasado con el tema del maquillaje. Nos colocamos en la parte del fondo blanco y seguimos al pie de la letra las instrucciones de Ricardo. Para meternos en el papel de malotes, nos ponen una playlist que han creado para el momento. Ahora suena *Animals*, de Maroon 5. Intento ponerme sexy y me siento un poco ridículo, me entra la risa todo el rato. Sobre todo cuando Jesús y yo cruzamos las miradas. Ricardo nos relaja diciendo que están quedando genial. Nos comenta también que van a ser todas en blanco y negro para que parezcan más adultas.

—Chicas, traedme la Harley, por favor.

—¿La Harley?

Jesús y yo miramos a Ricardo sorprendidos cuando sus compañeras aparecen con una motaza increíble en la que no habíamos reparado, ya que estaba camuflada entre tantos objetos.

Nos la acercan y posamos por separado con ella. Primero de pie, luego subidos, con gafas de sol y un casco en la mano... Le pido a Ricardo que me enseñe cómo están quedando. Me sabe mal preguntárselo, porque sé que en general a los fotógrafos no les hace gracia hacerlo, pero a él parece no importarle nada. Nos enseña las que más le gustan. Se siente orgulloso de cómo están saliendo. Yo me quedo muy impactado.

—*What the fuck?* ¡No parecemos nosotros! ¡Qué barbaridad!

—¡Me encantan, tío! —dice Jesús emocionado.

—Pues con este look ya lo tenemos. Os cambiáis y hacemos el otro, ¿vale?

Vamos a la habitación en la que tenemos la ropa y aprovechamos para coger comida del catering que nos han dejado en la mesa. Parece que no hemos comido en un mes. Devoramos la tortilla de patata y unos cuantos sándwiches. Nos ponemos el pantalón de chándal y la maquilladora nos aplica una crema con algo de color para hidratarnos el torso que llevaremos al aire. Corte no nos da, porque en algunos conciertos nos quedamos sin camiseta, pero sí impone un poco.

De nuevo en el estudio, oigo que suena *What do You Mean?*, de Justin Bieber; me flipa esta canción. Le pregunto a Ricardo si podemos grabar un vídeo para las redes sociales y me dice que por supuesto. Procuro que no se vea demasiado el sitio, ni que vamos sin camiseta para no desvelar demasiado, pero que sí se intuya. Un minuto después, ya tiene ocho mil «Me gusta» y en los comentarios predomina el «Me muero, necesito ver esas fotos ya». Esta vez Ricardo insiste en que tenemos que seducir a la cámara. Nos dice que imaginemos que la chica que nos gusta está mirándonos. Y de pronto me viene a la cabeza Baby. ¿Y esto? La verdad es que la niña está buena. Y hablando de buenorras, me pongo a pensar en Laura y luego un rato en Robin. Ojalá diga que sí. Estamos los dos de espaldas, con el pantalón un poco bajado, lo justo para que se vea la goma del calzoncillo, y Ricardo nos da indicaciones.

—Cuando cuente hasta tres, os giráis. Dani, tú por tu izquierda y Jesús, tú por tu derecha. Tenéis que sonreír picarones, vamos, poner cara de *fuckers.*

—¿De *fuckers*? —Nos entra tal risa que hasta me tapo la cara. Vale, ahora sí que me ha entrado la vergüenza. Ricardo se pone serio y sigue con sus instrucciones.

—Tíos, sois los amos, todas os quieren, lo sabéis... Y la chica que os pone está aquí detrás, es la cámara, la miráis sabiendo que está por vosotros y que os gusta que esté ahí, sufriendo porque no sabe si os conseguirá... Uno, dos..., ¡tres! ¡Otra vez! Uno, dos..., ¡tres!

Unos veinte minutos después, Ricardo aplaude.

—Hemos terminado chicos, habéis estado de diez. ¡Vais a flipar cuando os veáis en la portada a lo modelo de Armani!

—Mil gracias, Ricardo, nos ha encantado trabajar contigo. Estamos deseando ver cómo quedan.

Nos cambiamos, recogemos nuestras cosas y nos despedimos. En el taxi de vuelta a casa le pido a Jorge que me consiga entradas para el Parque Warner. Mañana tenemos nuestra cita doble y queremos llevar a Laura y a Baby al parque de atracciones.

—Gracias por preguntar, ¿eh? —Jesús me mira con el ceño fruncido.

—Pero ¡si te encanta el Parque Warner!

Le paso un brazo por los hombros y aprovecho para acariciarle la oreja. Tengo una sensación extraña, juraría que está algo distante y serio... Me duele el estómago porque nunca había visto a Jesús así, pero soy incapaz de preguntarle qué le pasa, porque odiaría que me mintiese, prefiero que me cuente lo que le agobia cuando esté preparado. Espero que mañana se lo pase bien y no se enfade conmigo por haber quedado con las niñas.

8

Baby

Llego a casa después de estar toda la mañana bailando en la academia. Hoy me lo he pasado genial, la verdad. Me he sentido libre y feliz haciendo una de mis cosas favoritas. Y es que, si lo pienso bien, el ballet en sí me apasiona. Lo que me agobia y agota son ellos. Su insistencia, que den por hecho que quiero seguir sus pasos o que apenas me dejen hablarles de otros hobbies o deseos me desmoraliza. Tengo solo dieciséis años y no sé si quiero pasarme la mayor parte del día ensayando para ser «la mejor». Quiero ser una chica normal, salir con mis amigas, conocer a algún chico que me haga vibrar, que me lleve a cenar por ahí… Y hablando de chicos y de salir…, hoy hemos quedado con los gemelos. Estoy muy nerviosa porque ni siquiera sé dónde nos van a llevar.

Y, lo más importante, aún no le he pedido permiso a mis padres.

—Baby, cariño, ¿qué haces ahí plantada? ¿Quieres irte a la ducha, por favor? Comemos en veinte minutos —dice mi madre con su tono más glacial.

Ni siquiera me molesto en contestarle. Lo mejor es que no nos enfademos, hacer que estén orgullosos de mí y después les preguntaré lo de salir con Laura.

Me meto en la ducha y me pongo a mis niños. Pero ¿cómo puede ser que haya quedado con ellos esta tarde? Me va a dar algo. Sobre todo porque empiezo a vivirlo como algo normal, y cuando me despierte de este sueño lo echaré tanto de menos... Una vez duchada y vestida, me voy a la cocina y ayudo a mi madre con la comida. Aprovecho para ser cariñosa y contarle las buenas críticas que me ha hecho el profesor de ballet hoy. Vamos, que voy preparando el terreno. Cuando nos sentamos a la mesa, pongo al día a mi padre y vuelvo a contar lo bien que me va en ballet. Ambos me dan la enhorabuena, pero de manera escueta. Enseguida me recuerdan que no puedo bajar la guardia y que aún me queda mucho que mejorar. Ese tipo de cosas que me minan la moral porque, haga lo que haga, es su respuesta para todo. A pesar de ello, teniendo en cuenta lo críticos que son, es un buen momento para hacerles la pregunta.

—Estoy satisfecha conmigo misma porque a estas horas del fin de semana ya he acabado todos los deberes que tenía, he ensayado y tengo mi cuarto recogido... La verdad es que podría quedar esta tarde con Laura, me ha pedido que nos viéramos hoy y me sabe mal decirle que no... ¿Me dejaríais?

—Pero ¿cuál es el plan? —Mi padre se pone serio.

—Ni idea. Nada del otro mundo, imagino. Dar una vuelta.

—¿Y por qué no venís a casa a ver una película? —propone mi madre.

Esto ya está ganado.

—Vale, mami, se lo pregunto. Luego os digo qué haremos al final...

Así es como que ya me han dado el ok para hacer planes. Cambiamos de tema y terminamos de comer. En cuanto recojo todo voy a por el móvil y escribo a Laura.

—¡Me dejan! ¿Cómo quedamos?

—En media hora vente a mi casa, nos recogen aquí.

¿Media hora? ¿Estamos locos o qué? ¡No me va a dar tiempo a arreglarme! Voy al cuarto de baño, enchufo la plancha del pelo y mientras tanto busco algo mono que ponerme. Es muy difícil elegir, ya que no sé qué vamos a hacer. Me decido por unos pantalones cortos de talle alto en color mostaza, una camiseta blanca de algodón de manga corta, una cazadora beisbolera en mostaza y azul marino, y unos zapatos oxford marrones.

Mi madre se acerca a mi habitación y mira con el ceño fruncido todo lo que hago.

—¿Con quién has quedado?

—Con Laura, mamá, ya te lo he dicho...

—Baby, soy tu madre y no soy tonta. No me gusta que me mientas. Entiendo que no vais a venir a casa y espero que te comportes como una buena chica y no hagas nada inapropiado. Te quiero aquí antes de las once. Ni un minuto más tarde.

Desaparece y suspiro tranquila... Todavía me veía cancelando el plan.

—Ah, y mándame tu ubicación desde donde estéis —grita desde el salón.

Mi ubicación. Si quiere, también pongo el Periscope para que pueda ver todo lo que hago en directo. En serio, mi madre está muy tarada. No le contesto, ya veré qué hago luego.

Me arreglo el pelo, mis típicas ondas que, de la práctica, hago a la velocidad de la luz, me pongo rímel, un poco de colorete y salgo disparada. El remate final a este outfit es un bolso en el mismo tono que los shorts y la cazadora que imita a una caja de galletas de mantequilla, de Kling. Me enamora.

Cuando llego a casa de Laura, la cazadora la llevo en la mano y no sé si soy yo que estoy histérica o que el calor aprieta, pero voy prácticamente sudando. Llamo al telefonillo y Laura me dice que baja. Justo en ese momento veo que llega una furgoneta. Los cristales están tintados y no veo quién va dentro, pero se confirma lo que intuyo cuando se abre la puerta y se inunda todo de alegría. Salen Daniel y Jesús, riendo a carcajadas. Cuando me ven, Daniel me dedica un par de piropos y sus ojos se pasean más tiempo de lo normal por mi cuerpo. Se acercan, me saludan y quiero que me trague la tierra. No sé qué decir. Me preguntan por Laura y les digo que baja enseguida.

—¿Cuál es el plan, chicos? —consigo soltar del tirón.

—¡Secreto! No os vamos a decir nada. Lo veréis cuando lleguemos. Pero ya os digo que os va a gustar.

—Bueno, confío en vosotros...

No he terminado de decir la frase y ya están mirando a otro lado. Laura ha llegado al portal y parece una auténtica estrella de Hollywood. Ni Taylor Swift llamaría tanto la atención.

Se ha puesto un vestido vaporoso con estampado floral muy corto y escote profundo. Además lleva un sombrero de ala ancha y unos botines marrones con flecos. Parece que se va a Coachella, el festival de música. Está ideal, la verdad. Ella me mira y se le dilatan las pupilas, está claro que le gusta como voy, me guiña un ojo. Subimos a la furgoneta.

—¡Bienvenidas a nuestra casa, princesas! Pasamos tantas horas aquí que es como si lo fuera —dice Daniel abriendo la puerta y cediéndonos el paso.

—¡A cuántas chicas habréis traído! —suelta Laura.

—Pues no creas que a muchas... Unas cien solo. —Le sonríe Daniel.

—Ya conocéis a Jorge... —recuerda Jesús.

Nos sentamos él y yo en los asientos del final y Laura y Daniel se quedan en los del medio. Esto ya empieza mal. Aunque no sé de qué me sorprendo, si ya sé lo que hay...

Jesús de pronto se queda callado, como apagado. Pasa prácticamente el resto del viaje mirando por la ventanilla, a saber en qué estará pensando. Mientras tanto, Daniel, Laura y yo mantenemos una conversación en la que yo casi no aporto nada pero en la que Dani me incluye todo el rato, procurando que esté presente. Menos mal, porque con Jesús tan abstraído empiezo a sentirme bastante incómoda. Vamos recorriendo kilómetros y veo que hemos salido de Madrid. No quiero decir nada, pero no estoy tranquila, porque sé que como se enteren mis padres, se me cae el pelo. A ver qué hago con lo de la ubicación. No sé qué necesidad de ir tan lejos con la de sitios monos que hay en Madrid... Creo que vamos acercándonos al destino cuando veo que ambos se tensan y miran emocionados por la luna delantera.

—Y chicas... esta tarde os hemos traído... ¡al Parque Warner! —dice Daniel señalando el cartel que tenemos delante.

—¡Qué sorpresa! ¡Me encantan las atracciones! —exclama Laura muy emocionada dando palmitas.

Aparcamos, bajamos de la furgoneta y me quedo pensativa, mordiéndome el labio inferior. Estoy preocupada porque tengo que estar en casa a una hora determinada y desde tan lejos no puedo volver sola. No quiero aguarle la fiesta a nadie y no me atrevo a decir nada. Por otra parte, antes o después tendré que decirlo, así que me armo de valor y titubeo:

—Lo malo es que yo... antes de las once... tengo que estar en casa... Lo digo por la vuelta...

—Tranquila, Cenicienta, te llevaremos a casa antes —dice Daniel acariciándome la mejilla con el dorso de su mano.

«Cenicienta»... En su boca ha sonado tan... Y su caricia, su mirada, su sonrisa... Me acabo de morir de amor. Un escalofrío eléctrico me recorre todo el cuerpo y me deja la piel de gallina.

Entramos en el parque de atracciones y vamos directos a la zona de agua. Mojarnos será la única forma de sobrevivir a este calor. En la atracción Río Bravo nos empapamos de arriba abajo y ya vamos fresquitos el resto de la tarde. Los chicos no paran de reírse porque Laura se ha enfadado bastante al mojarse su pelo planchado. Ellos van con gorra y gafas para evitar que los reconozcan. No hay mucha gente y estamos bastante tranquilos. Pero en la cola del Coaster-Express, la segunda atracción en la que queremos montar, un grupito de niñas se da cuenta de que son ellos. Al parecer es un colegio que ha venido de excursión, así que la cosa se desmadra cuando unos a otros se van avisando de que Jesús y Daniel están aquí. Decenas de selfies después, los chicos nos miran agobiados, pidiendo disculpas. Nosotras sacudimos la mano para quitarle importancia y esperamos a que acaben en un banco cercano.

—Baby, lo próximo, el pasaje del terror. Voy a darle un beso a Daniel.

—¿En serio? Pero así, ¿de golpe?

—Sí, tía, porque lo veo un poco paradito y si no está interesado lo quiero saber ya, porque entonces lo intentaré con Jesús, que también me gusta. Vamos, que me da igual uno que otro, pero no quiero estar preparando el terreno con uno, que me diga que no y que luego ya no me dé tiempo con el otro. Me entiendes, ¿no?

—Pues tía, no mucho, la verdad... No sé, el amor es otra cosa...

—¿Amor? Exacto, el amor es otra cosa. No estoy enamorada de ninguno. Lo que busco es... pasarlo bien. Y, quién sabe, quizá si consigo estar con uno de ellos me hago conocida y me sale trabajo de actriz, que ya sabes que es mi sueño. Mira, ya han terminado, vamos.

Mi cara ahora mismo es un poema. ¿Cómo puede haber gente tan frívola, tan calculadora? Y no es cualquiera, es... ¡mi amiga! Intento olvidar lo que me ha dicho y obviar que me ha empezado a doler el estómago. Y es que, al fin y al cabo, me caen de lujo los chicos, son como mis amigos ya, y me siento culpable al conocer las intenciones de Laura. Salimos de la última atracción en la que hemos subido y me siento mucho mejor. Ha sido una descarga de adrenalina increíble.

—¡Vamos al pasaje del terror! —dice Laura tirando de la mano de los dos chicos.

Ellos se miran y asienten.

Aquí no hay que hacer mucha cola, porque apenas hay gente. Empiezan a sudarme las manos porque sé lo que va a pasar. ¡Van a darse su primer beso! No sé si lo soportaré. A mí no me pasa como a ella. Yo tengo claro que suspiro solo por uno de ellos, solo por Daniel. Jesús me encanta, pero no siento esa química ni esa atracción que me despierta Dani. Cuando lo veo es como si tuviera un imán. A veces incluso creo que se puede tocar la energía que fluye entre los dos y que nos une en silencio. Pero eso es algo que solo debo de sentir yo, porque está claro que a él la que le gusta es Laura. Y a Jesús... Pues no sé, ninguna de las dos, porque está en una nube, aislado. De hecho, en cuanto se baja de las atracciones deja de sonreír poco a poco y hasta se queda serio. Entramos por fin y nos ponemos en fila. Está todo muy oscuro. Jesús va el primero, luego voy yo, detrás de mí Laura y el último, Daniel. Vamos haciendo el recorrido todos juntos, cogidos, hasta que, en un susto, Laura se suelta de mi cintura e intuyo que se abraza a Daniel. Nosotros seguimos avanzando hasta que un zombie nos para:

—¿Y vuestros amigos? ¿Dónde están? No os podéis separar, chicos.

Ambos nos encogemos de hombros sin saber qué decirle y volvemos la vista atrás. Tras esperar un rato, nos pide que salgamos y decidimos irnos sin ellos. Terminamos el recorrido sin gritar ni una sola vez más. Que nos haya hablado uno de los actores le ha quitado bastante magia al espectáculo. Una vez fuera, Jesús lee en voz alta un whatsapp de Daniel.

> —Chicos, os hemos perdido, quedamos en el puesto de perritos calientes de la esquina, pero dadnos unos minutos..., ¿vale?

Imagino que quieren estar solos. Al momento le vuelve a sonar el teléfono a Jesús, esta vez es una llamada.

—Dime, Jorge… —contesta.

En cuestión de minutos se le ilumina la cara y, por primera vez en toda la tarde, sonríe de verdad. Cuelga el teléfono, me coge de la mano y me lleva corriendo a la terraza en la que hemos quedado. Los sorprendemos coqueteando, cogidos de la mano, yo diría que Laura está en «modo acoso». Daniel me mira y, de pronto, suelta a Laura como en un impulso y se separa de ella. Jesús se acerca y susurra emocionado.

—¡Ha dicho que sí!

9

Daniel

Laura grita, se gira y me abraza. Aprieta todo su cuerpo con mucha fuerza contra el mío. Noto cada centímetro y su aliento en mi cuello. Respira fuerte, moviendo el pecho de arriba a abajo. Se separa un poco de mí y me mira fijamente. Mi boca no atiende a ninguna indicación, cobra vida propia y se lanza a saborear esos labios jugosos y rojos que tanto me están provocando desde que los conocí. Me pierdo en la sensación agradable de sentir su lengua en mi boca, sus manos recorriendo mi nuca y mis brazos acercando su generoso cuerpo al mío. No sé cuánto tiempo llevamos así, pero un trabajador del pasaje del terror me da un toque en el hombro llamando nuestra atención. Nos dice que podemos salir si queremos por la entrada, para no hacer el recorrido entero, ya que nuestro grupo, Jesús y Baby, ha continuado y lo hemos perdido. Salimos y nos dirigimos a una terraza que hay en la esquina en la que venden perritos calientes. Mientras tanto le mando un mensaje a Jesús para que no se preocupe. En cuanto suelto el móvil, Laura me coge de la mano y me acerca a ella. Nos quedamos de pie, pegados y mirándonos hasta que se aproxima todavía más y me besa de nuevo. Respondo con menos pasión que antes, pero no me aparto. Empiezo a sentirme agobiado. A pesar de lo buena que está, creo que no me gusta lo suficiente. Es tan insistente, tan lanzada, que me agota.

Nos pedimos un perrito cada uno y nos sentamos en la terraza. Cuando termina de comer, vuelve a lanzarse sobre mí y no puedo evitar apartar la cara. Le digo que estoy sucio, que necesito limpiarme la boca y ella me coge de la mano diciéndome que no le importa. Se arrima aún más y entonces, aparecen Jesús y Baby. Intercambio una mirada fugaz con Baby y me siento culpable, no sé por qué. Al ver su cara dolida suelto inmediatamente la mano de Laura y me alejo. Jesús, que sonríe muy feliz, se acerca y me dice que Robin ha dicho que sí. Así que en esta gira tendremos a la gran Robin Gómez recorriendo el país con nosotros, durmiendo en los mismos hoteles, viajando en la misma furgoneta... ¡Qué maravilla! Miro el reloj y decido que es hora de irnos si es que queremos que Baby llegue a tiempo a casa. Vamos hasta la puerta principal y buscamos a Jorge. Nos da más detalles sobre la decisión de Robin.

—Me ha llamado Félix, el director de la emisora, y me ha dicho que sí, que está encantada con la idea. Se llevará una cámara con la que podrá grabarse a sí misma, editará sus propios vídeos con un ordenador portátil e irá subiéndolo todo a las redes. Además, entrará en directo en la radio cada tarde para hacer un resumen de cómo vais, contando siempre qué tal el concierto del día anterior, etcétera. Tengo que pasarle la hoja de ruta para que sepa cuáles van a ser nuestros movimientos y así pueda hacer la maleta dependiendo de lo que vaya a necesitar. Voy a llamarla por teléfono.

—¿Me dejas que hable un momento con ella?

—¿Tú, Jesús? ¿Y eso?

—Para darle la bienvenida a nuestra familia de tour y agradecerle que se haya atrevido con esta locura.

—Bueno... Lo que quieras...

Miro a Jesús y empieza a encajarme algo... Pero no... Me lo habría dicho... Nos lo contamos todo.

Vuelvo donde están las chicas, que están cuchicheando, y de pronto veo cómo un grupo de personas, a unos tres metros, me reconocen y sacan el móvil. Laura se da cuenta de que nos están grabando y se lanza a besarme. Me da un pico y me coge de la mano. La gente que nos mira suelta un murmullo ahogado. Me suelto de su mano y la miro enfadado. Me dirijo hacia Jorge y le pido que por favor nos saque de aquí. Él le hace señas a Jesús, que está hablando por teléfono con Robin para que se ponga en marcha y nos guía a todos hasta el parking. En menos de cinco minutos ya estamos en la furgoneta.

—Pero, Laura, tía, ¿en qué estabas pensando? ¿No ves que esos niñatos nos estaban grabando? ¿Por qué justo haces eso en ese momento?

Estoy siendo duro, pero es que me hierve la sangre. Esta cría me va a volver loco. Me mangonea como quiere, y encima ahora le pone a tiro a unos tipos que nos hagan un vídeo que puede correr como la pólvora en redes sociales y medios de comunicación. Y me da mucha rabia, porque juraría que lo ha hecho a propósito. Jesús intenta tranquilizarme.

—Venga, Dani, no te amargues, que ya está, Laura lo habrá hecho sin querer. ¿Verdad, Laura?

—¡Claro! ¿Cómo puedes pensar que voy a hacer a algo así adrede?

Cierro los puños con fuerza porque no me creo para nada la cara de cínica que está poniendo. Soy un capullo. Esta tía no es trigo limpio. Miro a Baby, que está como ausente, mirando por la ventanilla. Apuesto a que no ha disfrutado de la tarde y me da rabia. Es tan dulce y buena chica... No me encaja que sea tan amiga de Laura. Que por cierto, está lloriqueando como una niña pequeña. Pero... ¿qué hace ahora? ¡Menuda teatrera! Si el que tendría que llorar soy yo. Si entro en

Twitter, seguro que ya está el vídeo rulando. Baby le pasa un brazo por los hombros a Laura y esta se tranquiliza un poco. Jorge nos anuncia que la ruta será la siguiente: primero Laura, luego Baby y por último nosotros. Cuando dejamos a Laura en su casa, bajo un momento a despedirme de ella:

—Mira, Laura, perdona que me haya puesto así, pero no me gustan las tonterías. Estoy muy sensible con el tema de las filtraciones porque ya he tenido más de un disgusto. Lo he pasado muy bien contigo, pero me he dado cuenta de que no funcionaría. Espero que sepas perdonar mi confusión y que no me lo tengas en cuenta.

—Vale, Dani, no te preocupes, estamos en paz. Siento haberme dejado llevar, creí que te gustaba y no me di cuenta de que nos estaban grabando, te lo prometo.

—Bueno, vale, pues ya está.

Le doy un abrazo y nos despedimos hasta la próxima.

Cuando entro en la furgoneta, pillo a Baby mirándome y se pone roja. No sé qué tiene esta chica, pero me parece tan perfecta que me da hasta miedo acercarme.

—Tus padres son muy controladores, ¿no?

—Bastante.

—¿Y eso por qué? ¿Has hecho que desconfíen de ti?

—Qué va, todo lo contrario. Soy como la niña que todo padre querría. Siempre les hago caso, saco buenas notas, ensayo todo el tiempo…

—¿Ensayas?

—Sí, soy bailarina de ballet. Y mis padres quieren que me dedique a ello profesionalmente...

—Y no te gusta la idea porque te apetece más ser...

—Estilista —me confiesa muerta de vergüenza, pero feliz.

—Ya decía yo que ese estilazo vistiendo era por algo... Pues nosotros necesitamos estilista y tú serías perfecta.

—¿Sí? Bueno, no os cobraría, sería una oportunidad increíble. Lo malo es...

—¿Lo malo qué es?

—Nada, que mis padres no quieren que sea estilista. Lo ven muy poco para mí. Como te decía, tienen otros planes que consideran más ambiciosos y adecuados.

Llegamos a su casa y me doy cuenta de que querría estar hablando con ella mil horas más. Se despide de Jesús y, cuando llega mi turno, insisto en acompañarla hasta la puerta. Se vuelve a poner roja como un tomate y aún me gusta más. Es adorable. Porque no quiero tener novia..., que si no, sería una buena candidata.

—Bueno, Dani, gracias por todo. Espero que nos veamos pronto.

—Cenicienta, ha sido un placer. Ojalá pueda verte en otra ocasión, prometo no perderme con otra.

Abre los ojos como platos. La beso muy despacio en la mejilla, el tiempo suficiente para que se ponga realmente nerviosa, le cojo la mano, se la acaricio muy suavemente y vuelvo a la furgoneta. Ella se mete deprisa en el portal y desaparece. De verdad que espero verla de nuevo. Cuando Jorge ya ha arrancado, caigo en que no le he pedido su teléfono, así que tendré que contactar con Laura para poder volver a ver a Baby.

—Vaya donjuán está hecho nuestro Daniel…, ¿eh, Jesús? —dice Jorge con mucho cachondeo.

—Calla, tío, que a Laura casi la abandono en la Warner. ¿Has visto cómo se me ha tirado a la boca delante de unos chavales que grababan un vídeo?, lo ha hecho a propósito.

—Sí, pero Dani, bien que te has dado el filetón con ella, que yo lo he visto —afirma Jesús partiéndose de risa.

—Lo que vas a ver próximamente es cómo conquisto a Robin Gómez. Tengo una gira entera para que caiga en mis redes.

Jesús se queda serio y deja de hacer bromas. Mira al infinito por la ventana y empiezo a mosquearme de verdad.

Pero a este ¿qué narices le pasa?

10

Robin

Me ha llegado el resumen de la gira y estoy impactada. No sabía que fueran tantos conciertos. Voy a estar muchos días fuera de Madrid. El último que tienen es justamente en la capital, así que esa noche ya dormiré en casa. Pero el resto… Tenerife, Valencia, Barcelona, San Sebastián, Santander… Voy a conocer muchos sitios de España en los que todavía no he estado. Como cada vez que tengo tiempo libre me voy a hacer surf o a ver a la familia a Londres… En la maleta meto faldas, vestidos, shorts, monos, algún vaquero, camisetas mil, un par de zapatillas de deporte, sandalias de plataforma, otras planas, biquinis, neopreno, por si surge la oportunidad de surfear…

Me suena el móvil. Es él, otra vez. Lo silencio y sigo sin contestar. Por dónde iba… ¡Ah! ¡Sí! Champú, mascarilla, cepillo... Vuelve a sonar el teléfono. Miro y es Rebeca.

—Bonita, ¿qué tal?

—Bien, bueno, un poco triste la verdad... ¿Quedamos esta noche? Estoy en modo agobio, te voy a echar tanto de menos...

—Va, tampoco es para tanto. Y si te apetece puedes venirte a alguno de los conciertos. ¿No ves que solo tendríamos que pagar tu billete? La habitación ya la tenemos, dormirías conmigo. Te mando ahora por WhatsApp las fechas y los sitios de los conciertos y organízate para venir, ¿vale?

—Vale, pero hoy nos vamos a tomar unas cañas ¡sí o sí!

—Síiii..., pesadilla.

—Vale, pues a las nueve en la terraza de la taberna Agrado, en la calle Ballesta.

—Con decir donde siempre te habría entendido. Nos pasamos allí todos los after works que no tenemos eventos...

—Calla, va, te veo luego.

Cuelgo el teléfono y siento un pequeño vacío en el estómago. Es verdad que yo también la voy a echar mucho de menos. Ya le he dicho a mi jefe que voy con toda la ilusión del mundo, pero que si me agobio, me siento triste, sola o mal... lo dejo todo y me vuelvo a Madrid. Aunque sé que muy mal tendría que pasarlo, porque soy tan cabezota y perfeccionista que me costaría dejar algo a medias. Miro el reloj y veo que si me quiero arreglar un poco debo empezar ya, en media hora he quedado con Rebeca. El sitio está aquí al lado, pero he de coger el metro. Me ducho, me pongo un vestido largo gris y unas zapatillas de deporte blancas clásicas y me maquillo un poquito. El pelo va loco y a su aire, como siempre. Cojo el bolso con forma de palomitas de maíz y salgo a la calle. Cuando estoy a punto de bajar las escaleras de mi estación de metro, recibo una llamada. Es Jorge.

—Hola, Jorge, ¿qué tal?

—Nada, muy bien, hija, aquí estamos, en el Parque Warner, que los chicos tenían hoy el día libre. De hecho, te paso con Jesús.

—¿Qué? ¿Por qué?

—¡Hola, Robin!

—Hola, Jesús, ¿qué tal?

—Genial, muy emocionado de que hayas aceptado. Me parece que va a ser un pelotazo. No es porque se me haya ocurrido a mí, pero creo que lo va a petar.

—¿Se te ocurrió a ti, entonces?

—Sí.

Jesús no añade nada y yo, aunque lo intento, me quedo también muda. Solo se oyen nuestras respiraciones. Cuando por fin me veo con fuerzas para continuar…

—Pues enhorabuena, porque creo que está genial. Vais a tener aún más visibilidad, si cabe. Intentaré hacer bien mi trabajo y que cada pieza tenga algo especial, algo que las fans valoren a otro nivel.

—Lo vas a hacer genial. ¿Cuándo te vemos?

—Pues creo que en un par de días en el aeropuerto, vuestro primer concierto es en Arona, en Tenerife, ¿no?

—Sí, así es. Bueno, Robin...

—Bueno, Jesús... Buenas noches.

—Buenas noches, preciosa.

«¿Buenas noches, PRECIOSA?». ¡Pues mal empezamos! Pero ¿por qué esas confianzas? Voy a tener que ser más clara y distante con ellos. Sin pensarlo ni un momento entro en su perfil de Instagram (para documentarme profesionalmente, me miento) y veo la última foto que ha puesto. Está muy mono, bueno, más que mono..., sexy, con toda la ropa mojada y carita de «¿cómo ha pasado esto?». Me fijo en las interacciones y veo que tiene treinta y dos mil «Me gusta» y más de tres mil comentarios. Vale, no soy la única que opina que está para comérselo. Bloqueo el móvil enfadada conmigo misma e intento quitarme de la cabeza la imagen que acabo de ver. Por suerte, ya estoy casi en el local en el que hemos quedado Rebeca y yo. Cuando llego está muerta de la risa ella sola viendo algo en el móvil.

—¿Un niño lanzándose a una piscina de bolas de cabeza en plan kamikaze?

Levanta la cabeza sorprendida.

—No, un gemelo, besándose con una chica en el Parque Warner.

—¿Cómo? ¿Cuál? —suelto sin controlar mi tono de voz, de manera que sueno bastante histérica.

—Pues chica, no sé, no los diferencio. Pero por lo que dice el tuit, es de ahora mismo. Fíjate. Uno está con dos chicas y la rubia se lanza a darle un beso. El otro está hablando por teléfono.

Me arden los ojos, pero no puedo dejar de ver el vídeo una y otra vez. Reconozco a las ganadoras del concurso del otro día. La rubia exuberante que es la que se lanza a besar a uno de los chicos y la niña tímida, la que mira avergonzada. Y de fondo, sí, está el otro. Veo que el vídeo lo han subido hace unos diez minutos, que es el tiempo que hace que hablé con Jesús... Así que creo que puedo estar tranquila... Probablemente sea Daniel, que además es más ligoncete... Pero ¿qué estoy diciendo? ¿Qué más me da cuál de los dos sea?

—Alucino con la gente, no respeta nada ni a nadie.

—No te pongas así, que a nosotras estas cosas nos vienen muy bien porque nos da juego en la revista, la radio, las webs...

—Tía, ni se te ocurra compartir esto en la web de la revista. Son menores. Déjalos tranquilos.

—Vaaaaleee... A ver, que tienen diecisiete años... Tampoco son tan pequeños. Madre mía, cómo estamos, cariño.

—Pues con ganas de tomarme una birra, así estamos. ¿Has llamado a los demás?

—Sí, hemos quedado a las doce en el karaoke de Gran Vía.

—¿En serio? ¿Otra vez allí?

—A ver, es una despedida, queremos bailar y cantar canciones melancólicas. Somos hipsters, tía.

La miro indignada, no me convence en absoluto. Odio los karaokes, no se puede hablar, hay gente muy loca y siempre está el típico que se cree que canta bien acaparando el escenario.

Vuelve a sonar mi teléfono. Lo miro y es Fer una vez más. Se lo enseño a Rebeca y me suplica que le deje contestar por mí. Me niego en rotundo. La obligo a cambiar de tema y le pregunto por su vida. Me cuenta que en la revista sigue bastante agobiada por culpa de su jefa, que la tiene tomada con ella. ¡Este mundo a veces es tan injusto! Como Rebeca no se va de juerga con su jefa y es mucho más responsable y trabajadora que ella, esta le hace la vida imposible porque le aterra que la directora de la revista se dé cuenta de que ella es prescindible y Rebeca no.

—Ten paciencia, estoy convencida de que la van a poner en la calle y te van a hacer jefa a ti, ya verás.

—Sí, ya me gustaría. Y para mayor tragedia, esta semana viene mi madre y se queda unos días en casa.

—Mira qué suerte. La mía, si no voy yo...

—Sí, una suerte... La última vez que nos vimos lo más cariñoso que me dijo fue: «Es que al tío Pedro le pasa como a ti, que tiene una facilidad para engordar y ponerse tremendo...». Y mi tío es un anciano obeso.

Y ahí está, justo lo que necesito, reírme con ganas, desahogarme. Me río tan fuerte que todo el bar nos mira. Pero me da igual, estoy tan a gusto. Adoro a Rebeca y su forma de contar las cosas. Me acerco y la abrazo.

—Te voy a echar de menos, ¡amiga!

—Y yo —dice mientras se le escapan un par de lágrimas—. Y Robin, no hagas ninguna tontería que sé que tienes muy mala puntería con los tíos...

—¿Qué? Pero ¿qué dices?

Justo en ese momento aparece Fer.

—Sabía que estaríais aquí.

Me levanto, dejo dinero sobre la mesa, cojo a Rebeca de la mano y le pido que nos vayamos. Él nos sigue.

—Vaaaamos, no te pongas así, tía. Pero si sabes que no estábamos saliendo, que no éramos novios... Venga, tonta, que me encanta estar contigo. Fueron solo unos besos, por los viejos tiempos, nada más...

La verdad es que en parte tiene razón, no éramos novios ni nada, pero, liarse con otra en mi cara... Me giro y veo un rayo de esperanza en su mirada. Se arrodilla y empieza a suplicarme.

—Te echo de menos, Robin, podríamos intentarlo de verdad, en plan formal, sin terceras personas. Dame una oportunidad, por favor.

11

Daniel

Cierro la maleta y lamento, una vez más, que se me rompiera la cadena con la chapa metálica. La necesito, especialmente para viajar. Tendré que pedirle a mi madre que me regale algo similar para llevarlo siempre conmigo. Estoy nervioso, emocionado y con ganas de salir a cantar. Pero no es nada comparado a cómo está Jesús. No para de tararear y dar tumbos de un lado a otro, está como loco. Jorge nos espera en la furgoneta, así que, si no queremos llegar tarde al aeropuerto, debemos salir ya.

Cargamos todo y nos ponemos en marcha. Es entonces cuando me doy cuenta de que ni he desayunado. Ha sido al abrir mi timeline de Instagram y ver todas esas tortitas con fruta, tostadas de aguacate… Por cierto, ¿tendrá Baby Instagram o Twitter? La busco, pero no la encuentro, se lo preguntaré cuando la vea. Supongo que eso será dentro de mucho tiempo. Busco el perfil de Robin en Instagram y veo que su última publicación es de hace unos minutos. Se la enseño a Jesús. Es un selfie en el que sale con una sonrisa preciosa y se ve que lleva una maleta. «Lista para vivir una experiencia única con los gemelos más brillantes del panorama musical». Con ese texto es obvio que todo el mundo atará cabos, así que se nos ocurre contestarle con otra foto. Nos hacemos un selfie los dos en la furgoneta y lo compartimos: «Listos para arrancar nuestra gira y vivirla junto a la presentadora con más talento de la industria. Tu sonrisa nos iluminará cada día, tus ojos serán los de nuestras princesas». La mando desde mi cuenta y Jesús la comparte en la suya también. Al momento veo que ya hay decenas de comentarios y que están divididos entre las chicas que entienden que es algo bueno, porque así Robin podrá contar todo lo que suceda en la gira y las que se ponen celosas porque va a vivir esta experiencia con nosotros. Ojalá pudiésemos hacerle vivir cada día algo así a una de nuestras princesas.

—Jesús, estaba pensando que en la próxima gira podríamos hacer un concurso para que, en cada concierto, sea una de nuestras seguidoras la que haga de «reportera» a través de sus redes sociales, contando qué hacemos en el backstage, subiendo fotos y vídeos con nosotros, en la prueba de sonido… Podríamos darles la oportunidad de hacer algo parecido a lo que va a hacer Robin.

—¡Me encanta la idea! Jorge, ¿lo has oído?

—Sí, chicos, me parece genial. Lo hablaremos con el resto del equipo para ver si es viable.

Me quedo satisfecho de haber tenido una idea así y repaso mentalmente partes del show. Jesús saca la guitarra acústica que tiene a mano y se pone a tocar un poco. No pasan ni dos minutos y ya estoy cantando con él.

El trayecto hasta el aeropuerto se nos pasa volando. Cuando llegamos, están ya todos nuestros músicos esperando alrededor de Robin. Se les cae la baba con ella. ¡Esto va a ser la guerra!

—¡Hola a todos! ¡Robin! —digo.

—Chicos, ¿qué tal? ¿Cómo estás, Robin? —Mi hermano se acerca y le da dos besos.

—Muy ilusionada. ¡Va a ser toda una experiencia!

—Espero que no te agobies con los comentarios que he visto que algunas chicas te han hecho…

—Tranquilo, Dani, he visto cosas peores. A una amiga la relacionaron sentimentalmente con un youtuber y la estuvieron amenazando de muerte e insultando durante unos meses. Pero no hay que tomarse en serio esas cosas. De hecho, ella retuiteaba los mensajes más ocurrentes porque le hacían gracia. Estar preparada para que me ataquen algunas de vuestras seguidoras es una de las cosas que he tenido en cuenta antes de aceptar. Podré con ello, seguro. Además, en general, vuestras fans son ideales.

—Sí, como Laura, ¿verdad, Dani?

Jesús se mofa de mí y no me hace ninguna gracia.

—Menos guasa... No imaginé que fuera a ser tan... espabilada.

—Pero ¿qué ha pasado? ¿Es por el vídeo? —pregunta Robin.

—¿Lo has visto? Entonces, ¿lo han subido? Tengo tantas notificaciones en Twitter que no me entero. Por no hablar del WhatsApp, que no sé cómo mi número de teléfono lo tiene media España... Mira. —Le enseño a Robin que debo de tener como cien personas hablándome a través de WhatsApp—. Voy a tener que cambiar de número.

—Vamos, que te has marcado un Paula Vázquez —suelta el batería.

Todos se ríen.

—¿Qué es marcarse un Paula Vázquez?

—Compartir tu número de teléfono en redes sociales sin querer y que te peten a mensajes y llamadas —explica Robin.

—¡Ah! Pues no, lo mío es peor... Es que he confiado en gente que claramente no lo merecía...

—Hay que tener mucho cuidado en este mundillo... —dice Robin bastante seria.

—Pero, dime, ¿dónde has visto el vídeo?

—Me lo enseñó mi amiga Rebeca. Al parecer lo vio en cuanto lo publicaron... Algún contacto suyo lo retuitearía... Podemos probar buscando vuestro nombre y echar un vistazo a las publicaciones destacadas. Está claro que será de lo más visto y compartido.

Robin saca su móvil y escribe nuestro nombre. Al momento bucea entre lo destacado y encuentra el vídeo. Lo vemos y me relajo. Se ve muy de lejos y en baja calidad. Tampoco es nada excesivamente impactante. Aunque al verlo tengo aún más claro que Laura lo hizo a propósito. La tercera vez que lo veo me fijo en Baby. Cuando Laura se lanza a mis labios, se le entreabre la boca y sus ojos muestran indignación. Yo diría que le gusto. Lo averiguaré.

Jorge nos llama y nos da a cada uno nuestro billete. Robin irá sentada entre nosotros dos. Al parecer lo ha pedido para poder hacernos preguntas y grabar algo simpático desde el avión. Saca la cámara y, sin avisar, se pone a grabar. Solo sale ella y nos saca de lejos saludando. Va a ser bastante intenso tener una cámara tan cerca. Aunque, por otra parte, me encanta poder compartir con nuestras princesas de una manera tan cercana, todo lo que hacemos.

Nos acomodamos en nuestros asientos y Robin nos pide permiso para grabar. Nos pregunta qué sentimos antes de volar, si nos da miedo y cómo nos entretenemos durante el viaje. Apenas dura tres horas, pero yo voy bien equipado, películas, libros, series...

—Total, luego se queda frito a los cinco minutos... —dice Jesús partiéndose de risa.

—¡Ah! Pues entonces es de los míos, yo me duermo enseguida —dice Robin.

Miro satisfecho a Jesús y pienso: *Toma, por querer dejarme mal.*

—Pues espero que no ronques, que yo no me duermo fácilmente.

La cara de Robin es fuego.

—¿Roncar? Perdona, pero soy una señorita y no ronco.

Nos reímos y despedimos el vídeo. Como primer capítulo de nuestra gira no está nada mal. Robin está contenta y se dispone a volcarlo y editarlo. Así podrá subirlo en cuanto lleguemos al hotel. La idea es genial, va a ser casi como estar en streaming. Miro a Jesús y veo que disimula con el móvil, pero que en realidad está pendiente de cada paso que da Robin. Esta gira va a ser muy divertida. Me pongo los cascos, enciendo el iPad y me pongo un capítulo de *The Walking Dead.* Odio el olor de los aviones. Me tapo la nariz con mi pañuelo de lino azul marino, previamente perfumado para momentos como este, y tardo unos diez minutos en sentir que se me cierran los ojos.

«Es un ángel, está en color y todo lo demás se ha quedado apagado, en blanco y negro... Ella me quiere devolver el colgante, pero no le dejan... Dejad que me lo dé, por favor... Es taaaaaan bonita. Tiene luz propia. Pero está triste, triste por mí... No te preocupes, preciosa, que estoy bien. Te llevaré a bailar, te llevaré a cenar y nos bañaremos de noche en el mar... Tú y yo... Eres un ángel... Un ángel...».

—Dani..., Dani..., ¡Dani, despierta! —oigo una voz preciosa y dulce que susurra mi nombre. Me despierto desconcertado y es Robin—. Perdona, Dani. No quería despertarte, pero es que estabas hablando muy alto...

—Estaba... ¿hablando? ¡Ay, Dios! ¡Qué vergüenza!

—Tranquilo, está casi todo el mundo durmiendo y el resto lleva cascos...

—Ya, pero tú me has oído... ¿Qué he dicho?

—¡Ah, no sé, no se te entendía bien! Tranquilo, guapo, que yo no me he enterado de nada.

Me aprieta la muñeca y me sonríe. Me quedo más relajado.

Yo sí recuerdo qué he soñado. Y ese «ángel» me resulta familiar... Jesús estira el cuello y mira con el ceño fruncido cómo Robin me acaricia el brazo para tranquilizarme. Cuando se da cuenta de que Jesús está mirando, lo aparta.

—¿Pasa algo? —pregunta muy serio mi hermano.

—Nada, Daniel, que ha tenido una pesadilla. Pero ya está bien, ¿verdad?

—Sí, todo bien. Gracias, Robin, eres una tía muy guay.

Le masajeo con la mano izquierda, el cuello y acabo tocándole el lóbulo de la oreja. Me parece adorable esta chica. Noto cómo Jesús se pone rojo de rabia. Me mira enfadado y se gira con brusquedad para seguir viendo lo que sea que esté viendo en su iPad.

Y de pronto lo entiendo todo. El puzle me encaja, ya no me cabe ninguna duda. Te pillé Jesús, te pillé. Me duele muchísimo que no me lo haya contado. Es la primera vez que no confía en mí. Pero ¿por qué? ¿Por qué no se sincera conmigo? Pues quiera o no, acabará contándomelo, aunque sea a la fuerza. Le voy a hacer sufrir y a ver hasta dónde aguanta.

12

Robin

—Ay, perdona...

—Tranquila, no pasa nada.

—Es que es todo tan estrechito... Y tu hermano se ha vuelto a dormir. No quiero molestarlo.

—No pasa nada, apóyate sin problemas... ¿Has terminado el montaje del vídeo?

—Sí, ¿quieres verlo?

—¡Por favor!

—Solo puedo poner unos auriculares, ¿los compartimos?

—Sí, claro, dame.

—¿Lo ves bien así?

—¿Qué colonia llevas?

—¿Qué?

—La colonia, ¿es la de Rihanna?

—Sí... ¿Cómo...?

—Es la que más me gusta de chica. A ver...

Jesús se acerca a olerme el cuello y noto cómo se me tensa todo el cuerpo. Me arden las mejillas y no puedo evitar mirar hacia otro lado. Se queda oliendo más tiempo de lo que considero necesario y siento su respiración.

—Sí, huele muy bien. Me encanta.

—Gracias —digo con la vista fija en la pantalla del ordenador—. Bueno, vemos el vídeo, ¿no?

—¡Ah! Sí, claro, el vídeo... Venga, dale.

Nos quedamos demasiado juntos para mi gusto, pero es la única forma de compartir los auriculares. Nos reímos en los mismos momentos y al final nos miramos.

—Bueno, qué, ¿te gusta?

—¿Sabes lo que me llama más la atención de ti, lo que te hace de verdad especial?

—¿Qué?

—Tu naturalidad. Eres transparente y real, se nota que te apasiona tu trabajo, lo vives todo con una emoción...

Nadie en mi vida me ha dicho algo tan bonito. No sé qué decir...

—Uf... Me has dejado... No tengo palabras... Jo, gracias. Para mí, el trabajo es mi vida —digo casi susurrando.

—Te entiendo, me pasa lo mismo.

Su voz suena ronca y lo pronuncia todo muy despacio, mirándome a los labios. Miro los suyos y el tiempo se detiene. Ninguno de los dos se mueve ni dice nada, pero el ambiente se carga de energía. Se me encoge el estómago y solo oigo nuestras respiraciones, que se han vuelto densas y lentas.

—¿Chicos, qué hora es? —gruñe Daniel, casi sin vocalizar, medio dormido y sacándonos de nuestro estado.

—No sé, la verdad, supongo que ya quedará poco... Estábamos aquí, viendo el vídeo, que ha quedado muy bien, muy cortito y fluido... —no puedo parar de hablar—. ¿Verdad, Jesús? ¿Quieres verlo, Dani? Te va a gustar. En cuanto lleguemos lo subo y...

—Quedan unos diez minutos para aterrizar, Dani —me corta Jesús. Lo miro y sonríe de lado, me guiña un ojo y me desarma.

Vale, Robin, concéntrate. Tiene ocho años menos que tú, es un niño, aún no tiene ni la mayoría de edad y tú estás empezando una relación en serio con otro, Fer. En cuanto baje del avión hablaré con él. Otro con el que me llevo no ocho, sino nueve años, pero como el mayor es él, es distinto. ¿O no? De todas maneras, me pregunto por qué no me fijaré en los de mi generación. Sería todo más fácil.

—Voy al servicio, chicos.

Necesito alejarme de él. Estoy sudando, hace mucho calor. Qué ganas de llegar a Tenerife, por favor.

Tras una hora esperando nuestras maletas, por fin en el hotel, Jorge nos explica que a las siete tenemos que estar listos para desplazarnos al recinto. La prueba de sonido es a las siete y media. Hasta entonces, tiempo libre. Eso sí, si queremos comer todos juntos, a las tres tendríamos que estar en el restaurante. Alucino con la estética del hotel, repleto de columnas clásicas y un suelo ajedrezado algo cargante en contraste con los cuatro ascensores transparentes, colocados uno a cada esquina del claustro. Aun así, solo puedo pensar que tengo el mar a unos metros y por dentro estoy dando saltitos. Hacemos el check-in y nos vamos cada uno a nuestra habitación. Estamos todos en la misma planta y las habitaciones están prácticamente pegadas. La mía es una minisuite que da al mar, a la playa de Los Cristianos. Aquí no hay olas, pero me han dicho que justo al lado está la playa de Las Américas y allí sí se puede surfear. Abro la maleta, me pongo un bañador, un vestidito ligero, sandalias y salgo disparada. Cuando llego al ascensor oigo mi nombre.

—Espera, que yo también bajo. —Daniel viene corriendo también con el bañador puesto—. ¿A la piscina?

—No, voy a la playa... De hecho, voy a ver cómo está el asunto para surfear. Tengo unos colegas en una escuela en primera línea en una playa aquí cerca.

—Ah... ¿Puedo ir contigo?

—¿Surfeas?

—No, pero me gustaría aprender.

—Bueno, si te apetece... Pero ¿y Jesús?

—Creo que quería descansar.

En unos diez minutos estamos en la escuela. Saludo a mis amigos y vemos que es buen momento para entrar. Hay olas pequeñas y Daniel puede aprender. Cogemos dos tablas y nos metemos en el agua. Uno de los profesores le da una clase particular a Daniel y yo me quedo cerca cogiendo olitas y pendiente de su evolución. Me parto de risa al ver su cara de agobio al tener que pasar la rompiente y me sorprendo de lo bien que se le da cuando, a la primera, se pone de pie. Un par de horas después, el profesor se marcha y Daniel se queda fuera. Yo aprovecho para irme a una zona en la que el mar está más grande. Qué maravilla, cómo me gusta esta sensación. Cuando ya no tengo fuerzas para seguir remando, me salgo.

—Bueno Dani, ¡ya eres surfero!

—Eh, pues no se me da nada mal, ¿verdad?

—No, lo has hecho genial, estoy asombrada.

Llegamos al hotel y pasamos por la piscina para darnos un chapuzón. Allí está Jesús, tumbado en una hamaca. Al vernos llegar, frunce el ceño.

—¿Dónde estabais? ¡Llevo todo el día solo! Ni siquiera habéis venido a comer.

—He ido a ver a unos colegas que tienen una escuela de surf, me he cruzado con Dani y se ha venido conmigo... Creíamos que estabas descansando.

—Chicos, me muero de hambre. Robin, ¿comemos algo? —Daniel no parece tener ganas de disculparse ni de discutir con su hermano.

Jesús no puede disimular su ira. Me siento fatal. Y de pronto me acuerdo de que ni siquiera he llamado a Fer. Me pongo el vestido y les pido disculpas.

—Tengo que hacer una llamada. Ahora vengo, ¿vale?

Ni siquiera me contestan, se va a desatar una batalla campal en cuanto me vaya. Dejo que hablen, lo último que querría es que se enfadaran por mi culpa. Además, yo tengo novio. O eso creo.

—Fer, ¿qué tal?

—Hombre, la desaparecida. Qué tal tú. ¿Estás en Tenerife ya?

—Sí, de hecho me he ido a hacer surf nada más llegar, por eso ni te había llamado.

—Ah, vale. Oye, te dejo, que tengo lío. Llámame a la noche y hablamos tranquilamente. ¡Ciao!

¿«Ciao»? Y no me deja ni que conteste, me cuelga y punto. Tomo aire y miro a los chicos. Están cada uno en una hamaca, sin hablarse. Me acerco y les digo que me voy a comer algo. Daniel se levanta y se viene conmigo. Acto seguido, Jesús se pone una camiseta y nos acompaña. Parece que están más tranquilos.

Tras la comida y una minisiesta, estoy como nueva. Me iría otra vez a hacer surf tan a gusto, pero hemos quedado para ir al concierto. Me visto y decido grabar un vídeo en mi habitación como introducción para el segundo que publicaré. El que he subido antes ya tiene diez mil visitas. Me voy a la habitación de Jesús, llamo a la puerta y sin avisar, espero grabando. Me abre sin camiseta. Cuando se da cuenta de que estoy grabando, se parte de risa, no le importa y me invita a que pase a ver su habitación. Habla a cámara con una naturalidad que enamora. Me enseña su ropa favorita y me pide consejo sobre qué camiseta ponerse. Finalmente elige una gris de algodón que le queda genial. Estoy convencida de que este plano, vistiéndose en su habitación de hotel, va a ser de lo más comentado entre sus seguidoras. Como para no serlo… Hasta a mí me están entrando calores… Ahuyento cualquier pensamiento poco profesional y me centro de nuevo en la grabación. Una de las cosas que más me gusta de ellos, tanto de Daniel como de Jesús, es que cantan a todas horas. En ese aspecto me recuerdan a Jason Derulo. Nunca olvidaré los días que trabajé con él y fui testigo de cómo se pasa el día dando conciertos improvisados para los que tienen la suerte de de estar a su lado. Pues ellos exactamente igual. Con una cover improvisada de *As Long as You Love Me*, de Justin Bieber, Jesús despide el vídeo.

—¡Qué bonito! Te ha quedado genial, Jesús, me has puesto los pelos de punta... —digo bastante sonrojada, lo sé porque me queman las mejillas—. Bueno, te espero abajo, ¿vale?

—No, espera, si yo ya estoy. —Recoge rápidamente sus cosas y abre la puerta de la habitación—. Pasa, princesa.

Vale, no puedo estar a solas con él.

—Vamos a la habitación de Dani y grabamos algo con él también, ¿te parece?

—Sí, pero vamos a gastarle una broma.

Jesús llama a la puerta mientras yo grabo desde el lateral, sin que se me pueda ver desde dentro de la habitación.

—¡Dani! —grita Jesús mientras llama insistentemente a la puerta.

Al cabo de un par de minutos, Daniel abre con cara de susto.

—¿Qué pasa, tío?

—¡Dani, que nos hemos dormido! ¡Son las nueve, el concierto empieza en media hora y estamos aún aquí! —grita como un loco Jesús.

—Fuck!!! —grita aún más fuerte Dani.

Se va a girar a coger algo de ropa cuando cambia de opinión y sale disparado de la habitación en dirección al ascensor. Va tan ofuscado que ni me ve. Cuando se da cuenta de que Jesús no lo sigue, se vuelve y nos ve a los dos partiéndonos de risa y yo encima grabando su reacción.

—Pero... ¡qué idiotas sois! Ya os vale...

—Ha sido idea de Jesús, Dani, ¡lo siento! —grito sin parar de reír.

—Vaya cara de susto llevabas, Dani, ahora te verás en el vídeo —dice Jesús—. Bueno, termina de prepararte, te esperamos en recepción.

Nos subimos al ascensor y todavía me sigo riendo. Ha sido genial, estoy deseando montar el vídeo, va a quedar de lujo. Jesús parece tan feliz. Busco una mesa en la que instalarme hasta que nos vayamos y vuelco los vídeos en el ordenador. Lo montaré mientras ellos estén en la prueba de sonido. Cuando ya está todo el equipo reunido, nos subimos en la furgoneta que han alquilado para los traslados. Ahora los dos se ponen a cantar. Pasan de una canción a otra como si nada, perfectamente sincronizados. Tienen unas voces preciosas y, cuando cantan en inglés, lo hacen con un acento bastante bueno. Y mira que yo soy crítica, porque soy bilingüe.

Llegamos al recinto y ellos bajan con sus monopatines eléctricos. Echan una carrera y se les oye reír desde lejos. Recorren las instalaciones en un momento. Es un instituto y han adaptado como camerino, un aula enorme con sofás blancos, espejos de cuerpo entero y una burra para colgar la ropa. En cuestión de minutos, están todas sus cosas bien estiradas. Jorge se encarga de ello. Me instalo en un rincón para no molestar demasiado y termino de montar el vídeo. Me conecto a la red wifi que nos han dicho que podemos usar y lo subo. Para el próximo vídeo, se me ocurre que puedo contar cómo lo tienen todo listo y ordenado mientras hacen la prueba de sonido. Grabo la ropa, que está impecable, perfectamente estirada, colgada de las perchas. Tienen varios pares de zapatillas cada uno, todas blancas. De nuevo, el catering tiene, además de fruta, sándwiches, frutos secos y dulces, varios botes de Yatekomo, esos fideos orientales a los que son adictos.

Tras la prueba de sonido vuelven al camerino y son como un terremoto de alegría y de buen rollo. Daniel repasa con el batería el solo que hará. Cuando terminan, el batería se acerca a mí sonriendo y me confiesa que los adora, que son como sus hermanos pequeños. Dani se pone a mi lado y me explica que está aprendiendo a tocar la batería y que se va a comprar una electrónica. Jesús, mientras tanto, le pide a Dani que se concentre, que repasen la mecánica del concierto, las letras… Aprovecho para comprobar cómo va el vídeo y veo que ya tiene cinco mil visitas. ¡Qué locura! Entro en mis redes sociales y veo que las fans han hecho capturas del momento en el que Jesús está sin camiseta y de la cara de susto de Dani. Sabía que iba a triunfar, pero no tanto.

—¿Chaqueta gris o azul, Robin?

—Gris.

—A mí me gusta más la azul —dice Jorge.

—Robin ha dicho gris y esa es la que me voy a poner. Lo siento, Jorge, pero ella sabe más de moda que tú —se burla Jesús guiñándome un ojo.

Una vez arreglados, calientan la voz haciendo escalas e interpretando diferentes canciones. Me sorprende la potencia de voz que tienen.

—Ven, Robin, que vamos a rezar. —Daniel me coge de la mano y me lleva con él al círculo que ya han formado los demás.

—¿A rezar?

—Sí, siempre nos juntamos todo el equipo antes de salir.

—Pero es que yo...

—¿No crees en Dios?

—No...

—Pues no pasa nada, aquí la mitad no cree. Es una forma de sentirnos unidos. Tú reza pensando en quién tú quieras, en tu propio Dios o simplemente porque salga todo bien. Acércate.

Me siento un poco incómoda, como si estuviera invadiendo su intimidad, pero al mismo tiempo me emociona ver tanto cariño y tanto amor. Nunca había visto un ambiente tan de buen rollo, sano y bonito en un backstage. Tras un padrenuestro y un avemaría, todo el mundo se mira sonriente, alargan las manos al centro y gritan el nombre del grupo. Acto seguido se vuelven locos y cada uno se lanza a una parte de la habitación haciendo como que dan golpes a las cosas, montando jaleo. Como estamos en un aula de educación física, Dani y Jesús se tiran con dos de los músicos a las colchonetas. Todo el mundo ríe y me contagio de la emoción que se respira.

Jesús y Daniel se ponen los pinganillos hechos a medida en las orejas y ya no escuchan nada que no sea la música y su voz. Así que les deseo suerte y les sonrío en silencio, sosteniéndoles la mirada. Cuando suben al escenario, los gritos son ensordecedores. Me voy hasta la mesa de sonido y veo el concierto desde allí. Están estupendos y tienen a las chicas metidas en el bolsillo. El momento de mayor griterío es cuando suben a dos fans al escenario. Las sientan en el sofá que tienen justo en el centro, bajo la enorme pantalla, y ellas no paran de llorar todo el rato. Aunque es peor lo mucho que lloran las que no han sido elegidas. Las dos horas en directo se me pasan volando y cuando suena la penúltima canción, tal y como me ha pedido Jorge, entro y recojo mis cosas. En cuanto acabe, saldremos disparados del recinto para que no se produzca ningún altercado. Una vez en la furgoneta, los chicos están con la adrenalina a tope y con ganas de comentar el concierto y disfrutar de esa sensación de éxito. Me siento orgullosa de ellos.

Con el subidón que llevan, de pronto Jesús me abraza muy fuerte y me da un beso en la cabeza. Yo me estremezco entera, no estoy acostumbrada a esas muestras de cariño tan temperamentales. Me pongo colorada y siento que necesito espacio.

—Chicos, estoy agotada, ¿me podéis dejar en el hotel?

—¿No quieres venir a cenar con nosotros? —pregunta Jesús muy triste.

«No, no quiero cenar con vosotros. De hecho, no quiero verte más porque me estoy agobiando lo más grande. ¿Puedes dejar de ser tan bonito?», le diría a Jesús si pudiera. No sé si voy a ser capaz de aguantar toda la gira así.

13

Jesús

—Pero, Robin, es absurdo, no has comido prácticamente nada en todo el día.

—Ya, pero es que no tengo hambre, estoy muy cansada...

—Pues cenas algo rápido y te llevamos al hotel.

—Jesús, no insistas, por favor.

—Que no te dejo que te vayas a la cama sin cenar, ¡y punto!

Aprieto los labios y la miro fijamente. ¿Habré hecho algo mal? ¿Por qué de pronto no quiere venir a cenar? Se me ocurre que la única forma de convencerla es darle donde más le pica:

—Y que sepas que me parece poco profesional por tu parte.

—¿Cómo? —dice toda roja.

—Lo que oyes. Precisamente las cenas después de los conciertos es algo que nunca hemos sacado y que puede ser muy viral entre nuestras fans...

—Ahí Jesús tiene razón —me apoya Dani.

—Y en cuanto terminemos de cenar te llevamos al hotel, prometido —interviene Jorge.

—Bueno, no sé...

—¿Te vienes entonces? —pregunto más emocionado de lo que pretendía y buscando su mirada.

—Sí, vaaaale —responde poniendo los ojos en blanco.

—Esa es mi chica —digo. Sacudo la cabeza con chulería y le doy una palmada en el muslo.

El restaurante al que vamos ha cerrado exclusivamente para nosotros. El dueño es el típico hombre que disfruta presumiendo de la gente famosa que ha pasado por su local y nos recibe muy emocionado. Se vende un poco, presume de sus platos, del servicio y de lo privilegiado de su emplazamiento. Nos habla de todas las celebrities que han estado aquí antes y nos pide una foto con la que decorará esa pared de la fama que tiene nada más entrar.

Cuando por fin conseguimos sentarnos, intento hacerlo cerca de Robin y noto que mi hermano Daniel también. Acabamos cada uno a un lado de Robin mientras ella preside la mesa. Saca la cámara y nos graba hablando del concierto. Para terminar se me ocurre que puede quedar gracioso que nos vean haciendo una carrera en monopatín eléctrico por el local, aprovechando que está vacío. Acaba ganando Daniel, pero porque hace trampa, colándose por un atajo. No se lo tengo en cuenta porque sé que no tiene buen perder y prefiero que no se enfade. Nos sentamos a la mesa y enseguida llega el camarero. Tenemos bastante hambre y montamos un poco el show al querer prácticamente todo lo que tienen en la carta.

—¿Has visto a la niña que he subido al escenario a cantar conmigo, Jesús?

—Sí.

—*What the fuck?* ¡Qué buena estaba!

—¿Ligáis con las fans? —pregunta Robin divertida.

—A ver, es que da igual que sean fans o no. Si tengo una chica guapa cerca, no estoy ciego. Me fijo en ella y si le gusto... ¡Quién sabe lo que puede pasar! —dice mi hermano levantando las cejas e insinuándose a Robin. Acto seguido me guiña el ojo.

—Vamos, que sí —insiste ella.

—Claro. Aunque me van más las presentadoras —dice Daniel riéndose a gusto.

Robin le pega en un brazo simulando estar ofendida.

—Bueno, ya vale. Vamos a cambiar de tema —y hablo a mi hermano bastante serio.

Dani me atraviesa con la mirada, pero consigo que Robin empiece una nueva conversación.

—Jesús, he visto que le estás dando a la guitarra…

—Sí, llevo ya mucho tiempo aprendiendo y cada vez me siento más seguro, lo disfruto más.

—Y tú, Dani, la batería, ¿cómo la llevas?

—Bien. Bueno, es difícil y no puedo practicar todo lo que quisiera, pero voy mejorando.

—¿Cuál es vuestro artista o grupo favorito?

—Justin Bieber —soltamos los dos a la vez—. Chispas —nos decimos en voz baja el uno al otro.

—Por él, me hacía gay —digo muy serio, sacando una carcajada a todos.

—Te entiendo, a mí me pasa eso con Rihanna.

Robin es tan contundente que nos ha dejado con la boca abierta.

—Voy al servicio, ahora vengo, disculpadme.

Robin se levanta y la sigo con la mirada hasta que desaparece tras una puerta.

Los camareros se han dado codazos y todo al verla pasar. Llama mucho la atención con ese pelo tan rubio y alocado. Además es bastante alta y tiene un culazo…

—¿*Quillo,* estás sordo? —me llama la atención mi hermano—. ¡Que qué vas a beber!

El camarero ha vuelto porque se había olvidado de apuntar nuestras bebidas.

—Ah, pues agua. Y a Robin traedle una copa de vino blanco.

Creo que es lo que le apetecerá tomar. Cuando el camarero se marcha, Daniel se acerca y me dice en voz baja:

—Tío, tú estás más empanado de lo normal... ¿Te pasa algo?

—Nooo, ¡¿qué me va a pasar?!

Pero sé que lo sabe. Algo va mal en nuestra relación desde que apareció ella. No quiero contarle que me gusta, porque lo dijo él primero y es como si le estuviera traicionando. Además, no tengo nada que hacer con ella, pasa de mí. ¿De qué va a servir que se lo cuente? Robin llega justo cuando el camarero le está sirviendo la copa de vino.

—¡Oh! ¡Gracias! ¿Cómo sabíais que...?

Mira a Daniel y enseguida me mira a mí.

—Bueno, la otra vez te vi con una copa de vino blanco y he deducido que sería eso lo que te apetecería...

—¡Pues has acertado!

—¿Cuál es tu favorito?

—Bahía de Denia.

Me acerca la copa y brinda al aire mirándome a los ojos y entornando los suyos como si me analizase. Parece divertida y sorprendida. Pues esto no es nada, nena, pienso yo mientras le sonrío. Por un momento me siento capaz de conquistarla y paso el resto de la cena mostrando todos mis encantos. El teléfono de Robin suena al lado de mi tenedor, lo tiene encima de la mesa y aunque intento resistirme, acabo mirando y leyendo el nombre que aparece en la pantalla: FER

—Disculpadme, voy a coger esta llamada, ¿vale?

Sale del restaurante y se queda fuera, justo al lado del ventanal al que da nuestra mesa. Así que no me es difícil averiguar que la conversación no va bien. Se mueve deprisa de un lado a otro y gesticula con fuerza la mano que tiene libre. Se toca el pelo, se lo estruja con los dedos y se apoya en la pared que tiene al lado, escondiendo la cabeza. La cosa se alarga y, mientras, nosotros terminamos de cenar. Menos mal que ella casi había acabado. Veo que cuelga el teléfono, pero sigue sin entrar. Está llorando seguro, lo noto en su respiración. Me armo de valor y decido salir.

—Robin, ¿estás bien? —digo de lejos, no quiero invadir su intimidad.

—Sí... —contesta ella sonriendo y secándose las lágrimas con el dorso de las manos.

—Pues cualquiera lo diría... —Me acerco despacio.

Llego hasta ella y, poco a poco, acerco mis manos a su cara. Acabo cogiéndola y limpiando con mis pulgares las nuevas lágrimas que está derramando. No me mira, pero noto cómo le cuesta respirar. Me coge una de las manos con las suyas, levanta la vista y se muerde el labio inferior. No decimos nada, el tiempo se detiene una vez más. Desde que la conocí nos pasa todo el rato. Cuando la magia nos ha atrapado y siento que mis pulsaciones están aceleradas, ella se aparta y, con la voz ronca, dice:

—Fer, que me la ha vuelto a liar.

—¿Y eso?

—Pues porque me pidió que fuéramos en serio, justo después de enrrollarse con otra en mi cara... Y no cualquier otra, una ex a la que detesto —se está poniendo cada vez más nerviosa y con los sollozos es difícil entender lo que dice—. Pero vino a suplicarme, literalmente, se puso de rodillas en la calle y me dijo que esta vez era la buena. Ahora resulta que me cuenta que claro, que vamos a estar mucho tiempo sin vernos. Le he dicho que es solo un mes, que luego vuelvo y podemos estar juntos... Pero por lo visto ya ha tomado una decisión... Me ha dejado.

La acerco de nuevo hacia mí y no dejo que se resista, la abrazo fuerte. Ella se deja llevar y llora sobre mi pecho. Me recuerda al primer día que la vi, cuando se estampó contra mí y, sin saber por qué, no quería que se apartara. Meto mi cabeza en su pelo y aspiro su aroma. Huele tan bien. Parece que va recuperándose. Su respiración vuelve a ser normal y se deshace con delicadeza de mis brazos.

—Gracias, eres un amor.

—¡No me las des! ¡No me gusta verte así!

—Si es que soy tonta, no sé por qué he confiado en un tío como él. Lleva un cartel luminoso que dice «Te voy a hacer la vida imposible».

—Y entonces, ¿por qué pierdes el tiempo con alguien así?

—No sé. Porque me atrae, supongo...

—Te mereces a alguien que te trate como a una princesa.

—Ojalá. Pero todos los tíos son iguales.

—Todos no —digo con mucha intención esperando que lo pille.

—Prométeme que tú no cambiarás, que no te volverás un cabrón como los demás. Cuando seas mayor, dime que tratarás bien a las mujeres.

«¿Cuando seas mayor?». Pero ¿por qué me desprecia de esta manera? No lo entiendo. Solo ve en mí a un niño pequeño. Estoy furioso y no puedo evitar reaccionar con brusquedad e irme de allí.

—Cuando SEA MAYOR ya veremos qué hago —digo con toda la mala leche que soy capaz de sacar.

14

Robin

Pues ha quedado bastante bien el vídeo. Ojalá tuviera otros que montar, porque no creo que vaya a dormirme fácilmente. Lo comparto en YouTube y publico el enlace en las redes sociales de la emisora y las mías. Al momento, varias cuentas de fandoms lo hacen circular como la pólvora. Las chicas me dan las gracias por mostrarles tantos aspectos de la gira, cosas que nunca habrían podido ver sin mi ayuda. Algunas me piden que aparte mis «manazas» de ellos, muchas aseguran que nos hemos liado o que les tiro los trastos. Escribo varias contestaciones ocurrentes, pero siempre acabo borrándolas, mejor no entrar al trapo. Me asomo a la ventana y respiro profundamente. Me encanta el mar. En realidad no necesito para nada al idiota de Fer. En parte me siento liberada. Le mando un mensaje a Rebeca y cruzo los dedos para que esté libre y podamos hablar un rato por teléfono. LO NECESITO. No tarda en contestar.

—Tía, estoy en una fiestuqui que es lo más. La música está a tope y no te voy a oír. Te llamo luego, ¿vale? Pero sé fuerte cariño, Fer no te merece. Estoy viendo desde aquí a Álex González, te dejo que voy a entrarle.

—Ok, guapa, no te preocupes.

Ni siquiera se me ocurre algo gracioso que contestarle. Entro en la habitación, me pongo el bikini, el vestido playero y cojo la toalla. En menos de cinco minutos estoy descalza paseando por la playa. Hay varias parejas enrollándose en las hamacas y tengo que concentrarme para no mirar, porque están montando todo un espectáculo. Paseo por la orilla del mar y veo una figura a lo lejos. Es Daniel o Jesús. Seguro. Eso sí, desde aquí, imposible averiguar cuál de los dos. Me doy media vuelta y me pongo el pelo en la cara, no quiero que me vea. Cuando oigo mi nombre me siento como un avestruz intentando ocultarme y me rindo. Me ha cazado. Me paro y espero a que me alcance.

—¡Robin!

—Hola... —me esfuerzo en reconocer cuál de los dos es y, sin tenerlo muy claro, pregunto—. ¿Dani?

—Apenas veo y soy incapaz de distinguirlos a la luz de la luna.

—Sí —dice contundente.

—¿Qué haces?

—¿Qué haces tú?

—Intentando despejar la cabeza.

—Pues ya somos dos.

—Y a ti, ¿qué te preocupa?

—Mmm, ya está la Robin periodista.

—Vaaale, prometo no sacar nada de lo que hablemos en ningún sitio.

—Más te vale. ¿Nos sentamos?

Extiendo mi toalla sobre la arena en un sitio estratégico con unas vistas increíbles y nos acomodamos quedándonos callados, mirando la luna durante unos minutos. Un escalofrío me recorre el cuerpo entero y Dani se quita la chaqueta sin pensarlo dos veces y me la pone sobre los hombros.

—Y llevas el bañador debajo, ¿no, loquita?

—Por si me entraban ganas de bañarme... —digo riendo—. Venga confiesa, ¿qué te preocupa?

—Mi hermano. Se ha ido a la cama muy triste, últimamente está muy raro. ¿Has notado algo?

—Bueno, es que lo acabo de conocer, tampoco sé decirte...

—Pero cuando estabais fuera del restaurante, ¿ha pasado algo?

—No, qué va, todo lo contrario, me ha consolado... He roto con mi chico.

Obvio la parte en la que se ha ofendido cuando he insinuado que era pequeño.

—Vaya, lo siento...

—Nada, *tranqui*... Como te decía, él me ha animado.

—Es muy buena persona. Y no lo digo solo porque sea idéntico a mí... —Nos reímos—. Espero que no estés muy triste por lo de tu chico.

—No, qué va, si es un capullo. Que le den.

—¿Y qué querrías en un chico? ¿Qué te enamora?

—No lo sé. Me parece que aún no he estado enamorada de verdad. Porque mi trabajo no cuenta, ¿no?

—Pues no.

—¿Y tú, Dani? ¿Has estado enamorado?

—Pues yo... creo que... sí.

—¿En serio? ¿Con lo peque que eres? ¡Qué fuerte!

Nos quedamos absortos en nuestros pensamientos hasta que Dani rompe el silencio.

—¿Qué edad tienes, Robin?

—Tengo veinticinco años, ¿por?

—Nosotros tenemos diecisiete. Qué críos, ¿verdad?

—Bueno..., a ver... sois pequeñitos... Pienso en todo lo que he vivido desde que tenía vuestra edad hasta ahora y me impacta saber todo lo que os queda por experimentar aún...

—¿Pues sabes qué creo yo? Que cada uno tiene la edad que siente que tiene. Y yo, ahora mismo, no me siento distinto de ti.

Como en un arrebato, me mira y, sin apartar los ojos de los míos, se quita la camiseta rápidamente y mientras yo aún sigo flipando, se baja los vaqueros y sale corriendo.

—¿Qué haces? —grito mientras corro hacia él.

Está en calzoncillos y va directo al agua. No se mete demasiado, se queda por la orilla, pero sumergido.

—¡Métete, está buenísima! —me grita.

Miro hacia el hotel, hacia un lado y hacia otro, buscando algo de coherencia. Pero sin más, me quito el vestido y me meto. El agua está helada.

—¿Cómo me he dejado convencer?

—¡Calla! ¡Si llevabas el bañador y todo! No seas cuentista.

—Qué frío, tío, se nos va la olla.

Se abalanza sobre mí y me hace una aguadilla. Salgo tosiendo y noto que se ha quedado muy cerca, casi tanto que me roza. Siento el calor que desprende su cuerpo. Y no solo eso, me recorre de arriba abajo esa electricidad que me resulta tan familiar últimamente... Me asusto. ¿Seré una pervertida y me siento atraída por los dos hermanos? Sigo de espaldas a él. Sus manos se van juntando muy despacio a las mías hasta que me las coge. Quiero apartarme porque esto no está bien, pero no sé qué pasa que no puedo. Se acerca a mi oreja y noto cómo aspira mi olor. En un susurro me dice:

—¿Y si te prometo que yo nunca te haré daño?

Su pregunta resuena una y otra vez en mi cabeza. Ahora lo entiendo todo. Me giro bruscamente y lo miro indignada.

—¿Jesús?

No espero a que me lo confirme, lo he visto en su mirada. No me lo puedo creer, salgo del agua disparada y con un cabreo inmenso. Pero ¿este niño quién se ha creído que es? Oigo que me llama y corre detrás de mí, pero yo soy más rápida. Me pongo el vestido, las sandalias y me enrollo la toalla. En cuestión de minutos estoy en mi habitación. Una ducha caliente, eso necesito. Ordeno las ideas, me tranquilizo un poco y decido, agotada, que mañana será otro día.

No consigo dormir ni seis horas. Me levanto y veo que está amaneciendo. Tengo un hambre voraz. Me visto y bajo a desayunar. Aún no puedo quitarme de la cabeza cómo me la jugó ayer Jesús. Me prometo a mí misma que no le voy a dirigir la palabra. Desde el ascensor, veo que ya hay mucha gente ocupando las mesas de la terraza interior del restaurante, a estas horas son casi todos extranjeros, por supuesto. Entro al restaurante y paseo, una y otra vez, por delante de cada bandeja sin decidirme. Nunca había visto tanta variedad para desayunar. Tengo tanta hambre que decido probar un montón de cosas locas. Un cupcake morado, espero que de frutas del bosque, gofres con chocolate, un batido de fresa… Con todo encima y sintiéndome la tía menos sana de la faz de la tierra, busco un sitio, lo más tranquilo posible, para sentarme.

—Vaya, vaya… A dieta no estás.

La voz de uno de los chicos suena a mis espaldas. Es Dani. Hoy no tengo dudas, porque al girarme veo que un poco más retirado está Jesús, y sé que es él, porque lleva puestas sus gafas graduadas.

—Buenos días —digo cortante.

—Cojo esta mesa para que quepamos bien, ¿vale?

No quiero pagar mi enfado con Dani, así que intento ser amable con él. Mientras tanto, Jesús se marcha a por su comida.

Unos minutos después están los dos devorando varios platos a mi lado. A mí se me ha quitado un poco el apetito y soy incapaz de acabarme todo lo que he cogido.

—Si es que eres una bruta, si te lo acabas te da una sobredosis de azúcar fijo —dice Dani—. ¿Verdad, Jesús?

Él solo asiente con la cabeza para que lo deje en paz y sigue en absoluto silencio, desayunando y sin mirarme. Yo lo observo de reojo y resoplo.

—Bueno y… ¿has dormido bien, Robin? —Dani insiste en entablar una conversación.

—Sí —solo me salen monosílabos.

—El vídeo de ayer te ha quedado genial. Y además tiene un montón de visitas. Las chicas dicen que hice trampas en la carrera, ¿tanto se nota?

Le da un golpe en la espalda a Jesús para que lo comente con él pero no reacciona.

—Ayer al final quedé con la chica del público, la que subí a que cantara conmigo.

—¡¿Qué?! —decimos Jesús y yo al mismo tiempo mirándole impactados.

—Ah, o sea, que estáis vivos, creí que estaba desayunando con un par de zombis. ¿Qué os pasa? Y no me digáis que nada, porque no me lo trago. Odio que me lo ocultéis y que me mantengáis al margen. No sé qué es, pero espero no ser el último en enterarme. Jesús, ya te vale.

Daniel desaparece y Jesús y yo nos miramos con el ceño fruncido.

—¿Por qué me mentiste ayer? —le suelto furiosa.

—Mira, eso te podría preguntar yo a ti. ¿Por qué te mientes a ti misma?

—No sé de qué estás hablando, ¡ya vale, Jesús! He venido aquí a trabajar y no quiero que vuelvas a insinuar nada de ese estilo. ¿Te queda claro?

—Mucho.

Y con los ojos vidriosos y los labios temblando, pega un puñetazo en la mesa y se marcha enrabietado hacia las habitaciones.

15

Daniel

No pasan ni cinco minutos y ya tengo a Jesús llamando a mi puerta.

—Déjame en paz, tío, paso de ti.

—Dani, ABRE.

—¿Qué quieres? ¿Seguir mintiéndome? —digo mientras abro la puerta. Jesús pasa sin mirarme a la cara, se sienta en mi cama y me pide que me relaje.

—A ver, tío, estoy un poco confundido…

—Jesús, somos prácticamente una misma persona, no soporto que me mientas.

—No te miento, Dani, solo es que me están pasando cosas que ni yo mismo sé cómo interpretar.

—¿Con Robin?

—Sí, con Robin… Lo siento, tío. Sé que fuiste el primero en decir que te gustaba y eso…

—Joder, Jesús, nos prometimos hace mucho tiempo que NUNCA discutiríamos por una chica.

—Lo sé... Solo te pido... que por favor me la dejes a mí.

—Pero me gusta mucho, y lo sabes desde el primer día.

—Sí, y también te gusta Laura, Baby, la chica que subiste a cantar ayer... Te molan todas.

—No es verdad... Bueno, sí me gustan todas las que has dicho, pero ¡hay muchas más! No es como si te dejara sin opciones... Me estás traicionando.

—Eres un caprichoso. Olvídate de Robin.

—Olvídate tú. Yo me la pedí primero.

—No es un juguete, Dani, ya no somos unos niños...

—Entonces, ¿por qué te empeñas en convertirlo en una competición?

—¿Yo? Sí, claro... Y también soy yo el que no sabe perder... Eso es lo que te pasa, ¿no? Quieres que me quite de en medio, pero solo porque eres incapaz de rendirte y de asumir que aunque sea esta vez, no has ganado.

—El cabezota eres tú. ¿Qué más te da? ¡Olvídala y búscate otra!

Cada vez hablamos más alto, de hecho, los últimos reproches nos los hemos hecho a gritos.

—Vete a la mierda, tío, y no me hables. —Jesús sale de la habitación dando un portazo.

Me siento en la cama, apoyo los codos en los muslos y la cabeza en las manos. No sé cuánto tiempo paso así, llorando. Finalmente recojo las cosas, me lavo la cara y bajo a la recepción del hotel. Llego tarde y nos tenemos que ir al aeropuerto. Valencia es nuestro próximo destino. Estoy rabioso, no se me pasa el enfado. Es que no puedo entender por qué esta vez no ha sido capaz de seguir nuestra norma. Si uno elige a una chica, el otro ni se acerca. En realidad, Robin me da bastante igual. Me parece súper guapa y me cae genial, pero no me flipa. Entre nosotros no hay química. Se la habría cedido si me lo hubiera pedido, pero ha preferido engañarme. Odio estar enfadado con Jesús. Justo cuando estoy pensando esto lo veo aparecer con su maleta, sus gafas de sol y montado en su inseparable skate eléctrico. Me acuerdo de que le quería comentar que Carlos, nuestro colega, se ha pillado uno que además lleva incluido un altavoz, pero me reprimo. No quiero hablar con él, por muchas ganas que tenga. Merezco una disculpa. En ese momento llega Robin. Parece muy enfadada. Nos fulmina con la mirada a los dos y se mete en la furgoneta sin mediar palabra.

—Venga, chicos, a la *furgo,* nos piramos. —Jorge no se ha dado cuenta aún de lo que ocurre y está de buen humor.

Enfurruñados, entramos en la *furgo* y nos sentamos lo más lejos posible el uno del otro. Al hacerlo no me queda otra que sentarme detrás, cerca de Robin. Va mirando por la ventana. Sé que se está despidiendo del mar. La verdad es que desde que lo probé, a mí también me tiene picado el rollo ese del surf.

—¿Habéis desayunado bien, chicos? No os he visto en el restaurante. —Jorge repara entonces en el mal ambiente que se respira. Nos mira a los tres detenidamente y no dice nada.

El conductor enciende la radio y aparece Robin hablando de nuestro concierto de anoche. Ha grabado una pieza que está poniendo ahora una de sus compañeras. Qué voz tan bonita tiene. Jorge se gira sonriendo, pero ninguno damos muestras de emoción, a pesar de que, al menos yo, por dentro, estoy como loco. Aún me sorprende cuando oigo que hablan de nosotros.

«... estoy viviendo una experiencia que jamás olvidaré. Jesús y Daniel son tal y como los veis, muy cariñosos, divertidos, alegres... Están todo el día cantando y gastando bromas. Una de las cosas que más me gusta de ellos es que se adoran. Nunca he visto a unos hermanos tan unidos...».

Vale, ahora el ambiente se puede cortar con un cuchillo de lo tenso que se ha puesto. Jesús me ha mirado de reojo apretando los labios y yo he girado aún más la cabeza hacia la ventana... Un poco más y me pareceré a la niña del exorcista.

«... anoche fue una auténtica locura. Más de cinco mil personas con su móvil en la mano iluminando de un lado a otro y cantando a pleno pulmón todas las canciones de los chicos...».

Robin acaba su crónica y la DJ que está en antena pincha nuestro último single. No puedo evitar tararear y mover los pies al ritmo del tema. Qué difícil es estar enfadado, con lo que me gusta reír y estar de buen rollo.

Llegamos al aeropuerto y me voy directo a la tienda. Me compro revistas y chucherías. No sé dónde están todos pero me lo imagino... Subo a la primera planta y veo que están en el Burger King haciendo tiempo. Jorge se está terminando unas patatas fritas. Me siento cerca, aunque no en la misma mesa.

—Chicos, voy al Duty Free a comprar unas cosas, ¿vale? Nos vemos en la puerta de embarque. No tardéis, que perdemos el vuelo.

—Ok, Jorge, no te preocupes —le dice Jesús.

En cuanto se aleja, Robin se levanta y me llama.

—Dani, ven aquí con nosotros, tengo que contaros algo.

Sin pensarlo dos veces, me acerco a su mesa y me siento con ellos.

—Chicos, he tomado una decisión. Me da mucha pena, pero lo haré sin temblar. O arregláis las cosas entre vosotros y no volvemos a hablar de lo de esta mañana, o ahora mismo me cojo un vuelo a Madrid y se acabó la gira para mí.

Jesús mira a Robin tan sorprendido como dolido… Luego me mira a mí, con la boca entreabierta suplicándome en silencio que haga algo. Robin se levanta, coge su bolso y su maleta.

—Os dejo unos minutos para que lo habléis. Si al final pensáis que es mejor que me vaya, no os preocupéis, me inventaré algo creíble para que no se monte un numerito. Os espero en la tienda.

Nos quedamos en silencio hasta que perdemos de vista a Robin. Miro a Jesús y se le saltan las lágrimas.

—No podemos permitir que nuestra relación se vaya a la mierda por una tía…

—Dani…

—¡Será por tías!

—Escucha…

—Además, que esta yo creo que no nos la ligamos ni tú ni yo… Ya has visto qué tipo de chicos le gustan…

—A ver…

—Como el actor ese… ¿Cómo se llama?

—¡Estoy enamorado de ella!

No puede ser verdad lo que he oído. Me entra un escalofrío y estoy convencido de que mi cara refleja incredulidad, porque Jesús insiste.

—Sí, Dani, me he enamorado. ¡Lo siento! Si lo hubiera podido evitar, créeme que lo habría hecho.

Nunca he querido hacerte daño. Es que... desde el primer momento en que la vi... Es superior a mis fuerzas...

Sigo sin poder decir nada. ¿Enamorado? ¿Su primer amor? ¿Le gusta como para salir con ella y tener una relación en serio? Como para que sea su... ¿novia?

—Pero ¿por qué no me lo habías contado?

—No sé, en realidad, es la primera vez que no me engaño a mí mismo y lo confieso. Esta tía me tiene loco. Pero loco de verdad. No me la quito de la cabeza.

—En ese caso, Jesús, creo que lo mejor es que se vaya. Así no podemos currar.

—¡No! ¡Por favor, Dani, no me hagas esto!

—¿Y tú? ¿Qué me has hecho a mí? Te has enamorado de la tía que me gusta, me has estado engañando... ¿Y ahora me pides que siga todo como si nada? No, tío, así no.

Me levanto, cojo mis cosas y me marcho directo a decirle a Robin que se pire, que sobra, que no puede ser... Me doy cuenta de que Jesús me sigue, pero no me giro. Llego a la tienda y veo a Robin leyendo una revista con la cara desencajada. Me acerco y veo que está llorando, a pesar de que intenta controlarse. Tiene la revista abierta por una página en la que sale el imbécil de su ex enrollándose con una modelo que no reconozco. FER SE LO MONTA CON UNA BUENORRA POR MALASAÑA, dice el titular.

—Robin... —Ella ni se inmuta, parece que está en otra realidad—. Eh, bonita, ¿qué pasa?

No puedo evitar susurrarle mientras me acerco poco a poco hasta que la estrecho en mis brazos. Llega Jesús y frunce el ceño mirándome como si quisiera asfixiarme. Tranquilo, chaval, ahora te cuento. Le doy a entender que Robin está mal y le pido con un gesto seco de cabeza que se vaya, que nos deje solos. Tarda un rato en reaccionar, pero por fin se marcha.

—Eh, pequeña, no te pongas así. A la mierda, es un cerdo —Robin no emite ningún sonido, solo se pega con fuerza a mi pecho. ¿Sabrá que soy Dani?—. Ya he hablado con Jesús y hemos decidido...

—¿Dani? —me interrumpe. Lo sabía, me ha confundido—. ¿Por qué me hace esto? ¿Por qué me tiene que destrozar en público de este modo?

—No merece la pena. No le dediques ni un solo minuto más. Eres una tía que vale mucho y él da un asco infinito.

Cuando digo esto último, Robin se pone a llorar desconsolada. Son unos cinco minutos incómodos, pero yo intento que no me note lo sobrepasado que estoy. Le acaricio la espalda y le digo una y otra vez que ya está. De pronto se sorbe los mocos, se limpia las lágrimas y me pide por favor que la dejemos seguir de gira con nosotros. Lógicamente no puedo hacer otra cosa que aceptar e imaginar lo contento que se va a poner Jesús cuando se entere. Nos vamos a la puerta de embarque y vemos que ya ha entrado todo el mundo. La azafata nos regaña y le pongo mi cara más seductora. Cambia de actitud radicalmente y nos desea un buen viaje con la mejor de sus sonrisas. Me sigue sorprendiendo lo efectiva que es mi actitud con mujeres de todas las edades. Cojo la maleta de Robin para ir más rápidos, ella no camina, se arrastra como alma en pena. Por fin nos sentamos y le dirijo una mirada tranquilizadora a Jesús. Sigo enfadado, pero reconozco que no puedo culparle demasiado. ¡Se ha enamorado! Yo todavía no sé qué supone eso, pero imagino que no es negociable. Te enamoras y punto, no puedes decidir ni de quién ni cuándo. Lo siento, porque sé que lo va a pasar mal... No creo que Robin le corresponda, ni ahora ni nunca. Robin sigue triste e incluso yo diría que un poco avergonzada, así que como está sentada otra vez entre nosotros dos, sin pensarlo, le cojo la mano y le digo, con una sonrisa, que no merece la pena. Ella me la devuelve y mueve los labios en silencio dándome las gracias. Luego se gira hacia Jesús, que nos mira con el ceño fruncido. Decidida, le coge de la mano también y mi hermano sorprendido se queda callado y con los ojos abiertos como platos. Ella cierra los ojos y nos acaricia a cada uno las manos. Es una forma muy bonita de pedirnos la paz entre todos y de poner a cero el cronómetro de nuestra relación.

Abro los ojos y me desperezo. No soy consciente del rato que llevo durmiendo, pero, a juzgar por las caras del resto, estamos a punto de aterrizar. Jesús me mira dándome las gracias en silencio, imagino que por no pedirle a Robin que se marche y esta me sonríe como una hermana mayor, feliz porque haya volado tan tranquilo, sin inmutarme, dormido. Una hermana mayor... Podría serlo, si correspondiera a Jesús. Qué raro se me haría eso. Me pregunto si es sano que una pareja se lleve tantos años. Y sobre todo me pregunto si alguna vez ella nos habrá mirado con esos ojos... Si así fuera, estoy seguro de que ya se le ha pasado. Ahora parecemos una familia. Vamos, que no creo que Jesús tenga ninguna oportunidad. Al final acabaré arrepintiéndome de no haberle dicho en Tenerife que se volviera a Madrid. Ojalá se me ocurra el modo de proteger a mi hermano. Nos quedamos sentados y dejamos que los más ansiosos se peguen por bajar del avión. Jorge y Robin son los primeros en salir y, cuando estoy a punto de seguirles, noto un tirón.

—Dani, gracias. Te quiero, hermano.

16

Baby

Me encanta que mis padres me traigan aquí a veranear. Sobre todo desde que Laura también viene con su familia. El Saler es, probablemente, el lugar más «salvaje» de Valencia. Un pinar bastante grande que llega al mar, una playa con sus dunas originarias y solo unos pocos bloques de apartamentos y adosados hacen de esta zona de veraneo una de las más tranquilas del Mediterráneo. Nuestro apartamento, a pesar de estar a diez minutos andando de la playa, tiene vistas al mar porque no hay nada delante. Cuando estoy aquí lo que más me gusta es, después de pasar todo el día en la playa y en la piscina, coger la bici a última hora de la tarde y pasear con mis amigos por los caminos que hay alrededor del lago artificial junto al mar. Es también el momento favorito de mi perro, *Danisú,* un border collie blanco y negro obsesionado con correr y con las pelotas, que obviamente se llama así por mi amor a los chicos. *Danisú* es la contracción de Daniel y Jesús, el modo abreviado de llamarlos a los dos a la vez. Cuando llegó a casa de cachorro y me enamoré de él al instante, supe que tenía que llamarse así.

—Baby, chicos, parad, me llaman —Laura contesta con su voz más falsa. Su tono es tan agudo que estoy convencida de que todos los perros a un radio de diez kilómetros han podido escucharla. De hecho, el mío se ha quedado mirándola con las orejas tiesas.

—Sí, claro, nos encantaría. —¿Nos encantaría? ¿Qué nos encantaría?—. Ok, allí estaremos. ¡Qué ganas de veros! Vale, hasta mañana.

—¿Quién era?

—Mañana tenemos una cita con los chicos.

—¿Qué chicos?

—¡Qué chicos van a ser! Jesús y Daniel. Esta vez iré a por Jesús. No puedo fallar.

¿Jesús y Daniel? Claro, actúan en Valencia.

—Pero Laura, ¿nos han invitado? ¿A las dos?

—Pues claro, boba. De hecho, Dani lo ha especificado: «Cuando lleguéis Baby y tú, llámame y os vamos a buscar».

Es tan emocionante y me hace tan feliz que me subo a la bici, acelero todo lo que puedo y grito como una loca. El resto de amigos, que van delante y no se han enterado de nada, me miran sorprendidos. Laura me sigue, riendo a carcajada limpia. Cuando se me ha pasado el subidón, empiezo a hacerme las temibles preguntas: ¿Me dejarán ir mis padres? ¿Seguirá Dani con la idea de no «perderse» con otras? ¿Qué me pongo? Paso el resto de la tarde dándole vueltas a todo esto e ideando la táctica perfecta para que mis padres me dejen ir con Laura. Lo importante es atar todos los cabos, que no puedan sospechar nada. Así que cuando llego a casa, ya sé cómo voy a plantearles la quedada de manera que ellos no tendrán que hacer nada y podrán confiar en quién me lleva.

—Mamá, ¿qué tal? ¿Qué has hecho esta tarde?

—Bien, cariño, me he preparado un smoothie y he hecho yoga durante más de dos horas en la playa. Tendrías que haberte venido conmigo.

—Mañana por la mañana sin falta te acompaño, ¿vale, mami?

—¡Vale! Ya verás qué bien te viene para estos días en los que no estás haciendo ballet.

—Por cierto, Laura me ha dado una sorpresa. ¿Sabes adónde nos van a llevar sus padres mañana por la tarde? Bueno, si os parece bien, claro…

—¿Mañana por la tarde, Baby?

—Sí… Estoy súper emocionada.

—Bueno, es que…, no sé, pensaba que haríamos algo juntas.

—Pero, mami, si acabamos de quedar para mañana por la mañana, por la tarde puedo salir con Laura, ¿no?

—Bueno, ¿y cuál es ese plan tan guay?

—¡Jesús y Daniel vienen en concierto a Valencia!

—¿Otra vez a verlos en directo? Pero ¿es que no sabéis divertiros de otra forma? Mira, Baby, me estás preocupando ya con tanto concierto de los niños estos...

—Mamiiiii, porfiiiii..., te querré tanto si me dices que sí...

La tengo casi convencida. Sacar mi lado infantil sigue funcionando.

—Bueno, vale. Pero no vengáis muy tarde. Y no te obsesiones, que me dan mucha rabia las niñas que son tan fans. Tú lo que tienes que hacer es pensar ya en las audiciones que te esperan. Y mañana nos vamos a hacer yoga y practicamos algunas posturas, a primera hora.

Me voy al cuarto de baño dando saltitos y aplaudiendo en silencio. Como banda sonora, por supuesto, me pongo el último disco de mis ¿amigos?

No puedo esperar más, me va a dar un ataque al corazón. He pasado todo el día nerviosa y viendo mi vida desde fuera, como una espectadora. La cabeza la tenía en otro sitio. Concretamente en mi sitio favorito del mundo, allá donde los chicos den un concierto. No tengo que pensar mucho qué ponerme cuando, al repasar lo que me he traído, veo ese vestido skater blanco de Asos con cuello alto y abertura en la parte posterior que tanto me enamora. Es perfecto para la ocasión.

Me ducho, me hago las ondas en el pelo y me maquillo una vez puesto el vestido, para no mancharlo. Llaman al telefonillo y, sin necesidad de descolgar, sé que es Laura pidiéndome que baje. De hecho, al coger el móvil veo que tengo un WhatsApp suyo pidiéndome que acabe ya. Le doy un beso a mi madre y otro a mi padre, que pregunta adónde voy tan guapa. No me entretengo contestándole y salgo todo lo rápido que puedo, no sea que cambien de opinión y acabe quedándome sin salir.

Laura está brutal, como siempre. Hoy lleva un vestido de lentejuelas verdes que imita una camiseta de fútbol americano y con letras en blanco. Le marca todas las curvas de una manera muy sutil y provocativa. Es el mismo que se puso una actriz hace poco en un evento y que tanto le gustó. Saqué mi vena de estilista y le mandé el enlace de Kling donde podía comprarlo. Sabía que le quedaría de miedo. En cuestión de minutos estamos en el recinto. Al llegar, los padres de Laura nos dejan en la parte de atrás del instituto, donde se celebra el concierto. Hay un par de ambulancias y unas veinte niñas que esperan en la puerta con pancartas, fotos y cedés, tiene toda la pinta de que van a entrar a conocerlos. Laura manda un mensaje a Dani al llegar a la verja. A los cinco minutos, vemos a Robin, que viene directa hacia nosotras con una sonrisa.

—¡Eh, chicas! ¡Qué sorpresa! No os hacía en Valencia.

Robin le pide al de seguridad que protege la entrada que nos abra.

Entramos y le doy un pequeño abrazo. ¡Estoy tan contenta! Ella se ríe y corresponde a mi muestra de cariño. Laura está algo más distante, pero también le da las gracias. Nos cuenta que está viajando con los chicos para cubrir la gira, tanto para la emisora en la que trabaja como para YouTube y las redes sociales. Aunque me avergüenza, siento una punzada en el estómago. Son celos, incomprensibles y absurdos, pero me da tanta envidia que esté con ellos a todas horas... Nos guía por el interior del instituto y acabamos en el salón de actos. Allí están los chicos, sentados en las butacas con el móvil en la mano.

—Mirad quienes han venido, guapos —dice Robin muy risueña. Dani se levanta de golpe y se acerca a nosotras con una sonrisa sincera. Me abraza con ímpetu, me coge en brazos y empieza a dar vueltas gritando: «¡Cenicienta!». Luego me deja en el suelo y repite lo mismo, aunque con menos entusiasmo, con Laura. A ella la llama «pibón». No parece impresionarla, ya que se mantiene firme con su promesa de ligarse a Jesús. Se alisa el vestido con las manos y se aproxima a saludarlo moviendo el culo de un lado a otro. Tras varios intercambios breves de impresiones, nos quedamos un poco cortados y sin saber bien qué decir. Dani me sorprende susurrándome al oído que se alegra mucho de verme. En cuestión de minutos, nos abandonan. Los chicos tienen que empezar el concierto. Robin vuelve a ser nuestra guía, esta vez nos conduce hasta la primera fila, en la zona VIP. Llegamos antes de que arranquen y cuando salen al escenario, me echo a llorar sin remedio, sobre todo porque puedo hasta casi olerles de lo cerca que estoy. El concierto se me pasa volando y me enamoro aún más de ellos si cabe. Son increíbles.

—Y ahora, a cenar —dice Dani guiñándome el ojo al pasar por nuestro lado.

Apenas me da tiempo a chillarles «enhorabuena», porque van a la velocidad de la luz para dejar enseguida el recinto, pero lo grito fuerte porque estoy con la adrenalina del concierto. Robin nos coge de las muñecas preocupada y nos pide que seamos ágiles. Tenemos que estar dentro de la *furgo* en dos minutos o no podremos ir con ellos. Cuando por fin consigo subirme, tras esquivar al equipo de producción, que ya se ha puesto manos a la obra a recoger, la respiración me va a mil por hora y Dani se parte de risa al ver mi cara de agobio.

—Vamos a tener que plantearnos entrenar un poquito, ¿no, Baby?

—Pero ¡si entreno a diario! ¡Hago ballet!

—Pues no se nota, bonita.

Y todos nos echamos a reír.

—Jorge, ¿adónde vamos?

—Sorpresa, chicos. Cena privada en un lugar privilegiado.

Cuando el coche empieza a frenar al entrar en un parking, fijo la vista en el restaurante, que está en mitad de un arrozal y veo que se llama La Matandeta.

—¿La Matandeta?

—Sí, es uno de los mejores de la zona. Hacen unas paellas míticas. Aunque es la hora de cenar, les he pedido que nos preparen unas cuantas.

—¡Paella, qué hambre! Me apetece todo, la verdad.

—Y sus dueños son un encanto, han cerrado el restaurante entero para nosotros. He invitado a cenar a gente de los medios de comunicación de la *terreta* y amigos, artistas valencianos... Lo vamos a pasar genial, ya veréis.

—Pues nosotras estamos al lado de casa, veraneamos justo en Gavines, a unos cinco kilómetros de aquí.

—Olé, ni hecho a propósito —dice Daniel mirándome fijamente con esa media sonrisa y esos ojos picarones—. Luego te acompaño dando un paseo.

Laura se gira hostil hacia nosotros y reacciono enseguida, cambiando mi sonrisa de enamorada por una expresión prudente. Luego parece olvidarse del tonteo que se trae Dani conmigo, a juzgar por las risas que se echa con Jesús. Mientras tanto, Robin, Dani y yo hablamos de la buena temperatura, las anécdotas del concierto o del look que llevaban hoy.

—A ver, Baby, como nuestra estilista de cabecera, ¿qué deberíamos comprarnos para los conciertos?

Después de ponerme roja como un tomate y asegurarme de que su interés es real, contesto:

—Yo me haría ya con unas camisetas blancas de algodón, muy largas, a la altura de los muslos. Con los skinnies que lleváis os quedarían genial, estilo Justin Bieber.

Dani asiente feliz. Al llegar, nos separamos en los mismos grupos que habíamos hecho en la *furgo*. Robin no está con nosotros, pero no deja de mirar a Jesús y a Laura, incómoda. Si no fuera porque no es posible, diría que... Pero no. Debe de ser mi imaginación.

—Chicos, me voy a por una copa —dice Robin.

Dani y yo nos miramos cómplices y estamos un buen rato callados disfrutando simplemente de la compañía del otro. No sé si son imaginaciones mías, pero me da la impresión de que Dani, con lo lanzado que es, está cortado.

—¿Quieres... tomar algo, Baby?

—No, tranquilo, estoy bien.

La gente de la fiesta nos interrumpe intermitentemente para saludar a Dani y hacerse fotos con él. Me sorprende cómo hasta estando en una fiesta privada, en un ambiente íntimo y de confianza, no dejan de ser el centro de atención. Yo terminaría agotada.

—¿Salimos? —y sin darme tiempo a contestar, me coge la mano bien fuerte y con paso decidido me lleva a la terraza—. ¿Has visto qué bonitas las estrellas? Desde aquí se ven un montón.

—Sí, qué pasada.

Se me corta la respiración cuando se coloca justo detrás de mí, tan cerca que nuestros cuerpos se rozan.

Baja la cabeza y acerca su cara a mi cuello… Siento el calor de su respiración como una caricia estremecedora. Desliza su mano suavemente por los bucles de mi pelo hasta pararse en mi oreja. Me acaricia con suavidad el lóbulo, luego lo presiona fuerte con sus dedos y se me escapa un gemido. Me entra un ataque de vergüenza y me tapo la boca instintivamente. Me gira despacito y me coloca frente a él. Estamos solos, a la luz de la luna, sopla una brisa suave y huele a sal; el olor del mar llega hasta aquí. Está serio, como ido, perdido en mis ojos. Me aparta la mano de la boca, la coge con cuidado y la besa, suave, despacio. Después entrelaza sus dedos con los míos y lleva mi mano hasta su cintura para que lo abrace. Yo me dejo hacer. Mira mi boca con deseo, se aproxima lentamente, cierra los ojos y sé que por fin va a pasar. Nos besamos. Nuestras lenguas se tocan, tímidas, descubriéndose y me voy sintiendo tan cómoda que por fin tomo algo de iniciativa. Acaricio la nuca de Daniel y me aprieto contra él. Me vuelvo loca al sentir que gime dentro de mi boca.

—BAAAABYYYY…, BAAAABYYYY, ¿DÓNDE ESTÁS?

Me separo de Daniel de golpe.

—Es Laura —digo incómoda.

Se acabó la magia, terminó nuestro momento. Miro el reloj y todavía me cambia más la cara, ¡qué tarde es!

—Se acaba el hechizo, ¿no es eso, Cenicienta?

—Pues la verdad es que sí —digo avergonzada.

—Te acompaño a casa. Le pido a Jorge que nos lleve.

Dani da media vuelta y se marcha hacia la puerta. Cuando da dos pasos, se para, retrocede rápido y me da un beso en los labios.

—Tú no te vas de aquí sin darme tu teléfono —dice serio e intimidador.

Por un momento me había asustado. Saca su móvil y le dicto mi número. Me da otro beso en los labios, esta vez muy ruidoso y sale feliz a buscar a Jorge. Yo espero un poco, para que no nos vean entrar juntos y después lo sigo al restaurante.

—Baby, ¿dónde estabas? —me grita Laura.

Y ahora… ¿qué le digo yo?

17

Jesús

Pero esta tía ¿de qué va? No me deja ni un segundo. ¿Se habrá creído que tiene algo que hacer conmigo? Después de liarse con mi hermano, va y me entra descaradamente a mí. Pero lo peor no es eso... Es que no me deja estar con Robin. Y ella no parece echarme de menos. Me mira de vez en cuando, pero se gira muy digna cada vez que cruzamos la mirada. Así es imposible que entienda que necesito que me salve.

—Laura, voy al baño.

—Ay, yo también. ¿Sabes dónde está?

¿En serio? ¿También viene al baño? Como sea unisex me echo a llorar. Por suerte veo que no. Entramos y a los veinte segundos salgo y me voy corriendo. Lo he conseguido, le he dado esquinazo. Busco a Robin con la mirada. Ahí está, sigue hablando sin parar con el tío más guapo de la fiesta. ¿Quién habrá invitado a ese capullo?

—Robin, perdona... —interrumpo su conversación y ella me fulmina con la mirada. El tío tarda dos segundos en presentarse, muy emocionado. Me alarga la mano y me cuenta una historia que no me importa en absoluto, algo de una revista... Sonrío, sin molestarme casi en disimular que no me interesa y vuelvo a mirar a Robin—. ¿Podemos hablar?

—Luego, ¿vale? —continúa explicando como si yo no estuviera por qué Penny de la sitcom *The Big Bang Theory,* es su personaje favorito de ficción.

Pero no me marcho, me pongo delante de ella y fuerzo una cara de pena infinita tipo el gato de *Shrek* hasta que consigo que se ría. Le pido disculpas al tío (ni recuerdo su nombre) y cojo a Robin de la mano para arrastrarla a la entrada principal del restaurante. Veo que hay gente parada despidiéndose antes de coger el coche y me voy hacia la parte de la izquierda, justo dando a la valla de la terraza. Ella se queja y finalmente me da una palmada en el hombro.

—Ya vale, Jesús, te estás pasando.

—No seas boba, encima que te libro del cansino ese.

—No era ningún cansino. Además, qué haces que no estás con tu «chica».

Y ese «chica» lo pronuncia con tanta rabia que por poco salto de alegría al descubrir sus celos. Porque eso son celos, ¿no?

—¿Qué pasa, cariño?

—¿Qué pasa de qué? Y no me llames cariño, por favor.

—Pues eso...

Me muero de risa por dentro y la devoro con la mirada, acerco la mano a su cuerpo y le hago cosquillas.

—En serio, ¡para!

Y aunque al principio lucha por no hacerlo, se ríe con ganas. Me la comería. Es tan bonita. Se aparta de mí.

—Bueno, va, ¿qué quieres? ¿Por qué me has traído aquí?

—Para empezar, porque estoy enfadado contigo.

—¿Conmigo?

—Sí, contigo.

—¡Encima! ¡Lo que me faltaba por oír!

—Te he estado mandando señales, necesitaba que me ayudaras.

—¿Con qué?

Miro a los dos lados y le susurro al oído.

—Con Laura.

—Ya, sí, precisamente eso he visto, que necesitabas que te salvara.

—¿Jesúuuus?

—Mierda, ¡es ella! Ven.

Vuelvo a coger a Robin de la mano, recreándome en el roce de su piel. No sé adónde la llevo porque no conozco bien el recinto, pero descubro una zona muy oscura, un recoveco en el que puedo meterme con ella y acorralarla. Finjo que no cabemos bien y me arrimo a ella más de lo necesario. Intenta protestar, pero le tapo la boca y le suplico que se calle. Estoy disfrutando muchísimo con todo esto. Me vuelvo a acercar un poco y me pega un puñetazo en el pecho. Pero ahora no me he puesto a su lado por sacar partido a la situación, es porque he visto algo…

—¿Es mi hermano? —intento decirlo muy bajito, pero el tono me sale agudo por la sorpresa.

Pegamos las caras a la valla que cerca la terraza del restaurante, ocultos por el seto que lo rodea. Vemos cómo mi hermano y Baby están muy cerca el uno del otro, sus bocas se acercan y finalmente se besan. Doy un respingo y suelto un gritito que Robin ahoga con su mano. Ahora es ella la que me tapa la boca y me mira pidiéndome silencio. Sé que se moriría de vergüenza si nos pillan espiándolos, pero me temo que tampoco querría que nadie viera que estamos juntos, escondidos y tan próximos el uno del otro.

—BAAAABYYYY…, BAAAABYYYY, ¿DÓNDE ESTÁS?

Ahora es a Baby a quién busca Laura.

—Venga, Jesús, vamos, que Laura ya no está…

—Espera, solo una cosa más —la miro, me peino, me meto las manos en los bolsillos... Qué difícil decir esto...—. Que... gracias por quedarte.

—¿Cómo?

—Sí, o sea, por seguir en la gira con nosotros y eso...

—Bueno, creo que no habría sido nada profesional por mi parte dejarlo. Además, ahora no tengo ganas de volver a casa...

—¿Por?

—Ay, no quiero hablar de eso, Jesús. Y que me haya quedado no significa que haya cambiado de opinión respecto a las «confianzas» que nos habíamos tomado, ni tampoco quiere decir que haya olvidado lo que me hiciste en la playa...

—Ya... No te preocupes que no nos tomaremos TANTAS confianzas... —digo con toda la ironía que puedo haciendo hincapié con las manos a los menos de cinco centímetros que nos separan...

Ella aprieta los labios y sale disparada.

—Bueno, vale, vamos.

Pongo los ojos en blanco y sonrío. A pesar de todo estoy contento, porque, en realidad, en el fondo, creo que puedo tener esperanzas. También soy tan positivo, porque como ninguna chica que me haya gustado se me ha resistido nunca, no concibo que vaya a pasar esta vez. La sigo y nos cruzamos con mi hermano, Jorge, Laura y Baby. Se marchan. Laura se despide de mí bastante borde. Creo que por fin ha pillado que no me mola. Baby y Daniel están con un brillito de ojos que habría detectado aunque no hubiera visto lo de antes.

—Jesús, cuando queráis iros Robin y tú, os lleva el chófer. ¿Vale? Nosotros llevamos a las chicas a su casa y nos vamos al hotel.

—Vale. Dani, cuando llegues al hotel pásate por mi habitación.

—Ok.

Robin y yo volvemos al restaurante.

—Cuando quieras nos vamos, hasta entonces estaré con Felipe.

—¿Qué Felipe?

—El chico con el que estaba antes, el periodista.

—Aaah... Muy bien.

Bueno, quizá no esté tan claro que le guste...

Me quedo en el centro del salón del restaurante y a los dos segundos ya tengo un montón de gente alrededor que quiere una foto y que me cuenta lo mucho que le gustamos a sus hijas, sobrinas, etcétera. Mientras me hablan, pienso en algo que hacer para que Robin se enamore de mí definitivamente y quiera estar conmigo. La miro de reojo y voy enfadándome poco a poco. El tío se la come con los ojos y ella no para de reírle las gracias. La coge de la cintura, le aparta el pelo de la cara... Me hierve la sangre. ¿Le gustará este idiota de verdad? Cuando estoy cansado de ver cómo el tío va a por todas y ella se deja, me acerco. Creo que el enfado se me nota tanto que solo me falta echar humo por la nariz como en una de esas animaciones de Snapchat.

—Nos vamos.

—Bueno, ahora voy.

—No, nos vamos ya.

¿Por qué me sale ese tono tan posesivo? Quiero controlarme pero no lo consigo.

—Robin, si quieres te puedo acercar yo...

No será capaz de irse con él.

—No te preocupes, me sabe mal... Jesús, espérame en el coche, ¿vale?

Soy incapaz de moverme. Miro a Robin con rabia contenida. Luego miro al tío.

—¡Jesús! —insiste ella.

Aunque no me hace ninguna gracia dejarlos solos, no puedo hacer otra cosa. Me marcho, pero no me voy al coche, me quedo en la puerta mirando cómo se despiden disimuladamente. A los cinco minutos veo que viene hacia mí y finjo buscar al chófer.

—¿Vamos? —me pregunta muy seria cuando llega a mi lado.

—Estoy buscando al chófer.

—Está en el coche, lo hemos visto antes.

—Ah...

Me hago el tonto aunque creo que no cuela. De camino ninguno de los dos dice nada.

—Hola, buenas noches. Llévanos al hotel, por favor —le digo al conductor.

—Ha estado bien el sitio.

—Sí.

—Mucha gente interesante...

—Sí, sobre todo el Felipe ese... —Robin aparta la vista de la carretera para clavarla en mí—. ¿Qué? ¿No es verdad? Diría que te ha encantado.

—¿Puedes parar ya?

—Vale. Pero ¿te gusta? —sueno tan infantil que me arrepiento por completo de habérselo preguntado—. No me contestes, da igual.

De nuevo, el silencio incómodo.

—No me gusta —dice en voz baja sin mirarme, de nuevo mirando por la ventanilla con la mirada perdida. Me tomo ese «no me gusta» como una batalla ganada. Sin ser consciente de ello, me pongo a cantar una de mis canciones favoritas. Dc Justin Bieber, claro.

Say you love me
as much as I love you, yeah.
Would you hurt me, baby?
Could you do that to me, yeah?
Would you lie to me, baby?
'Cause the truth hurts so much more.

Would you do the things that drive me crazy?
Leave my heart still at the door?

Noto que Robin me mira y le devuelvo la mirada.

—Cantas genial. Y en inglés... suenas muy bien, que lo sepas.

—Gracias, cariño.

—¡No me llames cariño! ¡En serio, por favor!

—Vaaaaaleeee. Pero se lo digo a todas, no creas que es por nada, ¿eh?

—Por eso mismo. —Se gira y no vuelve a abrir la boca más hasta que llegamos al hotel.

—Gracias, buenas noches.

Nos despedimos del chófer, salimos y entramos en el ascensor.

—Pues yo no tengo nada de sueño...

—Yo tampoco, me voy a poner una serie.

—¿Cuál?

—*Orange is the New Black.*

—No la he visto... ¿Me la recomiendas? ¿Me gustará?

—Claro, es genial.

—Yo igual toco un rato la guitarra.

—¿Ahora?

—Sí, estoy un poco... agobiado, necesito desahogarme... Además, quiero esperar despierto a Daniel para que me lo cuente todo.

—Me alegra que ya estéis bien.

—Bueno, en realidad no hemos hablado en profundidad del «problema», pero es que no sabemos vivir enfadados.

Llegamos a nuestra planta, estamos los dos en la cuarta.

—Bueno, pues… hasta mañana.

—Que duermas bien, preciosa

Ella pone los ojos en blanco.

—Jesús, no ha estado bien que me hayas hablado así delante de Felipe. No quiero tener que repetírtelo. No vuelvas a hacerlo, ¿vale? Soy tu amiga. SOLO ESO.

—Lo siento…

Las palabras «solo eso» me abren en canal. Entro en mi habitación destrozado. Cómo me gustaría poder olvidarme de ella, no volver a dedicarle ni un solo segundo de mi tiempo. Cojo la guitarra y canto sin pensar.

All alone in my room
waiting for your phone call to come soon
and for you I would walk a thousand miles
to be in your arms,
holding my heart.
Oh I, Oh I…
I love you.
Everything's gonna be alright,
be alright,
be alright…

Se me escapan unas cuantas lágrimas. Nunca había sentido algo así. Me cuesta hasta respirar, pero necesito seguir cantando. Esta vez elijo una nuestra.

Qué es lo que has hecho,
no me quería enamorar y ahora tengo
de ti una gran necesidad.
Es que no entiendo cómo lo lograste,
en mi corazón entraste,
tú penetraste y te instalaste
y ahora no puedo sacarte.
Ya no hago más que pensar en ti...

Llaman a la puerta y me quedo bloqueado. ¿Será ella? Me lavo la cara, me estiro la camiseta, me peino y abro.

—¡Jesús!

—Dani...

No, no es ella. Claro que no es ella.

—¿Qué haces?

—Nada, estaba tocando un poco...

—Tío, qué bien me lo he pasado. ¡Cómo está de buena Baby!

—Es muy guapa, sí.

—Mañana tenemos día libre, me la voy a llevar a pasear, a comer...

—Ya..., bueno, Dani, tengo sueño...

—¿Qué te pasa? ¿Es por Robin?

—¿Por qué? ¿Porque me acaba de decir que SOLO SOMOS AMIGOS? No, hombre, qué va...

—Jo, lo siento. Yo estoy convencido de que está loquita por ti. He visto cómo te mira.

—Sí, vamos. Una cosa...

—En serio, que sí. ¡Ya lo tengo! Sorpréndela mañana con una sorpresa que le haga mucha ilusión.

—Estuve un rato pensando a ver qué podría hacer...

—Claro, tienes que hacer que se muera por ti... —permanecemos en silencio unos segundos y entonces salta—. ¡Eh! Estamos en Valencia, hay mar, ¡llévatela a hacer surf!

—Pero aquí... ¿hay olas?

Con lo poco que me gusta a mí el mar...

—Vamos a mirar.

Daniel saca el móvil, entra en Internet y busca el parte de olas.

—¿Desde cuándo sabes dónde buscar si hay olas?

—Es que me encantó el surf. No paro de seguir cuentas en Instagram y de hecho, hay una escuela aquí en Valencia, Mediterranean Surf School. Así que mañana por la mañana podríamos contactar con ellos. Mira, yo creo que algo de olas habrá. Llamamos a estos chicos y le das una sorpresa. Alquiláis unas tablas y *boom,* tuya.

—Bueno, vale, mañana llamo. Dame el teléfono.

—Yo me voy a sobar, no puedo más.

—¡Tú lo que estás es enamorado!

—¡Qué dices! Ni de coña tío. Además, yo no quiero novias.

—Ya. Vale, lo que tú digas... Oye, quédate a dormir conmigo...

—Vale, pero no estés agobiado. Te juro que mañana se vuelve loca por ti.

18

Baby

Voy flotando y chocándome con todo, estoy viviendo un sueño. Sería todo aún más perfecto si pudiera compartirlo con Laura... Pero es que, además de que no me deja hablar, está tan cabreada que no veo posibilidad alguna de contarle lo que ha pasado.

—Me suelta: «Voy al baño», le digo que yo también, vamos juntos, y cuando salgo, no lo veo. Por ningún lado. Tampoco veo a Robin y luego, qué casualidad, cuando estamos saliendo nos los cruzamos...

—¿Quieres decir que crees que están juntos?

—Vamos, SEGURO. Esa tía es una trepa, Baby, se le nota a la legua. ¿Cómo crees que habrá conseguido su trabajo?

—Es buena presentadora, Laura...

—Nada, esta tía va a lo que va. Primero la vemos con Fer Berria, ahora va a por Jesús... Vamos, que tonta no es. Y para mí los chicos no existen. De verdad, se acabó. ¿Cómo se atreven a rechazarme? ¡Que más quisieran que estar conmigo! Y además, en cuanto vea la oportunidad, voy a fastidiarlos. Algún día seré actriz famosa y seré YO la que los rechace a ellos...

Cuando Laura se pone así me da miedo. Además, me pregunto cómo puede ser mi mejor amiga. Pero es que normalmente es tan buena conmigo... Me duele mucho el estómago, por qué no sé cómo voy a contarle lo de Dani. Pero tengo que hacerlo. Si se entera de otro modo, sin que yo se lo cuente no me lo perdonará nunca y la perderé para siempre. Llegamos a su planta y nos despedimos.

—No le des vueltas a la cabeza, descansa y mañana hablamos, ¿vale?

—Vale, Baby, buenas noches.

Sigo hasta mi casa y entro despacito, intentando no hacer ruido porque llego diez minutos tarde. Pero parezco un elefante en una chatarrería... ¡Estoy muy torpe!

—¿Baby?

—Sí, mamá, soy yo.

—Llegas tarde.

—Ya, perdona, es que Laura...

—¿Cómo has venido? —me interrumpe.

—En coche, mami, ya sabes…

—Sí, ya sé, con los padres de Laura, ¿verdad?

—Sí —digo con miedo… Algo me dice que sabe que no he vuelto con ellos…

—Pues mira qué casualidad que hemos ido a dar un paseo tu padre y yo, nos hemos cruzado con ellos y nos han dicho que al final volvíais con el mánager de los chicos…

—Bueno, sí, no te lo he dicho para no marearte, pero es verdad. De todas formas estábamos aquí al lado…

—Baby, no me gusta que me mientas. Creo que debes dejarte de tonterías y olvidarte de esos chicos que te están mareando. Mírate, te gusta alguno, ¿no?

—¿Qué? No, mamá, son solo amigos…

—Ya, tú cara lo dice todo.

—En serio, mamá, no me gusta nadie.

—Vete a la cama, Baby.

—Vale, buenas noches, mamá.

A veces odio a mi madre. Tengo tantas ganas de ser mayor de edad y no tener que darle explicaciones todo el rato de todo lo que hago… ¿Qué más le da si me gusta o no Dani? Por supuesto no se lo pienso contar, nunca lo entendería. De hecho, no entiende nunca nada de lo que siento… Suena mi móvil, es un whatsapp.

—Buenas noches, Cenicienta.

Me muero de amor. ¿Cómo puede ser tan bonito?

—Buenas noches, guapo. Ha sido genial esta noche.
—Mejor será mañana, te invito a comer.

¿A comer? No sé cómo voy a convencer a mis padres, pero tengo que ir.

—Entonces, ¿quedamos mañana? ¿No os vais a Barcelona?
—Salimos por la tarde. Estaremos en Valencia hasta las 18. ¿Nos vemos en el Palau de la Música a las 12? Estoy en un hotel justo al lado.
—Vale. Hasta mañana, Dani.
—Hasta mañana, princesa.

A ver cómo me duermo yo ahora... Siento el estómago exactamente igual que cuando estoy subida a una atracción intensa, de esas que te zarandean y te ponen boca abajo. Intento concentrarme para trazar un plan perfecto que convenza a mis padres mañana para que me dejen ir. A los pocos minutos, lo tengo. Les diré que echo de menos bailar y que voy a ir a ensayar a la academia de baile de mi amiga Belén.

Me despierto temprano y con una energía que casi me da miedo. Durante el desayuno le cuento a mi madre mi idea de ir a bailar a la academia de Belén. Ella se entusiasma y me da su consentimiento al instante. Insiste en llevarme en coche, pero acabo convenciéndola de que el autobús me deja en la misma puerta de la academia. Me preparo la maleta como si de verdad fuese a bailar y le mando un mensaje a Laura diciéndole que hoy no nos veremos. Todo parece encajar. Empiezo a pensar que no sé cuándo volveré a ver a Daniel, así que cojo el regalo sorpresa que tengo para él. No hago más que mirar el reloj, los minutos se me hacen eternos, pero por fin ha llegado el momento de vestirme. No puedo arreglarme demasiado o mi madre sospechará. Me llevo el maquillaje para retocarme a escondidas en el autobús.

—¿Lista? Estoy deseando verte.

Es Daniel, me vuelvo loca cada vez que recibo un mensaje y leo su nombre. Aún no sé cómo puede estar pasándome esto a mí.

—Ya mismo cojo el autobús.

—¿Qué te vas a poner?

Vaya pregunta…

—Nada muy allá, mi madre no puede sospechar, le he dicho que me voy a bailar a una academia de Valencia.

—Mmmm, te estoy pervirtiendo, ¿eh? La niña buena mintiendo a su mamá...

—Me siento fatal... Pero sé que no me dejaría quedar contigo.

—¿No soy lo suficientemente bueno?

—Creo que para ella ningún tío lo es.

—¿¿¿Quiere que salgas con una chica???

—Jajaja. No... Es que solo me deja pensar en el ballet.

—No te preocupes, que esta tarde te voy a hacer bailar, para que no se enfade tanto si te pilla.

¿Me va a hacer BAILAR? Me pongo roja como un tomate solo de imaginar a qué puede estar refiriéndose. Miro el reloj y me doy cuenta de que es súper tarde.

Una hora después, espero nerviosa en la puerta del Palau de la Música. De pronto, alguien me tapa los ojos.

—¡DANI!

Me da un par de besos en el cuello sin decirme nada y yo mc dcjo.

—Un desconocido te tapa los ojos, te da besos en el cuello ¿y tú ni te inmutas?

—Exacto, soy una fresca...

Me doy la vuelta y le doy un beso rápido en los labios.

—MI fresca —dice él siguiendo la broma—. Bueno, ¿qué hacemos?

—Perdona esta cita la has organizado tú…, tú decides. ¡Sorpréndeme!

—Pues…, no tengo nada pensado…, bueno sí, hacer esto todo el rato.

Se acerca y me besa despacio, recreándose, haciéndome estremecer entera. Sale de mi boca y me besa dulce los labios, vuelve a meterme la lengua y aprieta su cuerpo contra el mío, me abraza fuerte y respondo dejándome llevar. Soy incapaz de frenarme, me siento… ¿excitada? Es la primera vez que beso a alguien así. De hecho, Dani es el segundo chico al que beso en mi vida. El primero fue uno de mi clase que me parecía mono, pero en cuanto me metió la lengua me di cuenta de que no me gustaba en absoluto y me sentí fatal. Desde entonces no me había apetecido besar a ningún otro. Pero con Daniel, todo es… mágico. Me recorre la espalda acariciándome con ansia, hasta terminar en mi culo. En cuanto lo toca, reacciono subiéndome encima de él de un salto, abrazándole las caderas con mis piernas. Él se ríe y esconde la cabeza en mi cuello.

—Baby, tenemos que parar o te llevaré a mi habitación de hotel.

—Mmm…, pues suena de maravilla.

—¿En serio?

Me aparta un poco para verme la cara. Creo que se ha puesto bastante nervioso porque al decirlo le ha salido un gallo.

—Es broma, es broma... Es que no sé qué me haces... Al final va a ser verdad, me estás pervirtiendo.

Me bajo de sus brazos, me estiro la ropa, el vaquero tipo boyfriend remangado hasta mitad del gemelo y la camiseta de algodón blanca que me he puesto. Hoy voy de básicos, muy sencilla, para no levantar sospechas al salir de casa. Cuando se me pasa el calor interno, le sugiero que demos una vuelta por el centro mientras decidimos dónde comer. Hace demasiado calor para pasear por el parque que recorre el antiguo cauce del río. Me coge de la mano y vamos hacia la plaza de Cánovas. Conozco la zona, porque alguna tarde hemos venido por aquí todos los amigos de la urbanización. Hay garitos molones. Pero para comer no se me ocurre ningún sitio. Mientras paseamos, aprovecho para preguntarle por su gira.

—Entonces, ¿a las seis salís hacia Barcelona?

—Sí, es nuestra próxima parada.

—¿No te cansa estar siempre de un lado para otro?

—¡Qué va! Me encanta. Estoy descubriendo cosas nuevas todo el tiempo, gente, sitios, paisajes, comidas...

—Ya..., debe de estar bien. En realidad, si consigo que me acepten en un buen ballet, haremos giras y será algo así. No sé si me apetece, aunque no debe estar mal.

—Claro que no, es genial. Si es por eso, no te eches atrás. Otra cosa es que no te guste bailar...

—Sí me gusta. Pero el ambiente profesional es demasiado... exigente. No sé si estoy preparada para soportar tanta presión.

—Bueno, siempre puedes probar y si no te gusta, dejarlo. Así no te quedarás con la duda de cómo hubiera sido tu vida si lo hubieras intentado.

—Ya, pero quizá en el intento me pierdo el primer amor, la primera borrachera con amigas, una escapada con amigos a la playa, hacer pellas, maratones de *Juego de tronos*... No sé...

—¡Yo no pienso renunciar a nada de eso! En mi caso quizá lo peor es la fama. Aunque ni siquiera recuerdo cómo era ser anónimo. Ahora ir a clase es una locura. Hay cola de niñas esperándonos en la entrada. El director y los profesores ya no saben qué hacer. Si salimos a dar una vuelta con colegas, esa misma noche puedes encontrar en YouTube vídeos nuestros. La gente no tiene ningún tipo de filtro ni educación. Les da igual, te graban sin preguntar... Los famosos antes tenían que huir de la prensa. Pero es que ahora todo el mundo tiene un móvil, todos te pueden grabar en vídeo, hacerte fotos y subirlo a Internet. Por ejemplo, el otro día en la Warner, ¿te acuerdas? Hay un vídeo que rula en el que Laura me da un beso. Y por comportamientos como el de tu amiga, siempre dudo de las intenciones que tiene la gente al acercarse a mí. Parece que todos quieren sacar tajada.

—Ay, Laura… es buena chica, en realidad…

—Si tú lo dices…

—Bueno, pero ser famosos también tiene muchas cosas buenas. Por ejemplo, ligas con un montón de chicas.

—¿Ligar? Bueno, sí, tienes razón, pero a la vez no es tan fácil saber si realmente quieren estar con nosotros o con los cantantes. ¿Tú te habrías fijado en mí si no llego a ser quien soy? Baby, piénsalo, eres fan de nuestra música, nos admiras. ¿Cómo puedo saber qué sientes de verdad por mí? ¿Y si solo te pone que sea famoso? ¿Y si quieres aprovecharte de mí?

—No pensarás que me vas a dar pena con toda esa historia, ¿no?

—¡Eh! Te abro mi corazón ¿y así me lo pagas, cariño?

—Vamos a comer algo, anda —le digo mientras le tiro de la mano. Él la aprieta fuerte y tira de mí hasta tenerme entre sus brazos. Me besa en los labios y me da mil besos en la cara, en el cuello, haciéndome cosquillas.

—Te voy a comer a besos, Baby, no necesito ningún restaurante.

—¡Calla! ¡Para! ¡Basta! —grito a carcajada limpia mientras intento escaparme de sus besos descontrolados. Al final lo consigo, aunque solo porque él me deja ir. Vemos un restaurante que nos gusta, de paella, y nos sentamos en una mesa de la terraza.

—Total, que lo mismo en un par de años, nos cruzaremos en aeropuertos, cada uno en su propia gira...

—Pues sí que le estás dando tú posibilidades a esta relación...

—¿Relación?

Vale, y ahora es cuando me quiero morir de vergüenza..., ¿no considera esto una relación?

—Bueno, relación de amistad... No me refiero a que, no sé...

—Perdona, pero me he asustado... A ver, me gustas mucho, pero somos muy jóvenes y yo, no paro... No quiero tener novia... Bueno, no es que no quiera, es que no puedo..., lo entiendes, ¿no?

—Sí, claro...

Lo entiendo perfectamente. Siento un pinchazo en el estómago.

—Pues eso, bueno, una paellita, ¿no?

—Sí, porfa.

No sé si voy a ser capaz de comer...

Está tan guapo. Lleva una camiseta de algodón gris y unos vaqueros que parecen elásticos, bastante apretados, cortos, por la rodilla. Le sientan genial. Cuando nos sirven la comida hago lo que puedo para que no se me note lo nerviosa que estoy y que no tengo hambre. Él en cambio parece estar súper cómodo, relajado y comiendo tan a gusto. No para de contarme anécdotas de conciertos, me habla de música, de sus artistas favoritos y todo el tiempo me hace reír con sus ocurrencias. Es adorable.

—Voy un momento al servicio, ahora vengo.

Me cepillo los dientes y aprovecho para retocarme el poco maquillaje que llevo, la máscara de pestañas y el pelo.

No sé si es lo feliz que me hace estar con él, pero me veo especialmente favorecida. Cuando vuelvo a la mesa, él está con el móvil. Su sonrisa me hace pensar que está hablando con una tía. Es tan horrible como genial estar con él. Me devoran los celos. Y me destroza saber que no quiere nada serio. De hecho, quizá no lo vuelva a ver nunca en persona, y tendré que enterarme por la televisión y las revistas de que está con una y con otra. Intento ahuyentar todos esos pensamientos y centrarme en disfrutar del momento.

—Ya estoy aquí. —Ni siquiera parece haberme oído. Me desespera—. ¿Hola? ¡Tierra llamando a Daniel!

—Perdona, cariño..., ya está..., ya paro... —dice sin apartar la vista del móvil. Cuando por fin me mira...—. ¡Eh! ¡No tc enfades! Quita esos morritos ahora mismo o te los como.

Sin saber por qué, inconscientemente, mi cuerpo reacciona cruzando con fuerza las piernas. ¿Cómo es posible que solo con esa frase despierte estas cosquillas eléctricas en mi interior? Me quedo muda, estoy como en trance por su culpa, atrapada en su mirada. Se acerca con su media sonrisa, muy despacio. Primero coloca una mano a la altura de mis rodillas y se abre paso entre mis piernas. Va subiendo lentamente la mano hasta llegar a mis muslos y con la otra me coge el cuello, acercándome hasta su boca. Me dejo llevar una vez más y siento el corazón latiéndome tan fuerte que creo que se me va a salir del pecho. Finaliza el beso y nos quedamos muy juntos, la frente de cada uno apoyada en la del otro. Noto que se ha quedado bastante serio.

—¿Pasa algo? —consigo decir, a un volumen casi inaudible. Él se separa, sacude la cabeza y me sonríe.

—Venga, vamos.

—Espera, ¿y la cuenta?

—Ya está pagado.

—Pero..., bueno..., gracias.

Echamos a andar y me coge de la mano. Entrelaza sus dedos con los míos y se acerca mi mano a la boca. Me besa mirándome fijamente a los ojos.

—¿Qué me estás haciendo? —dice.

Me pongo más colorada que nunca.

—¿Dani?

Nos giramos y vemos a un grupo de cuatro chicas. Automáticamente me suelta la mano y se aparta de mí.

—Por favor, ¿podemos hacernos una foto contigo?

—Claro, princesas —responde sonriente.

—Perdona, ¿nos puedes hacer la foto? —me dice una de ellas tendiéndome su móvil.

—Sí, claro...

Se colocan junto a él. Se acercan muchísimo, lo abrazan, incluso hay una que le da un beso justo en el momento de la foto. Qué rabia. No puedo soportarlo.

—Ay, ahora una con cada una, porfa...

—Sí, claro —dice Dani.

Diez minutos después conseguimos seguir nuestro camino.

—Baby, no es una propuesta indecente, te lo prometo, es solo algo práctico... ¿Vamos a mi habitación de hotel? Nos podemos poner una *peli.* ¿Te parece?

—Sí, por favor.

No quiero volver a tener que hacerle fotos con fans, al menos hoy. Qué agobiante debe de ser estar saliendo en serio con alguien así...

Por mucho que me duela, creo que el que no quiera algo más serio es lo mejor. Y menos mal que lo ha decidido él, porque ahora mismo, si por mí fuera, sería incapaz de tomar esa decisión ni aunque mi vida estuviese en juego. Estoy loquita por él. Es una realidad. Cuando subimos a su habitación, siento que todo el mundo nos mira. Me dan ganas de decirles que solo vamos a ver una película. Porque, es eso lo que vamos a hacer, ¿no? ¿O soy tonta y me está llevando para conseguir algo más? Empiezo a agobiarme, porque tampoco sé si sería capaz de frenarlo en caso de que esa fuera su intención. Pero no quiero, es demasiado pronto, no estoy preparada. Me sudan las manos y como siempre, no tardo en confiarle mi preocupación cuando nos quedamos solos en el ascensor.

—Dani... Yo... No quiero que... A ver... Me gustas, pero no soy una tía fácil... Y yo... No me malinterpretes pero... No estoy preparada...

Su risa me hace callar. ¿Se está burlando de mí?

—Eh, Baby, no es una táctica para llevarte a la cama, tranquila. No te traigo aquí con esa intención, ¿vale?

Me besa despacito y me acaricia el pelo.

—Ah, vale..., es que de pronto me he empezado a agobiar...

—Ya te veo ya... Tú tranquila. Es solo por lo que te he dicho. Fuera hace mucho calor, puede que nos encontremos más fans y... me apetece estar tranquilo contigo..., es solo eso...

—Vale, sí, a mí también.

—Bueno, eso sí, si cuando entremos en mi cuarto, te mueres de ganas por hacerlo, entonces bueno...

Le doy un puñetazo en el hombro y se parte de risa.

—Vale, vale, es broma.

Cuando entramos en su habitación se me vuelve a encoger el estómago, me pide que me sienta como en casa y creo que va a ser difícil relajarme.

—A ver: *Asalto al poder, Del revés, Up, Begin Again*... ¿Qué vemos?

—Mmmm..., pues la verdad es que tengo ganas de ver *Del revés,* que aún no la he visto.

—¿No la has visto? Entonces decidido. ¡Es preciosa, ya verás!

Coloca todos los cojines encima de las almohadas, se sienta y me pide que haga lo mismo. Me siento, un poco tímida, pero me acerca a él sin miramientos. Me pasa el brazo izquierdo por los hombros, pone la *peli* y en cuanto deja el mando se dedica a acariciarme el brazo con la mano derecha. A los diez minutos consigo dejar de estar tan superada por la situación y me obligo a relajar los músculos y a disfrutar de cada centímetro de mi cuerpo que queda en contacto con el suyo. Hay momentos en los que no sé ni lo que está pasando en la película... ¡Estoy en la cama de la habitación de hotel de Daniel viendo una película abrazados! No me lo puedo creer. De vez en cuando me besa la cabeza y me aprieta contra él. Cuando acaba la película, me seco enseguida las lágrimas para que no se dé cuenta de que he llorado, pero es difícil disimular.

—¡Qué bonita! ¿Verdad, llorona?

Me doy la vuelta y veo que también tiene los ojos algo brillantes.

—¡No te burles! Además, tú también has llorado, ¿a que sí?

—¿Yo? ¡No! Yo no lloro tan fácilmente.

—Qué mentiroso, te he visto.

—¿Me estás llamando mentiroso? ¿De verdad? —dice riéndose—. ¡Retíralo!

Y me hace cosquillas. Por un momento creo que me voy a quedar sin respiración de tanta risa que me entra. Me retuerzo intentando esquivarlo y alejarme de él, pero me inmoviliza sujetándome por las muñecas y con su cuerpo sobre el mío. No puedo parar de reír. Cuando me doy cuenta de que se ha quedado quieto y callado, le miro. Está con la vista fija en mí y se muerde el labio inferior. Tiene el pelo un poco revuelto y la respiración agitada. Siento que me desea. Me derrito por dentro. Me mira los labios, oigo como traga saliva. Se acerca despacio y cuando está a punto de besarme, se aparta sonriendo y me obliga a levantar la cabeza hacia él. Yo también deseo besarle. Me deja un rato con la cabeza un poco inclinada hacia él. Me vuelvo a apoyar en la cama y se acerca otra vez engañándome de nuevo. Esta vez, en lugar de alejarse, se aparta de mi boca para besarme el cuello dejando todo el peso de su cuerpo sobre el mío. Cierro los ojos y siento que me mareo. Sus labios acarician cada milímetro de mi cuello. Vuelve a mi boca y juguetea con mis labios, me muerde el labio inferior. Solo se oye nuestra respiración, nuestros besos y la banda sonora de la película que sigue con los créditos. La cosa se pone muy intensa y me veo obligada a romper la magia.

—Dani, me voy a tener que marchar.

—No —dice aferrándose a mí.

—Lo siento…

—¿Y cuándo volveremos a vernos, Baby?

—No lo sé...

—Vente conmigo. ¡Estás de vacaciones!

—Sabes que eso es imposible.

Se separa y tumbados de lado el uno frente al otro, veo cómo se derrumba.

—Baby..., no me había dado cuenta pero creo que...

—¿Qué? —susurro impaciente.

—Me tienes loco... Necesito verte más.

—Yo también quiero volver a verte.

—Tengo miedo.

Me acaricia la mejilla y siento que estamos viviendo algo tan especial que me duele.

Nos abrazamos y, aunque es lo último que quiero, vuelvo a la realidad. Me despego de él sintiendo que se me desgarra el corazón... ¡Qué difícil va a ser esto! Recojo mis cosas, me pongo las sandalias y saco el regalo de la mochila.

—Antes de irme quería darte esto.

Sc lo cnscño. Su cara sc transforma, sabía que tenía mucho valor emocional.

—¿Cómo? ¿De dónde lo has sacado?

—Lo rescaté del suelo y quise dártelo en el momento, pero había tanta gente que no pude... —Lo coge, se queda un rato examinándolo, levanta la mirada, con los ojos llenos de lágrimas...

—¡CLARO! Eres tú... Eres mi... ángel.

19

Robin

¿He sido demasiado dura con él? O no, quizá todo lo contrario, me he pasado de comprensiva y no puede ser. Tendría que haberle montado un pollo. ¿Cómo se atreve a hablarme así, como si fuera de su propiedad? Esta noche ha sido muy rara. Él y yo, huyendo de Laura, escondidos en un hueco minúsculo, prácticamente pegados y encima, espiando a Dani... No me puede volver a pasar algo así. No puedo dejarme llevar de ese modo y meterme en estos marrones. ¿Qué habría pasado si nos pilla alguien? Por no hablar de que se filtrase a la prensa una foto de los dos prácticamente... ¡abrazados! Tengo que frenar esta situación, cortarla de raíz. ¿Seré capaz de marcar distancias sin tener que abandonar el proyecto? Porque volver a casa supondría enfrentarme a Fer, y solo de pensarlo se me revuelven las tripas. Qué ascazo de tío.

He de ser sincera conmigo misma y dejar de fingir un duelo que no siento, reconocer que nunca he estado enamorada de él. Todos mis amigos y compañeros de trabajo están al tanto de lo que me ha hecho y eso es lo que me fastidia realmente. Siento una vergüenza y una rabia incontrolables, quizá excesivas; tengo que superarlo. Menos mal que Dani fue un auténtico encanto el otro día. La verdad es que los dos son muy especiales. Les he cogido mucho cariño en poco tiempo. Son como unos primos pequeños para mí. Adoro estar con ellos, tenemos muchas cosas en común y me hacen reír un montón. Vale, llevo unos quince minutos dándole vueltas a la cabeza a todo esto y no me estoy enterando de nada de la serie.

Retrocedo el capítulo que estoy viendo de *Orange is the New Black* hasta un punto en el que recuerdo algo, prácticamente al principio, y me obligo a concentrarme. No pasan ni dos minutos cuando mi mente vuelve a ir por libre. Recuerdo la cara de Jesús al ver cómo Dani y Baby se besaban. Me río sola en mi habitación. Y ese momento en el que se acercó a mí tanto que notaba todo su cuerpo junto al mío. Revivo el hormigueo en el estómago. Me pongo roja y sin querer, sin ser consciente de ello, vuelvo a sonreír. El tacto de su mano sobre la mía, las borderías que me ha soltado, cómo me miraba cuando estaba con Felipe… ¡Dios! ¿A quién quiero engañar? Me encanta. ¿Qué voy a hacer? ¡Es un crío, Dios mío! Y un chulito. Y lo peor es que en el fondo me ha gustado lo posesivo que se ha puesto cuando estaba coqueteando con Felipe… Eso sí, jamás lo reconoceré en público. Es justo lo que siempre diré que no debe hacer un tío. Pero ha sido tan mono…

Me doy por vencida y apago la serie.

Me levanto y empiezo a dar vueltas en el poco hueco que tengo entre la cama y el escritorio. 412. Pienso en este número toooodo el rato. 412, 412, 412… Me pongo unas mallas, un bra, una sudadera ancha, me maquillo los pómulos, me aplico un poquito de rímel, me suelto el pelo y me calzo unas deportivas. ¿Voy a hacer deporte a las dos de la mañana? No, mucho peor. Salgo decidida y, cuando estoy delante de la 412, no hago nada. Me quedo de pie junto a la puerta. ¿Llamo o no llamo? Dios, estoy loca, ¿cómo voy a llamar a su puerta a estas horas? Y… llamo. No se oye nada y no contesta, así que me doy media vuelta y ando despacio hacia el ascensor. Hago tiempo deseando que al final abra la puerta. A mi espalda oigo crujir la madera y ruido de bisagras… No sé si son mis ganas y me lo estoy imaginando o es la realidad, hasta que oigo mi nombre en su voz.

—¿Robin?

—¡Hola! Tenía hambre y…

—¡Shhhh!

Jesús coge la tarjeta de la habitación y sale cerrando la puerta muy despacio, sin hacer ruido.

—¿Pasa algo? —digo en voz baja.

—Es que Dani está durmiendo conmigo.

—¿En tu cama?

—Sí. ¿Qué pasa? ¿Te parece mal?

—¡No! ¡Qué va! Es solo que, bueno, yo no tengo hermanos, supongo que es algo normal... De hecho, es bonito.

—Lo es. Nos queremos mucho, Robin, somos como una misma persona y últimamente hemos estado algo distanciados... Necesitábamos estar juntos. He sido yo el que le ha pedido que por favor durmiera conmigo.

—Pero no te has dormido.

—No...

—¿Por?

—Hay una persona que no me deja dormir.

Frunce el ceño y, no sé si lo sabe, pero cuando hace eso está muy sexy.

—¡Quita esa cara de *fucker!*

—¿Qué? —Sacude la cabeza riéndose—. Robin, es muy tarde, ¿qué estás *toa jama*?

—¿Cómo?

—¡Qué estás con toda la *jama*, que estás hambrienta, vaya!

—Ah..., ¡sí! Bueno..., es que no me podía dormir, de pronto me ha entrado hambre y he recordado que aquí cerca había un McDonald's 24 horas y he pensado que igual tú tampoco tenías sueño. Porque como me dijiste que no ibas a dormir aún…

—Estás muy loca. Y comes fatal, por cierto. ¿Dónde te metes tanta comida basura? Espera un momento, ¿vale? Voy a por dinero y un par de cosas.

Me quedo sola en el pasillo y me siento la peor persona de la tierra. Pero estoy feliz, me encanta la idea de ir a dar una vuelta a estas horas con él. Sale con unos pitillo negros rotos por las rodillas, una camiseta de algodón blanca y dos segways.

—Anda, vamos.

—¿Con eso?

—Sí, no me apetece andar…

—Pero… no lo he probado nunca…

—Ahora te enseño, es muy fácil.

—Es que además, me da un poco de corte ir con eso por la calle…

—A ver, o con el segway o no voy… —dice con una sonrisa irresistible.

—¿Vas a dejarme ir sola a estas horas?

De perdidos al río, no puedo evitar coquetear…

—Preciosa, si por mí fuera no te dejaba sola nunca.

Y ahí está, su chulería adorable. Me da un monopatín eléctrico, me coge de la cintura y me invita a entrar al ascensor, que ya está en nuestra planta. Esas palabras, esa forma de tocarme, esos gestos… Tengo el cuerpo entero en tensión. La verdad es que estoy tarada. ¿Cómo se me ocurre ir a su cuarto a por él? Intento no torturarme ahora que estoy disfrutando del resultado de mi estúpido comportamiento. Luego, cuando esté sola ya me lamentaré, Rebeca se encargará de ello. Empezamos a hablar sobre lo que hemos hecho durante el poquísimo rato que hemos pasado separados. Ya en la calle, enciende el segway y me pide que me suba. Me da las manos, doy un saltito rápido, tal y como me aconseja y listo. Es facilísimo.

—Qué pronto lo has pillado…

—Soy surfera —presumo.

—Vale, vale…

Sonríe orgulloso de mi habilidad. Se pone a mi lado y vamos hablando, levantando un poco la voz para escucharnos por encima del ruido que hacen los hoverboards.

—Es la segunda vez que estamos solos bajo la luna.

—Sí, solo que la primera, pensaba que estaba con tu hermano…

—¡Placa! Vale, mala elección de recuerdos…

Nos reímos.

—¿Qué tal Dani, por cierto? ¿Qué te ha contado?

—Pues dice que súper bien con Baby, pero que no está enamorado ni quiere nada serio con ella…

—Normal, sois muy pequeños.

—¿Te puedo pedir un favor?

—Dime.

—¿Puedes dejar de decir TODO EL RATO que somos pequeños?

—Pero es que…

—No, en serio, ¿puedes parar?

—Vaaaale, tranquilo.

—No sé, no acabo de entender qué obsesión tienes con estar recordándonos todo el tiempo la edad que tenemos.

—Tienes que reconocer que si no quiere nada serio con Baby es porque no está preparado para ello.

—Y los tíos de treinta con los que sales tú, sí, ¿no? Mira, yo creo que le mola mogollón y puede decir que no quiere nada y lo que le dé la gana, pero cuando se dé cuenta de lo mucho que le gusta, veremos. La felicidad no está en salir con un montón de chavalas, está en encontrar a alguien especial, una amiga que te escuche y te entienda…

—¿En serio eres tan romántico o es una pose?

—¡Calla y dame las manos!

Suena música en directo a lo lejos, debe de haber alguna verbena cerca. La canción, en concreto, es *Dígale,* de David Bisbal. Me la va cantando en bajito mientras me dirige y nos desplazamos juntos, bailando sobre los skates eléctricos…

Fueron tantos los momentos que la amé
que siento sus caricias y su olor está en mi piel.

Cada noche la abrazaba junto a mí,
la cubría de besos, y entre mil caricias,
la llevaba a la locura.

No puedo describir lo que siento, estoy cohibida, apenas puedo mirarle a los ojos porque me descubriría. Me dejo llevar, me desplaza hacia un lado, hacia el otro, me hace girar sobre mí misma... Canta el estribillo una vez más y seguimos hacia la hamburguesería.

—¿Cómo fue cantar con Bisbal? —digo intentando no parecer afectada por la intensidad del momento.

—Pero ¡bueno! Si ha vuelto la Robin periodista.

—Vaaaa, cuenta... Os vi con él en un concierto...

—¿En Granada? Éramos muy críos. —Hace una pausa y retoma mirándome a los ojos con retintín—. En ese momento, SÍ ÉRAMOS CRÍOS. Fue bonito, pero estábamos muy nerviosos.

—Se os notaba, pero cantasteis muy bien.

—Gracias.

Me guiña el ojo y me abre la puerta cediéndome el paso. Ya hemos llegado. Entramos al restaurante con el monopatín eléctrico y nos ponemos en la cola. Hay bastante gente hambrienta que ha tenido la misma idea a estas horas. Nos miran mucho y me da bastante corte. Parece que más de la mitad de los que están aquí le han reconocido, no sé si a mí... Miro con cara de agobio a Jesús y él parece que ni se ha inmutado.

—¿No te sientes observado?

—No, porque no me miran a mí...Te miran a ti.

—Sí, claro.

—Sí, Robin, te has puesto unas mallas indecentes —me susurra al oído.

—¿Qué?

Me ruborizo y automáticamente me tapo el culo con las manos. Jesús se ríe tan a gusto que me contagia. Pasan solo un par de minutos y dos chicas que cuchicheaban desde que nos vieron entrar, se acercan y le piden una foto. Él, como siempre tan amable, les dice que por supuesto. Está guapo a rabiar aunque se disculpa por sus «pintas». Mientras se hace unas cuatro fotos más con chicas del local que encima vuelven de salir por ahí y están bastante lanzadas. Nos toca pedir, me encargo yo.

—Dos McFlurry de M&M's, por favor.

—¿Robin? —dice el empleado.

—Sí... —contesto tímida.

No llevo muy bien que me reconozcan en situaciones algo violentas como esta. Jesús y yo de madrugada, solos...

—Me encantas, tía, enhorabuena por tu trabajo, te sigo siempre —dice el chico, que es un encanto.

—¡Ah! Pues gracias a ti por el apoyo, de verdad.

Me da los helados y me acerco a Jesús para rescatarlo. Ahora mismo tiene a una chica prácticamente colgada al cuello.

—Uy, ¿Robin?

Una de ellas me ha reconocido también.

—Hola chicas, qué tal —contesto un poco temerosa. No sé cómo se van a tomar que estemos solos a estas horas.

—¿Estáis saliendo? —grita una con evidentes signos de alcohol en sangre.

Me quiero morir.

—No, qué va chicas. ¡Ya me gustaría! —dice Jesús y las chicas se ríen—. Robin está girando con nosotros para poder contaros todo, como si fuerais vosotras las que venís en nuestra *furgo*, estáis en nuestro camerino, etcétera.

Por sus caras creo que no les convence mucho la explicación, aunque no le dan más vueltas al tema. Me piden fotos a mí y unos diez minutos más tarde conseguimos sentarnos en una zona discreta. Todas las miradas están puestas en nosotros y no puedo relajarme. De hecho, me siento bastante mal. Como si estuviera haciendo algo ilegal. Cuando nos acomodamos en esas banquetas de polipiel que parecen setas gigantes, por fin podemos probar el helado.

—Mmmmmm..., delicioso —digo con los ojos cerrados y saboreando la mezcla.

—Eres una gordita. Con tipazo, pero mira que te gusta comer mal.

—¡Eh, que hago surf y patino!

—Ya..., eso sí. Y se nota. Al chico que te ha atendido casi se le salen los ojos cuando te has dado la vuelta con los helados en la mano...

—¿Te apetece ir a Barcelona?

Cambio de tema, no quiero seguir hablando de mi trasero...

—Sí. ¿A ti?

—También. De hecho, allí tengo bastantes amigos. Si puedo me escaparé a verles.

—¿Y ya no me raptarás en plena madrugada?

—No, prometo no volver a secuestrarte.

—Vamos, que eres una interesada..., vale, vale.

—Eh, tampoco es eso.

—Ya..., oye, ¿qué tal en el curro? ¿Están contentos con lo que estás haciendo?

—Sí, supongo. Si mi jefe no me ha llamado para echarme la bronca, eso es que está bien.

—Espera, no te muevas. —Me acerca la mano a la cara y lentamente me frota con su pulgar en la comisura de los labios—. Te has manchado aquí. Pero ya está.

Se pierde mirando mi boca, lo noto. Desde que me toca estoy conteniendo la respiración sin darme cuenta. Cuando cojo aire suena a un suspiro. Me muerdo el labio y él sigue acariciando mi cara aunque ya me ha dicho que estaba limpio. Nos miramos a los ojos y no soporto la tensión. Le cojo la mano y se la quito suavemente.

—Gracias. Venga, ¿volvemos?

—Pero aún no hemos terminado...

—Da igual, lo acabamos por el camino.

En cuestión de minutos estamos otra vez en el hotel. Tiramos los vasitos vacíos de los helados y entramos. El recepcionista nos abre sonriendo, aunque con una cara de dormido que no puede disimular. Lo comentamos en el ascensor y recordamos también la broma que le hicimos a Dani. Está siendo un éxito en YouTube. Nos reímos a gusto, hasta que llegamos a la cuarta planta.

—Te acompaño a tu habitación.

—No, no hace falta, quédate ya en la tuya. Perdona por haberte sacado de la cama.

—Me habría gustado más que me hubieras metido en ella, pero no pasa nada.

—¡Qué bruto eres!

Nos reímos y me recuerda que Dani duerme y estamos en la puerta.

—Bueno, hasta mañana, Robin.

—Hasta mañana, Jesús, descansa.

—Que sueñes con la ola perfecta.

Vaya, no me esperaba ese detalle tan bonito.

—Y tú… —intento recordar algo que le guste mucho y suelto lo primero que me viene a la cabeza—: ¡con Justin Bieber!

Como eso de soñar con Justin ha sonado algo raro, volvemos a partirnos de risa y, para no hacer ruido, nos tapamos la boca con las manos.

—Prefiero soñar contigo, señorita Gómez —susurra.

—Por fin un piropo de verdad, anteponerme a Justin, ahora sí me siento halagada.

Le saco la lengua y me marcho a mi cuarto levitando, o esa es la sensación que tengo. No hay gravedad, mis pies no tocan el suelo, floto y repito mentalmente el baile de antes, subidos a los segways. Al entrar en mi habitación me miro en el espejo del cuarto de baño y me doy un cachete suave en la cara. Menuda sonrisa de tonta. Me desmaquillo y me cepillo los dientes, me acuesto y disfruto de ese cosquilleo en el estómago pero solo unos segundos, después entro en razón y me doy cuenta de que no puede ser. Por primera vez, no quiero soñar con la ola perfecta, sino con él y con una realidad en la que tengamos la misma edad. Estoy exhausta, espero poder dormirme. Por suerte, caigo enseguida.

—(*Toc, toc, toc*) Robin (*toc, toc, toc*) Robin, (*toc, toc, toc*) Robin.

No soy capaz de saber si es un sueño o de verdad alguien llama a mi puerta como si fuera Sheldon, de la serie *The Big Bang Theory.* Abro los ojos, me desperezo y cuando voy al baño veo en el suelo un sobre con mi nombre. Lo abro y me encuentro una carta.

Te espero en recepción, no tardes, tengo planes bonitos.

La nota no está firmada. Me arreglo como un rayo y bajo.

20

Jesús

—¡Venga, levanta!

—Nooooo, todavía nooooo…

—*Quillo,* he quedado con Baby, si quieres que te ayude con lo de Robin, vamos a desayunar y lo arreglamos.

Aunque tengo mucho sueño, al escuchar el nombre de Robin se me enciende la sonrisa y consigo sacar fuerzas para levantarme.

—Dani, no sabes lo que pasó anoche…

—¿Qué pasó?

—Vino a buscarme, ¡de madrugada!

—¿Qué dices?

—Lo flipé.

—Y… ¿qué hicisteis? ¿Qué quería?

—Tenía hambre, nos fuimos a un McDonald's.

—¡Qué fuerte tío! ¡¿Lo ves?! ¡Le gustas!

—No sé..., creo que nunca va a relajarse y a olvidarse de la diferencia de edad...

—A ver, es que son ocho años. Ella ya es una mujer y tú un niñato.

—No soy ningún crío, somos adultos, te guste o no, y se lo voy a demostrar.

—Bueno, me piro a ducharme, nos vemos en diez minutos.

—Ok.

Me paro a pensar en lo de anoche y me mosqueo un poco. Parece que está jugando conmigo. «Somos solo amigos» y al momento «¿Me vas a dejar que vaya sola?»... ¿En qué quedamos? O como le dije yo, ¿será que se aburría y me utilizó? Probablemente, si hubieran estado sus colegas no habría tirado de mí... En cualquier caso yo lo voy a intentar y si no se atreve a dar el paso, se acabó.

—YA ESTOOOY —grita desde fuera Dani.

—Vooooy.

Bajamos al restaurante y devoramos el desayuno. Nadie diría que hace solo unas horas me estaba comiendo un helado...

—Venga, vamos a llamar.

—Habla tú, que yo no tengo ni idea de surf.

—Vale —marca el número de la escuela y pregunta—: Hola, buenos días, estamos de paso en Valencia y queríamos saber cómo está el parte para hoy, si hay olas, si vais a dar clase..., vale. Alquiláis tablas, ¿no? Genial. Pues somos dos, una chica que tiene nivel y un chico que no ha hecho nunca. Sí, ok, nos vemos ahora.

—¡Eh! ¡Que yo no voy a hacer! —protesto.

—Bueno, da igual, era por si querías... Si quieres ligártela, te lo recomiendo. En resumen, tenéis que estar en la playa de La Patacona cuanto antes porque a mediodía apenas habrá olas, pero ahora por la mañana sí va a haber.

—Va a flipar.

—Totalmente.

Saco el móvil y escribo un mensaje para avisar a Robin. Cuando estoy a punto de enviarlo, la veo salir del ascensor. Mira a su alrededor y cuando me ve, sonríe y viene hacia mí. Está como siempre, preciosa. Tiene los ojos algo hinchados de haber dormido poquito, pero eso le da un aspecto aún más dulce, como de niña pequeña. Cuando está a mitad de camino, veo que se le acerca un tío... Concretamente es... ¡el de anoche! Ella cambia de cara por completo. Parece sorprendida y habla con él. Desde aquí no oigo lo que se dicen, pero ella asiente todo el tiempo y le sonríe. Entiendo que le pide disculpas y lo deja un momento para venir a hablar conmigo.

—Buenos días, Jesús.

—Buenos días, Robin.

—Oye..., que... Felipe ha venido a pasar el día conmigo y...

—No te vayas, por favor.

—¿Qué?

—No vayas con él.

—A ver, ha venido hasta aquí, me ha dejado una nota en mi habitación, ¿cómo voy a decirle que no?

—Diciéndoselo.

—No, Jesús..., las cosas no son así...

—Tengo una sorpresa para ti. Lo he organizado todo para pasar mi día libre contigo.

—Pero... ¿cuándo pensabas preguntármelo?

—Mira.

Le enseño el mensaje escrito que no me había dado tiempo a enviar. Lo lee, me mira, mira al tal Felipe, y cuando vuelve a mirarme, me destroza.

—Lo siento, Jesús...

Me devuelve el móvil y aprovecho para cogerle de la mano. No quiero soltarla. Se resiste y acaba escapando. Huyendo de mí. Da media vuelta y se va con él.

Ver cómo abandonan el hotel juntos me desquicia. ¿Qué tiene él que no tenga yo? Y la respuesta es tan obvia que me siento imbécil. Me voy a mi habitación dispuesto a quedarme tirado en la cama todo el día. No tengo ganas de nada, solo de llorar. Me da tanta rabia no tener el control... Es la primera vez que una tía me hace algo así. No lo soporto. De pronto, Robin me cae mal. ¿Cómo puede ser tan tonta y no ver que el tío este, que se parece a Orlando Bloom y que va de guapo, tiene escrito en la frente que se va a aprovechar de ella? Es un Fer más, seguro. ¿Cómo no lo ve? Llego a mi dormitorio y me desahogo pegándome una ducha y, sí, dejando escapar alguna que otra lágrima. Me pongo el albornoz y me quedo un rato mirándome al espejo, intentando encontrar al chaval seguro de sí mismo y con ganas de comerse el mundo que últimamente está oculto tras un idiota enamorado.

Llaman a la puerta. Será Daniel, que se va ya a buscar a Baby. Abro la puerta y me quedo sin habla.

—Hola.

Robin me mira y mira el suelo intermitentemente.

No sé qué hacer ni qué decir. Me está volviendo loco. ¿Ahora vuelve conmigo?

—¿Qué haces aquí? ¿Te has dejado algo? ¿O es que no me has humillado ya lo suficiente?

Estoy tan enfadado que me tiembla la voz.

—Perdona..., yo solo..., había cambiado de opinión, pero...

Hace ademán de irse a su habitación.

—¡Espera!

¿Qué me pasa? ¿Soy incapaz de alejarme de ella por muy mal que me trate? Por otra parte está aquí, ha cambiado de opinión y ha dejado plantado al capullo ese.

—Ven, por favor. —Regresa a mi habitación, le hago un gesto pidiéndole que pase, cierro la puerta, me acerco a ella y la arrincono contra la pared—. Me estás volviendo loco, lo sabes, ¿verdad?

—Lo siento, Jesús, no es mi intención...

—¿Y cuál es tu intención? ¿Qué quieres de mí?

—Que seamos amigos... —lo dice con tan poca convicción que me entra la risa.

Me apoyo en la pared con el brazo izquierdo, le paso la mano derecha por el pelo y noto cómo contiene la respiración y me suplica con la mirada que no lo haga. Sé que si me lanzo no dirá que no, pero no quiero que suceda así, tiene que ser ella. Sé que quiere, ¿por qué tantos prejuicios? Apoyo mi frente en la suya y respiro hondo. Me encanta cómo huele. Está paralizada. Me acerco a su oreja y le susurro.

—¿Quieres que vayamos a surfear?

De pronto me aparta con una sonrisa pletórica y me salta encima, rodeándome las caderas con las piernas. La sujeto por los muslos y giro sobre mí mismo, está emocionada. Me abraza y me derrito. Baja de un salto y me pide que me vista enseguida.

—No sabes lo feliz que me haces llevándome a surfear. Quedamos aquí en diez minutos, voy a prepararme.

Y de nuevo volvemos a estar bien, a ver cuánto nos dura. Me visto rápido, veo que ella aún no ha llegado y aprovecho para ir a ver a mi hermano.

—Ponte un poco de colonia, ¿no? —dice Daniel al abrirme la puerta.

La verdad es que prácticamente me he dado una ducha de Invictus.

—Nos vamos, ¿vale?

—¿Te ha dicho que sí?

—Bueno, ha costado... Pero sí.

—Genial. Nos vemos esta tarde. Yo he quedado con Baby aquí al lado.

—No llegues tarde, a las seis salimos para Barcelona.

—Claro. Lo mismo te digo. Ah, ¡y suerte!

Salgo y veo a Robin mirándose en un espejo. Lleva un vestido de playa ancho, con palmeras por todas partes. Qué bonita es. Se sacude el pelo como para darle forma, pero me parece que no sirve de nada, se queda exactamente igual, es tan rebelde como ella.

—¿Vamos?

Se vuelve asustada y me sonríe.

—¿Cuánto tiempo llevas ahí?

—El suficiente, presumida.

—¡Eh! ¡Qué borde eres!

—Venga, pasa.

Dejo que entre en el ascensor.

—Entonces, ¿cuál es el plan?

—Sorpresa.

—Pero...

—He dicho que sorpresa. Bastante que te he contado que vamos a hacer surf...

—¿Tú también vas a hacer?

—Mmmm. Ya veremos.

Nos espera un coche que pedí esta mañana. Recorremos Valencia con una sonrisa, cada uno mirando por su ventanilla. Hace un día maravilloso y la calle está llena de gente. Pasean en bici, skate, patines... ¡Parece Los Ángeles! De vez en cuando nos miramos y le brillan los ojos.

—Es tan bonito hacer surf, Jesús...

—¿Sí?

—Totalmente. Cuando estás en el mar esperando la ola perfecta, te sientes tan pequeño e insignificante... En mi caso, de pronto me siento en paz conmigo misma, me doy una tregua, dejo de exigirme, dejo de querer ser y simplemente soy.

—¿Y no te da miedo el mar?

—No. Tengo mucho respeto pero nunca miedo. ¿Te da miedo a ti?

—No, qué va..., bueno, a ver, la orillita no, pero no me gusta meterme mucho.

—¿Y eso?

—Es que me da un poco de cosilla no saber qué hay debajo...

—Yo he surfeado con delfines al lado.

—¡¿Qué?! ¿Y no te daba miedo?

—No, en absoluto. Es maravilloso. Tienes que probarlo, en serio. Es increíble. Cuando acabes la gira tienes que venirte a Nemiña.

—¿Dónde está eso?

—En Galicia. Es… el paraíso. Tiene unas olas perfectas. En verano muy suaves, buenas para aprender.

—¿Me estás pidiendo que pase MIS vacaciones contigo? Eres muy lanzada, ¿no? —Me mira con los ojos como platos y me pega un puñetazo en el brazo—. ¡EH! Me has hecho daño, tía.

—¿Sí? Ay, lo siento…

—¡Es broma, tonta!

Llegamos a la escuela de surf. Está frente al mar. Yo no entiendo, pero parece que muchas olas no hay… Entramos y en el jardín hay un chico con el pelo largo y rubio, con un traje de neopreno a medio poner y un montón de niños concentrados en cada palabra que dice.

—¿Entendido?

Los niños le contestan al profesor un sí a gritos y se levantan a toda prisa a coger su tabla de surf.

Me estoy empezando a poner nervioso. Nos acercamos y le pregunto.

—Hola, he llamado esta mañana para alquilar una tabla…

—Ah, sí, claro, pasad por aquí…

Entramos y nos presenta al director de la escuela. Es otro tío guapo, este moreno y con una sonrisa deslumbrante, la verdad es que es súper simpático.

—Ahora entiendo porque te gusta tanto el surf... —le digo en voz baja a Robin y ella me da un codazo.

—Chicos, entonces ya sabéis surfear, ¿no?

—Yo sí, para él es su primera vez.

—Bueno, no sé si voy a probar... Casi prefiero mirar primero...

—De eso nada, Jesús.

—Vamos a organizar ahora un grupo de iniciación, así que podrías ir con ellos.

—Bueno... —No puedo quedar como un cobarde. Voy a tener que tragarme mi pánico al mar...—. Pero no hay olas, ¿no?

—Sí, sí que hay. De hecho, para ser Valencia, hoy es un día muy bueno.

—Son pequeñitas, no tienes de qué preocuparte —me dice Robin.

—No, si no me preocupa... —miento.

Me dejan un neopreno y nos dice que podemos cambiarnos en los vestuarios. Pero Robin está ansiosa y pregunta si podemos cambiarnos en el jardín. Le dan el visto bueno y yo la acompaño. Robin saca su neopreno de la mochila, se queda en bikini y me doy cuenta de que nunca la había visto con tan poca ropa. Es... perfecta. Sencillamente. Se pone de espaldas a mí, se sube el neopreno y se le queda atascado justo en el culo. No me extraña, menudo culazo. Me he quedado embobado mirándola, lo sé cuando el director de la escuela me da una palmada en la espalda.

—¿Seguro que no nos conocíamos? Me sonáis un montón los dos...

—No, es la primera vez que estamos aquí... Quizá te suenen nuestras caras de otras cosas...

Justo en ese momento entran unas chicas y al verme, gritan.

—¿Dani? ¿Jesús?

—Jesús...

—Oh, ¿qué haces aquí? ¿Y tu hermano también ha venido? ¡Qué emoción! ¡Me encantáis! —hablan tan rápido que ni siquiera sé quién dice qué.

—Soy cantante y ella presentadora... —me explico, ante la cara de flipado que se le ha quedado al surfero.

—Ah..., bueno, chicas, no agobiéis..., ¿eh?

—No, *tranqui*, no pasa nada de verdad. ¿Queréis una foto?

—¡Sí, porfa! —Saltan las dos al mismo tiempo. Son monísimas.

Mientras hablo con ellas, veo cómo Robin hace unos estiramientos muy provocativos con el traje de neopreno. Le queda de vicio. Habla con el director de la escuela. ¿Ya lo tiene enamorado también? ¡Qué tía! Y solo ha necesitado unos diez minutos. Bromean, se ríen y me empieza a hervir la sangre. ¿Qué está haciendo conmigo? No me reconozco. Él tendrá aproximadamente su edad. Por un momento me arrepiento tanto de haberla traído aquí...

—¿Jesús? ¿Estás listo? Me ha dicho el director que vas en mi grupo. —Otro surfero cachitas y rubio, con cara de buen tío, se acerca ofreciéndome la mano—. Soy Juan, encantado. —Pero ¿esto qué es? ¿Son todos modelos o qué?—. Ve con ellos, cuando estéis todos nos vamos al agua.

—Con... ¿ellos? —digo sin que me puedan escuchar el montón de niños agrupados.

—Sí, es su primera vez también.

Genial, voy a hacer surf con niños de ocho años.

Robin me sonríe, se acerca y me desea suerte. Se va corriendo con una tabla la mitad de pequeña que la que me han dado a mí y me empiezo a rayar de verdad. Llegamos a la playa, dejamos las tablas y calentamos. Diez minutos después, nos metemos en el agua. Me espero a que entren todos, alargando la tortura, y por fin me meto y me quedo lo más cerca de la orilla que puedo. Estoy sudando del agobio. De lejos veo a Robin, ya ha cogido un par de olas. El profesor nos dice que vamos a empezar con espuma y que, de momento, no nos meteremos más. Aun así, lo estoy pasando bastante mal. La clase se me hace eterna, a pesar de que disfruto cada vez que me deslizo con la tabla.

Por fin acabamos y aunque nos ofrece la posibilidad de quedarnos practicando solos, me salgo y me quedo en la orilla viendo cómo surfea Robin. Está radiante. Y aunque no entiendo mucho de esto, parece que lo hace muy bien. Me saluda súper feliz, como una niña pequeña jugando en un parque. Solo por verla así ha valido la pena todo. Pasa un buen rato hasta que sale del agua.

—¿Qué tal?

—Bien...

—¿Ya te has cansado?

—No, es que el profesor me ha dicho que ya estaba bien por hoy... Y la verdad, me gusta más ver lo bien que lo haces tú.

—Pero ¿te ha gustado la experiencia?

—Sí, claro.

Finjo entusiasmo, no quiero que crea que soy un aburrido o un flojo... Llegamos a la escuela y me enseña el protocolo postsurf. Limpiar la tabla, colocarla en su sitio, quitarse el neopreno, lavarlo solo con agua y tenderlo a la sombra. Estamos solos en el jardín, ella ya ha limpiado su tabla y me toca a mí. Mientras lo hago, veo cómo se quita el neopreno y se queda en bikini. Está tiritando y dando saltitos para entrar en calor. No puedo concentrarme en nada que no sea cada milímetro de su cuerpo. Para desahogarme, no se me ocurre nada mejor que dispararle con la manguera. Ella se cubre y se ríe a carcajada limpia, aunque sin dejar de quejarse.

—¡Para! ¡Jesús, para, por favor!

—Di que soy el mejor por traerte a hacer surf.

—¡Uy sí! ¡Tus ganas!

—Vale, lo que tú quieras... —Y sigo tirándole agua helada.

—¡Está muy fría! ¡Para!

Se acerca a mí con la intención de quitarme de las manos la manguera o, al menos, evitar que la apunte a ella. Forcejeamos, muertos de risa, y acabamos en el suelo dando vueltas por el césped. Al final me quedo boca arriba, con ella encima. Me arrepiento de no haberme quitado también el neopreno... Sujeto la manguera, que sigue abierta y ella me agarra con fuerza los brazos. Nuestras caras están prácticamente pegadas. Me desea, lo noto. Le miro los labios, ella se pierde en los míos y muy despacio, voy reduciendo la distancia que nos separa. Estoy a punto de besarla. Sus muslos se resbalan abriéndose sobre los míos, sus brazos se relajan, me suelta y apoya los antebrazos junto a mi cabeza... Está a punto de suceder, lo deseo tanto que hasta me duele. Rozo sus labios con los míos.

—Lo siento..., yo... no puedo.

Se separa con brusquedad, se levanta y se marcha prácticamente corriendo. Me quedo tirado en el suelo, la manguera sigue abierta, empapándome...

Me rindo, nunca será mía.

21

Daniel

Qué sensación tan extraña. Me siento eufórico y, al mismo tiempo, triste porque no sé cuándo la volveré a ver. Nunca había sentido este cosquilleo, es como cuando tengo vértigo o subo en una atracción cañera. Qué fuerte, al final resulta que es ella la que recogió mi cadena, ¡mi ángel! Tengo que contárselo a Jesús. Espero que le haya ido bien con Robin, aunque tengo el presentimiento de que no ha sido así. Y, como si me hubiese oído, recibo un mensaje suyo.

—¿Ya estás en el hotel?

—Sí, y ¿tú?

—También. ¿Vienes a mi habitación?

—¡Voy!

Termino de recoger mis cosas y las dejo listas. En nada tendremos a Jorge llamándonos para salir hacia Barcelona. Llego a su habitación, toco a la puerta, me abre y desaparece. Se deja caer en la cama en plan teatral y se tapa la cabeza con la almohada.

—Vale, ¿qué ha pasado?

—Pues que me ha hecho la cobra, eso ha pasado.

Su voz suena rota y bajita, amortiguada por la almohada que le tapa la cara.

—¿Cómo?

—Estábamos genial, bromeando con el agua, no sabes cómo me miraba, tío... Sentí que era el momento, nuestros labios se rozaron incluso. Pero luego se apartó y se fue corriendo. Hasta hemos vuelto por separado. No me extrañaría nada que ahora sí se fuese a Madrid.

—¿Y no te ha dado ninguna explicación? ¿No te ha dicho por qué no? Es evidente que le molas...

—Sí, loquita la tengo... La verdad, no tengo ni idea de qué es lo que le pasa por la mente...

—Jesús, tío, apenas te oigo y me cuesta entenderte... ¿Puedes sacar la cabeza de ahí?

—Vooooy...

Se incorpora y se queda sentado en la cama. Está hecho polvo. Tiene los ojos hinchados de haber llorado y no consigo ni que me mire a la cara.

—¡Ven aquí! —Le doy un abrazo fuerte—. Hueles a mar. ¿Al final surfeaste?

—Sí... —dice cortado.

—¿Y qué tal? ¿te gustó?

—Bueno..., no está mal. Pero me sigue dando bastante pánico que me toque algo por ahí abajo...

—Al menos puedes estar tranquilo de que no será Robin.

—¡Serás idiota! ¡Pírate!

Y me pega con la almohada.

—Es brooooma... Mira, pégate una ducha y relájate. Si no quiere estar contigo, ella se lo pierde.

—Sí, claro, ella se lo pierde...

—¿Sabes lo que tienes que hacer para conseguirla?

—¿Otra de tus brillantes ideas, Dani?

—Tienes que darle celos. Así sabrás si le gustas o no, ya verás.

—La verdad es que con Laura se puso celosilla...

—¿Ves? Va a rabiar, seguro. Venga, arréglate que nos vamos enseguida.

—Vale...

Se levanta y, arrastrando los pies, va al baño.

—¡Y cambia esa cara de triste! No puedes darle pena. Tiene que verte fuerte y que te comes el mundo.

Ni siquiera me contesta. Salgo de su habitación y regreso a la mía.

Me da tanta pena que esté así. Vaya asco el amor. Menos mal que yo paso. Por cierto, ¿habrá llegado bien Baby?

—Hola, preciosa, ¿ya estás en casa?
—Sana y salva.
—Te tendría que haber raptado.
—Sí, mis padres estarían encantados.
—Ha sido genial hoy. Te voy a echar de menos.

¿Por qué le he puesto eso? ¿«Te voy a echar de menos»? Me estoy encariñando demasiado. Intento compensar mi ñoñez cortando la conversación, no quiero que se monte películas donde no las hay.

—Bueno, Bae, ya hablamos.
—Vale, malote, yo también te echaré de menos.
—¿MALOTE?
—Por supuesto. Me estás pervirtiendo y lo sabes, ¡con lo bien que me he portado yo siempre!
—Pues yo creo que hoy te has portado especialmente bien, sobre todo en mi cama...
—¡Eh, para! He tenido que ser fuerte para no dejarme llevar.
—Pues ojalá que la próxima vez no tengas tanta... fuerza de voluntad.
—¿Ves cómo eres un malote? Venga, te dejo que tengo que hacerle un poco de caso a mi madre para que no se enfade conmigo por haber estado tanto tiempo fuera.
—Vale, mi niña.

La cara de bobo que tengo ahora es digna de ver. Me guardo el móvil en el bolsillo, cojo las maletas y salgo de la habitación. Espero al ascensor y aparece Robin con la cara desencajada.

—Eh, Robin, ¿qué tal? ¿Estás bien?

—¿Dani?

—Sí, tía, soy Dani.

Veo cómo me mira las muñecas. No puedo creer que aún no nos diferencie. Se lo pongo fácil y le muestro mi brazo izquierdo, dejando a la vista las pulseras para que sepa que soy yo. Noto que suspira aliviada.

—¿Qué tal hoy? ¿Qué has hecho?

—¿No sabes...? ¿No te ha contado nada...?

—¿Jesús? Sí, todo, pero era por hablar de algo...

Su cara de pronto muta a rojo encendido y no puedo evitar reír por dentro.

—Pues eso, hemos ido a hacer surf...

—Ya y... ¿se os ha dado bien? —pregunto con toda la malicia que puedo. En ese momento llega el ascensor y se salva de tener que darme una respuesta.

—Venga sube, listo —dice de pronto sacando el punto autosuficiente que le caracteriza—. Por cierto, ¿te importa si te grabo un momento? Me gustaría hacer un vídeo hoy que resuma el viaje de Valencia a Barcelona. Arrancar aquí y sacar las cosas más interesantes que hacéis durante un viaje así en furgoneta.

—Claro, sin problemas.

Al parecer no se raja, sigue con nosotros.

Grabamos el inicio del vídeo y poco después aparece Jesús. Diría que más animado. De hecho está diferente, como crecido. Así me gusta, hermanito. Se cruza con Robin y ella evita su mirada. Él no solo no la esquiva, sino que le toca el pelo y le dice que tiene algo, creo que se lo ha inventado para invadir su espacio vital. Puedo notar cómo Robin se encoge, incómoda, conteniendo la respiración. Es evidente que Jesús ha decidido no rendirse. Aparece Jorge como un torbellino y rompe la tensión. Está muy contento y animado. Guardamos todas nuestras maletas y nos subimos en la furgoneta.

—¡Eh! ¡Recuerda que me debes el *Call Of Duty!* —le digo a Jorge.

—¿Me debes? ¿Y eso? —dice Robin, curiosa.

—Nada, cosas nuestras —contesto.

—Dani..., pero ni siquiera se quedó a cenar...

—¿Y qué? Yo no me jugué eso. Solo dije que vendría a nuestro concierto.

—¿De qué habláis? ¿De la apuesta que hicisteis sobre Robin?

Miro a Jesús mosqueado, no entiendo por qué ha tenido que contarlo.

—¿Qué apuesta? —Robin está molesta.

—Nada..., a ver, el día de la entrevista yo dije que lograría que vinieras al concierto...

—Sí, bueno, primero dijiste que te la llevarías a cenar.

—¡JESÚS!

Qué vergüenza. No comprendo por qué está haciendo esto. Supongo que querrá incomodarla a ella...

—Era una broma, Robin..., lo siento, espero que no te hayas molestado.

—Vale.

—¿Vale?

—En Barcelona quiero que me lleves a cenar. Tú y yo, solos.

Esto es la guerra.

—¿Qué? Bueno..., a ver..., yo... —tartamudeo mientras mi hermano mira a Robin furioso.

—Jorge, le debes el *Call Of Duty* y creo que se ha ganado también el *Fall Out 4* como mínimo.

—Ya te vale, tía, muchas gracias, ¿eh? —dice riendo Jorge, que no se percata del percal. Creo que ni siquiera sabe que a Jesús le gusta Robin.

—Tanto hablar del *Call Of Duty*..., ¿echamos una partida?

—¡Vale! —dice Robin adelantándose a Jesús, que se queda con la palabra en la boca. Lo miro resignado y enciendo la Play, necesito cambiar de tema.

—¿Tú también le das?

—Soy más de *Skyrim*, pero bueno...

—¿Preparada entonces para que te pegue una paliza?

—Eso ya lo veremos. Voy a grabarlo, quedará genial en el vídeo.

Robin saca su cámara y explica que vamos a jugar. La deja estratégicamente colocada para grabar la partida. Aprovecho para explicar a cámara que me parece genial que quiera un documento gráfico en el que se vea cómo pierde. Empezamos y veo que está un poco perdida. Esto va a ser pan comido. Se me olvida que Jesús puede estar rabiando, pero no tengo tiempo de mirarlo, la partida ya está en marcha. Jugamos en modo uno contra uno y elijo mi mapa favorito, Terminal. Decido quedarme en un sitio estratégico que ya tengo controlado para, cuando pase por delante buscándome, poder matarla. No pasan ni tres minutos y me degüella, no sé cómo ha conseguido encontrarme, se ha acercado sigilosa y me ha rajado el cuello con un cuchillo. En cuanto veo que me ha matado, soy rápido y apago la consola con la rodilla fingiendo haberlo hecho sin querer. Lo hago justo antes de que pueda verse la repetición.

—¡Eh! ¿Por qué has hecho eso?

—Ay, perdona ha sido sin querer —digo mientras se me escapa la sonrisa.

—No me lo puedo creer, Dani, qué tramposo. —Robin coge la cámara—. Lo habéis visto, ha apagado justo cuando lo había matado.

—Calla, no seas mentirosa —le digo arrebatándole la cámara—. No le hagáis caso.

No puedo aguantar la risa. Creo que se me ha ido de las manos. Mira que me gusta poco perder.

—Siempre hace lo mismo. No soporta que nadie le gane. Imagínate si encima es una chica.

Jesús recobra el habla. Al menos he conseguido que se integre.

—Bah, ¡dejadme en paz!

Me aparto y me siento junto a la ventanilla. Abro el móvil y entro directamente en el WhatsApp de Baby. Está en línea. ¿Con quién hablará? Le empiezo a escribir algo, pero al momento me arrepiento y lo borro. Salgo de la aplicación, conecto los auriculares y me pongo música.

—¿Juegas conmigo?

Robin le tiende el mando a Jesús. Me gusta ver que hacen las paces. O algo parecido.

Me he pasado todo el viaje durmiendo. Estoy agotado y me duelen las piernas. Podría haberme tumbado. Jesús y Robin también duermen, pero Jorge está despierto haciendo compañía al chófer.

—¿Por dónde vamos?

—Estamos a punto de llegar al hotel, Dani.

Robin y Jesús se despiertan también al oírnos hablar. Lo primero que hacen es mirarse y me siento hasta incómodo. Pero ¿qué manera de mirarse es esa? Por cierto, ¿diría en serio lo de cenar conmigo? No se lo voy a recordar, claro, bastante tuve con irme a hacer surf con ella. No tengo ganas de enfadarme otra vez con mi hermano.

—Y ya hemos llegado.

Hotel Pulitzer, leo en el toldo negro. Abro la puerta y respiro hondo. Me encanta la sensación térmica de Barcelona, y más en verano. Por la mañana debe de hacer calorazo, pero ahora mismo se está genial. Entramos en el lobby y hacemos el check-in. Nos dan nuestra llave a cada uno y Jorge nos advierte que ha reservado una mesa en la terraza para cenar.

—Os doy veinte minutos, que ya es bastante tarde.

Ninguno se lo discute. Me gusta el hotel. Es familiar y la decoración, muy elegante. Estamos todos en la misma planta. Llegamos y nos dividimos. En cuanto dejo mis cosas en mi cuarto vuelvo a sacar el móvil. Ahora no puedo resistirme, además, tengo excusa.

—Bona nit.

—¿QUÉ? —contesta Baby al instante.

—¡Que ya he llegado a Barcelona! ¿No sabes catalán?

—Pues no..., jajaja.

—Yo tampoco. Se lo acabo de escuchar a uno en el hotel..., jejeje.

—¿Y qué significa? ¿Buenas noches?

—Ah, ¡pues sí que sabes catalán! jejeje.

—Ha sido pura deducción... También deduzco que ya estás en Barcelona, ¿no?

—Sí, así es. ¿Te has planteado ser detective?

—Muy gracioso...

—Bueno, te dejo que me voy a cenar.

—Bona nit!, jijijiji.

—Descansa, Bae.

Una vez duchado, subo a la terraza. Me quedo impresionado al verla, es preciosa. El suelo es de madera, está repleto de rincones acogedores con sofás blancos y zonas para comer con mesas de madera maciza y sillas de mimbre. La iluminación es cálida, con decenas de velas, todo muy íntimo y relajado. Hay bastante gente, todos con una copa de vino en la mano, hablando, riendo... Tras una de esas palmeras que me han llamado la atención porque le dan el punto de color a la terraza, veo la mano de Jesús intentando captar mi atención. Asiento con la cabeza cuando lo veo y me acerco. Está nervioso.

—A ver cómo me sale esto, tío...

—¿El qué?

—Pues que he llamado a Carla y le he dicho que se venga a cenar.

—¿A CARLA?

—Sí...

Se tapa la cara con las manos. Carla es una de esas tías, modelos-presentadoras que se nos cuelan constantemente en los camerinos gracias a sus contactos y que solo buscan estar con nosotros para ver si así despega su fama.

—Joder, ¿no había otra?

—No, Dani, no había otra, así que para ya.

—Bueno.., celosa se pondrá, eso seguro.

Llegan Jorge y Robin al mismo tiempo, se sientan y Jesús les suelta la bomba.

—Jorge, dile al camarero que seremos uno más, ¿vale?

—¿Quién viene?

—Carla.

—¿Carla? ¿La niña esa rubia?

—Sí...

—Puff..., sabes que no me gusta nada, Jesús, ¿por qué la has llamado?

—Porque a mí SÍ ME GUSTA —dice con toda la contundencia que puede.

Robin aprieta los labios y me mira buscando alguna respuesta. No soy capaz de aguantarle la mirada, le guiño un ojo en mi modo seductor y giro la cara.

—¿Tardará mucho?

—No, por eso viene. Resulta que cuando la he llamado me ha dicho que vive a dos calles de aquí.

—Buena zona —dice Robin intentando participar de la conversación y aparentar normalidad.

—Sí, es que además de estar buenísima, está forrada. Es modelo y trabaja de azafata en programas de televisión.

Jesús suelta todo su veneno mientras mira a Robin directamente a los ojos.

—Entonces deduzco que es demasiada mujer para ti, ¿no?

Tooooma. Y ahí está, conseguido, Robin celosa.

—Ninguna mujer es demasiado para mí, bonita.

Esas tres últimas frases son suficientes para que Jorge descubra que entre estos dos hay algo. Me mira interrogándome con la mirada y el ceño fruncido. Por su cara, no parece haberle hecho mucha gracia. Y justo en ese momento hace su entrada en la terraza Carla. Casi un metro ochenta de rubia, todo piernas. ¡Madre mía, cómo está la niña! Y qué bien le quedan esos mini shorts. ¡Qué moda tan maravillosa! Se abalanza sobre mí cuando me tiene al lado y hace lo mismo con Jesús. Esto va a ser divertido.

—Carla, esta es Robin. A lo mejor la conoces de la radio o la tele, está grabando vídeo blogs diarios de nuestra gira.

—¡Ah! ¡ENCANTADA! —Se le ha iluminado la cara al oír radio y tele.

—Ven. Siéntate aquí a mi lado, preciosa —le dice Jesús.

—¿Qué tal? ¿Cómo estáis? ¡Qué alegría veros!

Nos ponemos al día, ella no para de reír y aprovechar cada segundo para tocar a Jesús. Robin está aguantando bastante bien, pero está claro que le hierve la sangre. Estoy orgulloso de Jesús.

—Bueno, yo me voy a la cama, chicos. Estoy agotado.

Jorge se levanta y Carla enseguida hace lo mismo para despedirse de él con dos sonoros besos. En ese momento, cuando está inclinada para besarlo por encima de la mesa, su culo perfecto se queda a la altura de la cara de mi hermano, que se gira hacia nosotros sonriendo y mordiéndose el labio.

—Carla, cariño, que no soy de piedra...

Ella lo mira y se parte de risa.

—Perdona, no me había dado cuenta... —Ya, seguro—. Bueno, me voy a tener que ir a casa. ¿Me acompañas, Jesús?

—¡Claro!

Se levantan, se cogen de la mano y se despiden de nosotros. Robin los sigue con la mirada y en silencio. Ellos coquetean descaradamente y se dicen cosas al oído.

Robin se derrumba, se tapa la cara y veo cómo se le caen algunas lágrimas.

—¿Estás bien?

—No, no estoy bien. Lo siento, me voy a mi habitación.

Y sale disparada.

Me levanto yo también y me quedo un rato asomado a la terraza, emocionado por las vistas de una Barcelona que huele a fiesta, a fin de semana, que sabe a risas y a verano. El DJ está pinchando *Ain't Nobody,* la versión de Felix Jaehn, y yo no puedo dejar de pensar en Baby. Me la imagino entre mis brazos, moviendo su cuerpo delicado pero perfectamente tonificado al ritmo de la música y sonriéndome tímida, con las mejillas rojas. Es tan buena chica que cuando consigo que esté lanzada me pone muchísimo más que cualquier tía que haya visto en mi vida. Me voy a la cama con el objetivo de no volver a pensar en ella.

últ. vez hoy 01:17

Hace solo diez minutos que se ha conectado al WhatsApp, lo mismo aún está despierta.

—Ya en la cama... Ojalá te tuviera aquí, Bae.

Pasan solo dos minutos y contesta.

—¡Llévame contigo!

Le mando un corazón enorme y bloqueo el móvil silenciándolo para descansar, mañana nos espera un día largo.

—¡Daaaani! ¡Daaaani! ¡Despierta!

Abro los ojos, miro el móvil, son las diez de la mañana... Qué querrá Jesús, qué correrá tanta prisa.

—¡Voooooy!

Le abro la puerta y me vuelvo a lanzar a la cama. Jesús se sienta a mi lado.

—Dani, esto es importante. ¡Mira!

Cojo la revista que me ofrece y me quedo paralizado. Baby y yo estamos en portada. La foto es de cuando estuvimos en Valencia. Han captado justo ese momento en el que nos vinimos arriba y ella parece bastante... motivada. Está subida encima de mí, abrazándome la cintura con las piernas y yo la sujeto precisamente por el culo. No da una buena imagen de ninguno de los dos, pero en especial ella parece una devora hombres. El titular es: «Así es la chica que vuelve loco a Dani».

—¡Joder! ¿Quién habrá sido? Tengo que hablar con Baby antes de que se enteren sus padres...

22

Baby

—¿Qué? ¡¡No puede ser!! ¡Yo la mato!

Los gritos de mi madre me despiertan. ¿Qué estará pasando? ¿Se ha vuelto loca o qué? Me levantaría, pero se está tan bien en la cama… Y encima mi madre de malhumor no es buena compañía. Me doy media vuelta y sigo durmiendo. No sé cuánto rato pasa, pero de pronto mi madre abre la puerta de mi dormitorio bruscamente, enciende la luz y me lanza algo a la cama mientras grita:

—¡¿Me puedes explicar qué es esto?!

Está fuera de sí. Me incorporo y mis ojos se intentan acostumbrar a la claridad. Cuando consigo ver, presto atención a la portada de la revista que sostengo temiéndome lo peor. Temor que se confirma cuando me reconozco en la foto comiéndome a besos a Daniel. Dios mío, nos han cazado.

—Y dentro hay muchas más. ¡Pero ¿tú estás tonta o qué?! Besándote con el niñato ese delante de todo el mundo. Eso es lo que hiciste ayer, ¿no?

—Mamá, yo... A ver... No te pongas así...

Toma aire y se da media vuelta.

—¡Vístete y ven al salón! —grita desde el pasillo.

Cojo el móvil y le escribo a Dani, está en línea.

—¿¿Qué ha pasado??

—¿Ya te has enterado? Justo te iba a escribir, Bae..., ¡Lo siento!

—Mi madre me ha despertado tirándome la revista a la cara... Está encantada...

—Joder, creí que quizá podríamos ocultárselo...

—Pues no sé cómo... Creo que la ha llamado alguien esta mañana para contárselo.

—Si necesitas que hable con ella, o mis padres, para que la tranquilicen, no sé... Lo que quieras, me dices, ¿vale?

—Vale, guapo.

—Voy a intentar sacar hueco en la gira para ir a verte...

—No puedes, Dani, no te rayes, quédate tranquilo.

—Siento que te pase todo esto por mi culpa. Es un asco.

—Aun así me ha valido la pena, que lo sepas.

Mi madre entra de nuevo en mi cuarto.

—¿Qué haces? ¿Estás hablando con él?

—Mamá, ahora salgo, ¿vale?

—Ni ahora salgo ni nada, estoy harta. Se acabó el móvil y se acabó hacer tanto el tonto. ¡Dámelo!

—No, mamá, por favor.

—¡Te he dicho que me lo des! Y hasta que no estés centrada en el ballet y los estudios, no te lo voy a devolver.

—Si me quitas el móvil, olvídate de que vuelva a bailar.

—¿Me estás amenazando? Eres una sinvergüenza. Me engañaste. Quedaste con ese elemento en lugar de ir a bailar. Sales en la portada de una revista y probablemente se pasen semanas hablando de ti en todas partes. Pero ¿es que no te hemos enseñado nada?

—Sí, me habéis enseñado que o hago lo que vosotros queréis o no soy digna de vuestro «afecto», que es lo máximo a lo que puedo aspirar…

—Baby, dame el móvil y no salgas de tu cuarto hasta nueva orden. Se acabó. Estás castigada.

—Pues muy bien. Toma.

Le lanzo el móvil con toda mi rabia. Por suerte no le doy, le podría haber hecho daño. Al caerse al suelo se desarma entero. Mi madre recoge las piezas y sale hecha una furia del dormitorio.

Me quedo llorando en la cama. Mido el tiempo por las veces que viene mi madre a ofrecerme comida y de momento han sido tres. Llaman a la puerta y oigo a mi madre hablar con Laura. Lo que me faltaba.

—Baby, ha venido Laura a verte, ¿quieres hablar con ella?

—Vale...

Laura entra y al verme, abre la boca y al instante se la tapa con ambas manos. Al cabo de unos minutos en los que he sido incapaz de mirarla a la cara, viene hacia mí y me abraza. Debo de tener un aspecto horrible.

—Lo siento, Laura, te lo quería contar...

—Tranquila, Baby, no pasa nada...

—Pero te gustaba... Y yo...

—Sobre todo ha sido una sorpresa, no sabía que te gustara Dani...

—Desde el primer segundo, pero como tú querías estar con él, no sabía cómo decírtelo...

—Ya... pues no sé, diciéndomelo. Yo te lo cuento todo.

—Lo sé, pero no quería que te enfadaras...

—Creo que es mucho peor haberme enterado así...

—Cuando me dijiste que te daba igual uno que otro... Pensé que no te importaría.

—Pues sí me importa. Pero no por él, por la traición que supone...

—Bueno, solo te puedo decir que lo siento mucho. Te quiero y no quería hacerte daño.

—Vale... ¿Y qué ha pasado? ¿Cómo es que os fotografiaron?

—No lo sé, tía... Ni idea.

Y no puedo evitar derrumbarme mientras hablo con ella.

—Vaaa, tranquila, mujer.

—Lo siento tanto...

Me tapo la cara con la almohada y Laura se despide de mí, bastante fría.

—Mañana te veo, me tengo que ir.

Está distante y borde, pero es normal. Qué esperaba, ¿que estuviese como si nada? Ahora me la tendré que ganar de nuevo, haré que vuelva a confiar en mí. Me quedo dormida otra vez, entre lágrimas.

No sé qué hora es, pero deduzco que muy tarde, porque está todo en silencio. Me levanto sigilosa y busco el móvil en el salón. En una de las estanterías hay una cesta de mimbre donde metemos todas las cosas locas que no sabemos dónde guardar. Es un vaciabolsillos en el que te encuentras todo tipo de objetos. Estoy convencida de que mi madre lo ha guardado ahí. Y efectivamente. Lo monto, aún sigue a trozos desde que lo estampé, lo enciendo y miro asustada hacia la puerta al escuchar un ruido. Es *Danisú*, mi perro, que se acerca mirándome extrañado y cuando está a mi lado se enrosca para seguir durmiendo pero justo encima de mis pies, intentando estar pegado a mí. Está tan mono, que lo primero que hago es sacarle una foto, y eso que estoy deseando hablar con Dani. Son las tres de la mañana y obviamente no lo leerá, pero no creo que mañana consiga el móvil, así que al menos tendrá un mensaje mío cuando se despierte.

—Dani, mi madre me ha quitado el móvil, no puedo hablar contigo. De hecho, no quiere que vuelva a verte. No sé si seré capaz de aguantar, siento que me ahogo. Te echo mucho de menos. Odio a mis padres. Espero que estés bien.

Aunque sé que no es nada probable, espero nerviosa una respuesta que nunca llega. Derrotada, vuelvo a mi habitación y me meto en la cama. *Danisú,* que me ha seguido resoplando por despertarle a estas horas (¡menudo carácter tiene!) se aproxima y me exige caricias metiendo su morro entre mi brazo y el colchón. Soy obediente y le acaricio el lomo hasta que me quedo de nuevo dormida.

—¡Baby, despierta, tenemos que hablar!

Apenas tengo energía para levantarme, he dormido fatal. Me arrastro hasta el salón, mi padre está sentado en la mesa con una cara de tristeza que nunca había visto. Mi madre se incorpora también y me exige que me siente. Me hablan de lo decepcionados que están y me echan en cara que les haya mentido tanto. No solo por el día que pasé con Dani en lugar de estar bailando, como les dije, también por el día que fuimos al parque Warner de Madrid. Al parecer han estado buscando en Internet todo lo que tenga que ver con los chicos para enterarse de cualquier paso que haya podido dar sin su consentimiento.

—Baby, eres una ingenua, ¿cómo has podido caer en las redes de esos chicos? Son cantantes, famosos y se mueven en un ambiente que te da mil vueltas.

—No habléis en plural. Estoy con Dani, no con los dos.

—NO ESTÁS CON NINGUNO, ¿TE ENTERAS? —grita mi madre.

—Baby, el otro día estuvo contigo y ayer ya estaba con otra. ¡Mira!

Mi padre me acerca su iPad. Es una captura de otra revista que al parecer ha salido hoy y en la que dicen que Daniel está con otra. Es una rubia que va enganchada a su cintura por las calles de Barcelona.

—No... No puede ser... —Intento ampliar la parte de las muñecas pero no se ven bien. Podría ser cualquiera de los dos—. No es Dani, es Jesús, son iguales.

—Ya, pues si son iguales, ¿cómo sabes que no es Dani?

—Porque... no... Él...

No puedo terminar la frase. Daniel me lo dijo, no teníamos una relación, no estamos juntos.

—Piensa en ello y concéntrate en lo verdaderamente importante: tu familia, tus estudios y sobre todo el ballet, donde tienes una carrera prometedora. No lo desperdicies por tíos que no merecen la pena, que encima te dan mala fama. Ya veremos si esto no te cierra puertas en alguna compañía seria.

Estoy tan enfadada que siento cómo la ira se acumula en cada poro de mi piel.

—Papá, eso es lo único que te importa en realidad, ¿verdad? Que no me cojan en una compañía que te guste... ¿Pues sabéis qué os digo? Que se acabó, que no contéis conmigo para seguir bailando. No estaré con Dani, pero tampoco seré una esclava de vuestros sueños.

Salgo disparada a mi cuarto y cierro de un portazo. Lloro tan fuerte que siento que me voy a ahogar. Me duele el pecho, tengo el estómago encogido y soy incapaz de concebir que algún día podré olvidarme de él y vivir sola, sin el agobio de mis padres. Creo que mi mundo acaba aquí, en este mismo momento, y quiero morirme. Nunca más volveré a hablar con él.

23

Robin

—Hola, monguer, ¿a qué hora llegas? Quiero ir a por ti a la estación.

—Más te vale venir... A las 10:40. Quiero un café calentito al llegar. Muero de sueño.

—Vale, te veo ahora.

Sonrío embobada mirando el móvil. Estoy deseando ver a Rebeca. La he ido poniendo al día en este tiempo pero necesito ver su cara, que me quite esta tontería de encima y, sobre todo, que me haga reír. Me preparo para bajar a desayunar. Cruzo los dedos deseando no encontrarme a ninguno de los chicos. Bueno, a quién quiero engañar, al que no quiero ver es a Jesús. Y al mismo tiempo tengo que controlarme para no plantarme en su cuarto y pedirle explicaciones por lo de ayer. Mi mente va a su bola y también imagino cómo haríamos las paces... Basta. Me coloco una faldita skater tejana, un crop top blanco y mis zapatillas deportivas plateadas y salgo de mi habitación. Al llegar al restaurante, veo a Jorge. Me saluda con la mano y me veo obligada a sentarme con él.

—Hola, Jorge, buenos días.

—Hola, Robin, ¿qué tal has dormido?

—Bien, aunque necesito litros de café.

Justo en ese momento me sirve el camarero una buena taza.

—Qué bueno coincidir contigo a solas, Robin, necesito comentarte algo que me tiene preocupado desde anoche.

—Dispara.

Se me seca hasta la boca. Por favor, que no sea nada sobre Jesús.

—Voy a ir al grano, anoche noté algo muy raro. ¿Qué pasa entre Jesús y tú?

—¿Cómo?

Me estoy mareando, ¿Qué le digo? ¿Que nos gustamos? ¿Que me tiene loca? ¿Que no para de tirarme los tejos y que me cuesta la vida entera resistirme?

—Sí, ayer parecía que os lanzabais pullitas... Y eso de quedar con la rubia tonta esa... No le pega nada... Parecía que..., no sé, que te quería dar celos.

—Puf..., Jorge, eso lo tendrías que hablar con Jesús.

—Ya, con Jesús. Mira, Robin, Jesús tiene diecisiete años. Es un crío y mi trabajo es protegerlo. A nivel laboral, pero también personal. Me pareces una chica maravillosa y no quiero que me malinterpretes, pero... ¿no crees que eres mayor para él?

—¡Sí, por supuesto que soy mayor para él! Te estás confundiendo, de verdad, entre nosotros no hay ni ha habido nada, te lo juro.

—Pues no es eso lo que vi anoche.

—A ver, Jorge, creo que lo suyo es que hables con Jesús...

—A él sí le gustas, ¿no? ¿Es eso?

—Quizá está confundiendo sentimientos... Como bien dices, es muy joven y no sabe lo que quiere.

—Está bien, hablaré con él. Pero tú, Robin, prométeme que te alejarás de él. No quiero que sufra, ni que esté distraído, nos jugamos mucho en esta gira.

—Mira, Jorge, si quieres que me vaya, dejo la gira y arreglado.

—No he dicho eso, solo te pido que le dejes aire, que intentes alejarte de él a nivel personal. Si vemos que se convierte en algo más fuerte, sí tendrás que marcharte, claro.

—Vale, Jorge. Tranquilo, porque a lo mejor soy yo la que decide irse antes.

Me acabo el café de un sorbo, me levanto y me voy.

Salgo deprisa del comedor y me choco al salir, precisamente, con Jesús. Aunque fuera hace calor, en el hotel con el aire acondicionado se está fresquito, y se ha puesto esa sudadera azul que le sienta tan bien, *Blue Bulls* lleva escrito. Tiene cara de dormido, pero se le han iluminado los ojos al verme. Está muy guapo.

—Princesa, ¿adónde vas con tanta prisa?

—Déjame, Jesús, he quedado.

Sigo andando y me frena sujetándome de la muñeca.

—Oye, ¿estás bien?

Me clava su mirada de preocupación, como intentando leerme la mente y averiguar qué me pasa. Es solo un gesto, pero parece querer protegerme de lo que sea que me está haciendo daño. Es como si estuviese dispuesto a todo con tal de no verme así. Aprieto los labios y no soy capaz de decir ni hacer nada. Me tiene bloqueada. Rompo el contacto visual con él y por fin consigo hablar.

—Estoy bien, déjame, ¿vale?

—No te creo.

—¿Y a ti qué más te da?

Me suelto con rabia de su brazo y salgo maldiciéndome por haberle dicho eso. ¿Por qué soy tan impulsiva cuando hablo con él? Va a ser verdad, voy a tener que dejar la gira. Me guste o no me guste, Jorge tiene razón. Tienen que estar concentrados y no pendientes de mí cada minuto. Espero que Rebeca me ayude a encontrar fuerzas para irme, porque la realidad es que no soy capaz de alejarme de él por voluntad propia.

El taxi me deja en la puerta justo a la hora en la que hemos quedado, debe de estar bajando ahora mismo del tren. Me acerco a la puerta y miro a un lado y a otro, intentando reconocerla entre toda la gente que sale. Quiero abrazarla ya. De pronto veo su preciosa melena pelirroja. Ella también me ve y empieza a mover la mano, emocionada. Tiene que ir lento, porque delante lleva a unos señores trajeados que le bloquean el paso y caminan despacio. Empieza a ponerme caras y hacer gestos obscenos para hacerme reír hasta que por fin consigue adelantarlos y corre hacia mí para abrazarme.

—¡Te odio! —me dice dándome un fuerte abrazo.

—Tú siempre tan romántica, cariño.

Me limpio con el dorso de la mano las lágrimas que se me han escapado y ella se ríe, burlándose.

—Venga, invítame a un café.

Salimos de la estación de Sants y echamos a andar hacia un parque que hay cerca buscando alguna terracita en la que sentarnos a hablar. Cuando la encontramos, me exige que le ponga al día. Soy consciente de que hablo sin orden y miento sin darme casi ni cuenta. Ni siquiera conmigo misma soy sincera, así que tampoco esperaba contarle a ella toda la verdad. Durante mi monólogo asiente, pero noto que da igual lo que le diga, ya tiene un veredicto y un sermón preparado.

—¿Te gusta?

—¡No! No te has enterado de nada de lo que te he contado, ¿verdad?

Me da un cachete y vuelve a preguntarme, contundente.

—¿TE GUSTA?

—¡Ah! ¡Me has hecho daño!

—Mira, me dan igual la edad, Jorge, la rubia esa, su hermano y por supuesto, me la pela lo más grande el imbécil de Fer. ¡Dime qué sientes y no me mientas más!

—A ver, si no tuviera diecisiete años…

—Te gusta.

—No es tan fácil… —me quejo.

—Sí es fácil. Eres joven, él más, vale, quizá tengáis que esperar para empezar algo que pueda ser serio… Pero si te gusta y le gustas…, no hay nada que se pueda hacer.

—Pero ¡me muero de vergüenza! ¿Qué pensarán sus padres si se enteran? ¿Y la prensa? ¿Y LAS FANS? No debemos hacer nada. Nos tenemos que fastidiar y punto.

—Eres una teatrera. Ni que fueras una de las *protas* de *Nashville.*

—Me va más *Orange is the New Black.*

—Por lo de ir a la cárcel, ¿no?

La carcajada que suelta Rebeca hace que todo el mundo se gire y nos mire. Le aplico un calmante en el brazo y me dejo llevar por la risa también hasta que pienso en ello en serio.

—¿Podría ir a la cárcel? —le pregunto con cara de pánico.

—¿Qué dices, loca? Pero si enseguida cumple dieciocho, además, a partir de los dieciséis, si la relación es consentida, es legal.

No puedo estar preguntándome este tipo de cosas, me va a dar algo. Menos mal que tengo aquí a Rebeca.

—Bueno, vamos a cambiar de tema que necesito pensar en otras cosas. ¡Cuéntame tú! ¿Qué tal todo? ¿Te ligaste a Álex González en esa fiesta?

—¡Qué va tía, ya me gustaría! Es taaaaan mono, taaaan educado y taaaan perfecto que hasta lloré cuando llegué a casa por no haber sido capaz de que viniese conmigo. Pero aunque es un cielo conmigo, no parecía que le interesara de verdad. Así que mi vida sigue bastante igual. Eso sí, mucho más aburrida sin ti.

—En el fondo eres muy linda cuando quieres…

—¡Ah, se me olvidaba! ¿Adivina quién está esta noche en Barcelona?

—¿Xuso Jones? ¿Pablo López? ¿Miguel Ángel Silvestre?

—Noooo, aunque molaría… Todos juntos, a poder ser…

—¿Entonces quién?

—Carlos, tu *profe* de surf. He hablado con él por Instagram, hemos quedado, ¿vale? ¡ME ENCANTA!

Cuando llegamos al hotel, subimos hasta la planta de mi habitación y vemos que viene hacia nosotras uno de los chicos. Creo que es Dani, pero no tengo la confirmación hasta que me estampa rabioso dos revistas.

—¿HAS SIDO TÚ, VERDAD? ¡LAS DOS! HABÉIS APROVECHADO PARA SACAR TAJADA, ¿NO?

—¿Qué dices, Dani?

Miro las revistas, y en una, en portada, está Dani con Baby y en la otra, Jesús con la rubia esa de anoche, Carla, aunque pone que también es Dani. Está muy alterado, fuera de sí.

—¡Por vuestra culpa no puedo volver a ver a Baby! ¡Sus padres no me dejan ni hablar con ella!

—Dani, ¿te quieres calmar? ¡Te estás equivocando!

—¿Cuánto habéis sacado?¿Dos mil, tres mil euros? ¿Os merece la pena?

—Para el carro, bonito, nosotras no hemos hecho nada.

Rebeca lo dice risueña y eso hace que él se ponga más nervioso. Golpea la pared y grita.

—¡SOIS LO PEOR!

En ese momento llega Jesús y se lanza sobre él; lo abraza e intenta que se calme.

—Llévatelo de aquí, porque se está pasando.

—Vale, Robin, lo siento, está muy nervioso... ¡Dani, vamos!

Se marchan y nos quedamos en mitad del pasillo mirándonos sorprendidas. Recojo las revistas que han acabado en el suelo y entramos en la habitación. Acto seguido, Rebeca coge el móvil y llama a una de sus compañeras.

—Hola, soy yo... ¿Me puedes ayudar a averiguar quién ha dado el chivatazo de lo de Daniel Oviedo? Sí, y de quién son las fotos. Vale, espero, gracias. —Tras unos diez minutos que me parecen una eternidad, por fin, le cuentan—. De acuerdo. Gracias y feliz día. —Entonces Rebeca me da la información—. Ya está claro. Ha sido una chica. Al parecer ha filtrado la información y ha cedido las fotos a cambio de salir en la revista. Es actriz o quiere serlo... Tienen cerrada una sesión de fotos y una entrevista.

—¿Te ha dicho cómo se llama?

24

Jesús

—Dani, cálmate, tío…, ¿se te está yendo la cabeza o qué?

—A ver, Jesús, ¡no la defiendas! Tiene que haber sido ella. ¿Cuántas veces he salido por ahí con tías? ¿Cuántas veces han podido pillarme con alguna por la calle? Y no ha pasado NUNCA. ¿Por qué? Pues porque somos discretos y tendrían que seguirnos las veinticuatro horas del día para que quizá, en algún momento, con muchísima suerte, pudieran tomar alguna foto comprometida. Es decir, que solo ha podido ser un chivatazo. ¿Y quién ha tenido acceso a nuestra agenda y asuntos privados estas semanas? ¡ROBIN!

—Creo que debemos darle el beneficio de la duda. Yo pongo la mano en el fuego por ella.

—Claro, es una muy buena persona, por eso te está volviendo loco...

—¿Qué tendrá que ver eso?

—Mucho, Jesús, mucho. ¿Y si está jugando con nosotros?

—Déjame que hable con ella, ¿vale? Quédate aquí y, sobre todo, no hables con nadie de las fotos, no escribas nada en las redes sociales y espera a que hablemos con Jorge, la discográfica, etcétera...

—Yo ahora mismo lo único que quiero es hablar con Baby. Habrá visto las fotos con Carla y a lo mejor se cree que soy yo. ¡Malditos manipuladores!

—Pues llámala.

—Sus padres no quieren que hable con ella. Le han quitado el móvil, ya te lo he dicho.

—Pues habla con Laura.

Me mira, me da un abrazo y grita emocionado.

—¡Claro! ¡Qué buena idea!

—Bueno, yo mientras tanto voy a hablar con Robin, ahora vuelvo.

Salgo de la habitación y me quedo un rato en el pasillo del hotel paralizado, intentando ordenar un poco las ideas antes de hablar con ella. Sobre todo procurando neutralizar todas aquellas cosas que querría decirle y que no soy capaz de articular cuando la veo. Ahora lo importante es averiguar qué ha pasado con Dani y echarle un cable con Baby. Si realmente él tuviera razón y Robin fuese la culpable de la filtración, tendría que irse, soy consciente de ello. Quizá por eso la defiendo, porque a pesar del dolor que me provoca tenerla a mi lado y no poder tocarla, ni decirle lo que siento, me conformo con tenerla cerca y me hundo solo al pensar que podría no verla cada día. En realidad, lo que quiero es decirle que se deje de bobadas y que me bese. Que se olvide de todas las preocupaciones que le vienen a la cabeza cada vez que piensa en lo nuestro, que por una vez se deje llevar. Pero me aterra que me diga que no siente lo mismo que yo. Quizá es verdad que está jugando conmigo, es fácil que solo tontee porque le sube la moral que vayan detrás de ella... Me entran ganas de gritar cuando pienso que incluso puede estar burlándose de mí, ahora mismo, con su amiga Rebeca, comentando lo patético que soy creyéndome que existe alguna posibilidad de que estemos juntos. Pero hay cosas que no puede negar. La electricidad que recorre el ambiente cuando estamos solos, cuando nuestras manos se tocan al rozarnos sin querer, cuando nos chocamos al andar, cuando nos quedamos solos y automáticamente hablamos en voz baja y profunda, queriendo aparentar normalidad y escondiendo todo lo que diríamos en ese tono ronco en el que se habla cuando deseas cerrarle la boca con la tuya a alguien. Nadie me va a negar nunca que cuando las carcajadas se apagan, compartimos una sonrisa cómplice y melancólica, ni que los dos saboreamos esa sensación amarga de sentir que estamos tan cerca y a la vez tan lejos... Me froto la cara al darme cuenta de que llevo mucho tiempo aquí parado dándole vueltas otra vez a lo ÚNICO que ocupa mi mente últimamente. No consigo sacármela de la cabeza y empieza a convertirse en una pesadilla. Creo que solo hay una opción, perderla de vista. Así, al final no me quedaría otra opción que resetear y borrarla de mis pensamientos. Pero soy incapaz de provocar que eso pase. De hecho, lucharé como un imbécil, en contra de lo que me conviene, para que siga aquí, con nosotros de gira. Tomo aire y me voy a su habitación. Llamo a la puerta y contesta Rebeca.

—Soy Jesús.

—Ah, hola, Jesús. Pasa, pasa...

Entro y noto que las dos me miran preocupadas.

—Tranquilas, vengo en son de paz. ¿Hablamos?

—Chicos, os tengo que dejar porque me he olvidado de mil cosas y necesito pasarme por plaza Cataluña a ver si puedo comprarme algo en Bershka, que está aquí al lado, ¿vale?

Y, sin darnos tiempo a contestar, coge su bolso, se calza las sandalias que estaban desperdigadas por la habitación y se va. Miro a Robin, que se ha quedado con la boca abierta, como a punto de decir algo o, más bien, de maldecir a Rebeca. Más de cinco minutos después de escuchar el portazo seguimos callados, ella mirándose las manos y yo mordiéndome el labio mientras sufro deseando cada centímetro de su piel.

—Bueno, ¿cómo estás? —digo al fin.

—¿Yo?

—Sí, tú. Entre lo de esta mañana y ahora Dani...

Suspira, se levanta y mira por la ventana. ¿Cómo puede ser tan bonita? Me encanta como el sol se filtra a través de su pelo. Y ese culo... No puedo dejar de mirarla. Se gira y, con una mirada fría, despectiva incluso, me adelanta que me va a decir algo que no me va a gustar.

—A ver, Jesús, ¿a qué has venido a mi habitación? ¿No hemos hablado ya de estas confianzas excesivas que nos estamos tomando?

—¿Cómo?

—Sí, Jesús, que ya está bien. ¿Cómo quieres que te lo diga? Esta relación es LABORAL. Entre nosotros ni hay nada ni lo habrá. ¿Te enteras? Y me gustaría que me dejaras espacio y que no te tomaras la libertad de meterte en mi habitación ni de estar a solas conmigo. ¿Qué pensará la gente si nos ve? ¿No ves que SOLO somos colegas? ¡Ni siquiera amigos!

El corazón se me rompe aún más de lo que estaba. La ira empieza a adueñarse de mí. Me ha dicho todo lo que me aterraba escuchar y aquí sigo, mirándola, humillándome ante ella. Lo ha soltado de carrerilla, como si fuera una de sus intervenciones en antena. La Robin altiva, segura y, sobre todo, contundente. Pero tras esa pose noto que su mirada no encaja con sus palabras... Sigo analizando lo que me ha soltado y lo incongruente de sus gestos y acciones de estos días...

—¡Jesús! ¿Me has oído? ¿Quieres hablar de lo de tu hermano o te vas a quedar ahí plantado todo el día? Tengo cosas que hacer.

No reconozco a la Robin que tengo delante.

—No te puedo creer...

—Pues créeme.

—Ahora comprendo que sí has podido ser tú la que ha dado el chivatazo...

—Pues no, listo. Y encima ya sabemos quién ha sido.

—Algún día me pedirás perdón y quizá sea demasiado tarde.

Me levanto, me acerco a ella hasta un punto incómodo, hasta dejarla sin aire y vuelvo a notarlo. Está ahí, no me lo invento. Lo siento igual que lo siente ella. Pero se ha pasado. Esto no voy a olvidarlo fácilmente. ¿No quiere estar conmigo, se avergüenza de mí, es incapaz de ser sincera consigo misma? Vale, pues adiós. Me voy de la habitación, sin darle tiempo a que me dé el nombre de la persona que ha traicionado a Dani, y me derrumbo en el pasillo ante los ojos de un trabajador que se encarga del servicio de habitaciones. Me seco las lágrimas mientras aprovecho para taparme la cara y voy a la habitación de mi hermano. Cuando me calmo, llamo.

—¿Qué te ha dicho?

—Que no ha sido ella.

—Ya, claro, qué convincente...

—Al parecer saben quién ha sido.

—¿Y no te lo ha dicho?

—No.

—Jesús, ¿estás bien?

—No.

—¿Te has vuelto a pelear con ella?

—Me ha dicho que solo somos amigos, que la deje en paz, que me aleje de ella...

—Pero ¡será cabrona! Jesús, hay que echarla de la gira, nos está destrozando. Filtraciones a prensa, coqueteo continuo contigo para luego mandarte a la mierda constantemente... No me gusta, quiero que se vaya, Jesús.

—Lo que no entiendo es por qué no se marcha ya, si está tan incómoda.

En ese momento llega Jorge y le pido a Dani que, por favor, no le diga nada de lo mío con Robin, bastante complicado lo tenemos ya. Él nos explica la estrategia que vamos a seguir.

—Una noticia solo se disipa con otra aún más gorda. ¿Que están marujeando sobre vuestra vida privada? ¿Que inventan que Dani estuvo con Carla cuando en realidad era Jesús? Sí, es todo muy goloso y la gente no para de hablar de ello, pero nosotros tenemos algo que no se esperan y que es una bomba.

—Vamos a anunciar la colaboración.

—Exacto, Dani. No hay mal que por bien no venga. Ahora están todas las miradas puestas en vosotros, sois trending topic en Twitter, estáis en los programas del corazón de la tele, en las revistas... Es el mejor momento para petarlo con el notición que tenemos y así, la gente que quiera saber sobre vuestra vida privada, que será mucha, se enterará también de que habéis grabado una canción con una de las divas más importantes del panorama musical internacional.

—Sabía que tendrías una solución; eres genial, Jorge. Ahora solo falta saber quién filtró las fotos y conseguir que Baby y yo podamos volver a hablar y vernos.

—Poco a poco, Dani. Aprovecho para recordaros que aquí lo verdaderamente importante son vuestras carreras. Sois muy jóvenes, vais a tener mucho tiempo para líos de faldas, para enamoraros, para tener pareja... Pero ahora estamos de gira. Intentad que no haya más noticias que se puedan filtrar. Lo importante es que brilléis en los directos, que trabajéis duro para poder hacer todo esto más grande, ¡es vuestro sueño! ¡No lo olvidéis! Y no me gustaría tener que ponerme serio con este tema. Sé que a veces el corazón va por libre, pero hay que saber dominar los sentimientos, incluso aprovecharlos para componer. Son experiencias que os hacen crecer y madurar, sé que no se pueden ni se deben evitar, pero no dejéis que sean más fuertes que vuestro compromiso y vuestra responsabilidad.

—Vale.

—Ok, Jorge.

—Solo una cosa más: ¿cómo daremos la noticia?

—Chicos, creo que lo suyo sería grabar un vídeo con Robin.

Miro a Dani, que aprieta los labios y asiente serio.

—Hablo con ella y os llamo para grabarlo.

Jorge sale de la habitación. Nos miramos en silencio y no hace falta decir nada, sabemos exactamente lo que está pensando el otro.

—Tiene razón Jorge, se nos ha ido de las manos el tema chicas, ¿no, Dani?

—Totalmente.

—¿Estás más tranquilo?

—Un poco, pero sigo pensando que Robin nos la ha jugado... Y encima ahora tenemos que grabar con ella y darle la exclusiva, que le va a venir genial.

—A ver, conmigo se está portando fatal, cierto. Pero yo creo que dice la verdad y que no ha sido ella.

—¿Cómo puedes defenderla después de todo? *Quillo,* yo flipo contigo. Estás *to' enchochao.*

Y tiene razón. No tengo ningún motivo para no pensar que, efectivamente, nos la está metiendo doblada y que la Robin que creo que es no tiene nada que ver con la que está demostrando ser, pero no soy capaz de aceptarlo. En el fondo, creo que la conozco y que ella no es así, pero empiezo a aceptar que nunca lo descubriré.

25

Robin

Me siento la peor persona del mundo. ¡Estoy volviendo loco a un chico de diecisiete años! Camino de un lado a otro en el escaso espacio que queda entre la cama y el escritorio, rozándome a cada paso con las sábanas revueltas y desparramadas por el suelo. Espero que Rebeca no tarde mucho. Siento otra punzada en el estómago al oler de nuevo su perfume, que se ha quedado invadiendo mi espacio vital, cosa que, por otra parte, me encanta. Todo lo que tiene que ver con acercarme a él me genera ese *doligusto* al que ya me empiezo a acostumbrar. Vale, estoy tarada. Sí, necesito ayuda. ¿Dónde se habrá metido Rebeca? La muy perra me ha dejado a solas con él a propósito. La verdad es que no me vendría nada mal ir de tiendas y ha dicho que se iba a Bershka, así que no tiene pérdida, está aquí al lado. ¡Ya podría haberse llevado el móvil! Cojo mis cosas y salgo como siempre en los últimos días, como huyendo de algo en una realidad paralela, chocándome con todo, completamente al margen de la vida real y tangible. Y con ese ímpetu y esa ceguera temporal que tengo, me doy de bruces con Jorge.

—Robin, ¡qué prisas, mujer! ¿Tienes un minuto? Tengo que hablar contigo.

—Sí, claro.

—Vamos a la terraza, ¿te parece?

—Vale.

En el fondo, todo lo que me recuerde que la otra noche Jesús se fue con una golfa preciosa me da una pereza infinita, pero, obviamente, no voy a decírselo. Soy muy profesional y, además, tengo que centrarme.

—Pero porfa, coge la cámara, voy a necesitar que grabes un vídeo. Y va a ser un pelotazo, ya verás.

Abro la habitación y cojo la cámara.

—Te voy contando mientras tanto. Como sabrás, tenemos una crisis. Todos los medios están hablando de los líos de faldas de Dani.

—Sí, lo sé. De hecho, gracias a los contactos de mi amiga Rebeca hemos averiguado quién ha dado el chivatazo e incluso ha filtrado algunas de las fotos…

—Vale, mira, sinceramente, no quiero saberlo. De verdad, no me mires así, me da igual.

—Pero…

—Pero nada. Es que todo esto es hasta bueno para nosotros. El país entero está hablando de ellos...

—Ya, Jorge, pero no creo que sean las noticias ideales con las que estar en boca de todos...

—Exacto, por eso te estoy diciendo que tenemos un plan...

—Perdón, no te dejo hablar.

—Los chicos tienen una nueva canción y es una colaboración.

—Sí, algo me dijeron en el concierto de Madrid...

—No te dirían ningún nombre, ¿verdad?

—No.

Llegamos a la terraza y se me seca la boca. Se me hace un nudo en el estómago al recordar cómo se fueron cogidos de la mano y diciéndose cosas al oído. Jorge me señala una mesa en la que hay sombra gracias a una pequeña pérgola que apenas se ve con tanta enredadera. No lo habría imaginado, pero a estas horas también se está de lujo aquí.

—La única manera de salir de esta es dando una noticia aún más gorda.

—Pero tiene que ser un bombazo...

—Algo que logre eclipsar lo demás...

—La colaboración que han hecho, ¿es tan potente?

—¡No puedes ni imaginártelo! ¡Te digo yo que hasta se os va a colapsar la web!

—¡Hala! —empiezo a emocionarme mucho con este contraataque.

—Lo que te digo…

—Bueno, pero cuéntamelo.

—¿Preparada?

Jorge está disfrutando con todo esto. Me guiña el ojo y empiezo a pensar en nombres.

—Sí, claro, más bien ansiosa, ¡qué intriga le estás dando!

—Eso es lo que vas a tener que hacer tú, ¿vale? Venderlo lo mejor posible en un vídeo con ellos. ¡Os damos la exclusiva!

Me recorre un gusanillo de emoción por todo el cuerpo.

—Pero ¡suéltalo!

—No, quiero que te lo cuenten ellos en el vídeo, para grabar tu primera reacción.

—¡Eres malo!

Me parto de risa. La verdad es que lo ha hecho genial y me ha servido para entender a la perfección cómo quiere que explote todo esto. «Véndelo como si te fuera la vida en ello. Haz que la gente no hable de otra cosa». De todas formas, imagino que el nombre será de primera fila de verdad…

—Llamo a los chicos y que suban, ¿vale? Así lo grabamos ya. Cuanto antes lo publiques, mejor.

—De acuerdo.

En cuestión de diez minutos, Jesús y Daniel están en la terraza. Se piden un batido y se sientan frente a mí sin saludarme. Están muy guapos. Los dos llevan pitillo elástico y zapatillas Vans negras, Dani con una camiseta de algodón gris que lleva un bolsillo en un tono más oscuro y Jesús con una que lleva estampada la bandera de Estados Unidos.

—No fui yo, tenéis que creerme —susurro mientras Jorge está en la barra recogiendo lo que hemos pedido.

—¿Grabamos el vídeo? —Dani deja claro que no quiere hablar.

—Vale, pero no os enfadéis conmigo…

El tono me sale más cariñoso de lo que quiero, pero al menos funciona para suavizar el ambiente.

Coloco el trípode, encuadro y aviso de que está ya todo listo para la grabación. Nos sentamos los tres juntos en el sofá, los batidos y mi zumo están en la mesa y hemos avisado a los camareros, que son los únicos que están en la terraza a estas horas aparte de nosotros, para que no hablen alto. Jorge es el encargado de grabar. Cuando por fin estamos todos preparados, arranco.

—Hola a todos, como veis, estoy con Jesús y Daniel, tomando un batido en esta preciosa terraza en la azotea del hotel en el que nos alojamos. ¿Cómo estáis, chicos?

—Muy bien. Un beso a todas nuestras princesas.

Daniel lanza un beso a la cámara.

—Muy contentos de estar en Barcelona, deseando actuar para nuestras fans esta noche.

—Cierto, esta noche podréis disfrutar del directo de los chicos en el club Sant Jordi. Recordad que abren a las siete de la tarde.

—Allí os esperamos, ¡preciosas!

—No sabéis lo maravilloso que está siendo compartir todo esto con los chicos. Son increíbles. Siempre están de buen humor, adoran a su equipo, nos hacen sentir a todos los que estamos trabajando con ellos, incluida yo, a pesar de que lo mío es temporal y lógicamente no soy parte del equipo, que somos una familia. La sensación en el backstage con los músicos y en el día a día en el hotel, la furgoneta, las comidas… es mágica. Sí, ya sé, ¿qué voy a decir si los tengo aquí delante, no? Pues no estaría diciendo esto, destacaría otras cosas. Mentir no es mi estilo. En absoluto. Y os puedo garantizar que tanto Dani como Jesús son dos artistas tan grandes como maravillosas personas.

—Gracias, Robin, no nos lo esperábamos.

—Lo sé, tenía ganas de decirlo, de trasladar a todas vuestras seguidoras cómo me siento a vuestro lado.

Jesús está más serio que antes, no sé si esto que acabo de decir en lugar de gustarle le ha sentado mal, pero yo sigo con la grabación.

—Después de ver de cerca su trabajo, su comportamiento, su talento tanto dentro como fuera del escenario, su inquietud por la música, su esfuerzo por aprender siempre…, puedo decir que sé que llegarán mucho más lejos de lo que ya han conseguido. Y hoy nos van a desvelar un secreto, como os adelantábamos al principio. Nos van a dar una noticia que escucharéis de primera mano y en exclusiva, solo aquí, y que intuyo será un impulso grande hacia ese futuro prometedor que los espera. Pero ojo, porque ni siquiera yo lo sé aún. Han preferido no contármelo y que me entere mientras grabamos el vídeo para que podáis ver mi reacción.

Hago una pequeña pausa para crear más emoción, y continúo.

—Hoy Jesús y Daniel están aquí conmigo, para contarnos, ATENCIÓN, que su próxima canción es una colaboración internacional. Jesús y Daniel, en vuestro nuevo single colaboráis con…

—¡ARIANA GRANDE!

—¿EN SERIO? ¡WOW! ¡¡GENIAL!!

Y me emociono tanto que me lanzo a darles a cada uno un abrazo que reciben de manera distinta, pero ambos reacios.

—Impresionante, me habéis sorprendido de verdad. —Miro a cámara para despedir el vídeo—. Pues sí, va a ser un auténtico pelotazo seguro. ENHORABUENA, CHICOS. Y vosotros, ya sabéis, compartid el vídeo y que todo el mundo se entere de lo mucho que la van a liar Jesús y Daniel. Gracias por seguir nuestras aventuras de gira, están logrando un volumen de visitas increíble. Sois las mejores, os queremos.

—Adiós, princesas. —Los dos lanzan un beso a cámara.

Jorge para la grabación sonriente y aplaude.

—Perfecto, lo habéis hecho genial. Robin, sube cuanto antes el vídeo, por favor. Yo voy avisar a marketing digital para que pueda llegar al mayor público posible. Que lo compartan otros medios en webs y redes sociales... Y por supuesto, que Ariana y su equipo también lo retuiteen y lo cuenten.

—Vale, tranquilo, me pongo con ello. Será rápido, porque como casi no hay que editar...

—Nosotros nos vamos entonces.

Dani se va hacia la puerta. Jesús se me queda mirando y, al final, sigue a su hermano.

—¡Chicos! —Me levanto corriendo y voy hasta ellos—. Quiero deciros quién ha sido para que no me echéis la culpa a mí; además es importante que lo sepáis para que no volváis a contarle absolutamente nada de vuestra vida a esa chica. Así que, preparaos, porque os va a sorprender saber quién ha filtrado vuestros datos para que os sigan y peor aún, quién ha mandado fotos hechas desde su móvil en Valencia.

—Bueno va..., no nos hagas esperar más, ¡dilo ya!

26

Baby

No puedo pasarme toda la vida aquí encerrada, pero no seré yo la que se rinda, estoy segura de que ellos no pueden más y acabarán levantándome el castigo. No creo que tengan miedo de que vuelva a ver a Dani porque ya les he dicho que no quiero saber nada de él. Durante estos días, mi único contacto con el exterior ha sido Laura, que ha venido a verme cada tarde. Parece que ya no está tan enfadada. De hecho, hoy está entusiasmada.

—¿Sabes qué? Me han llamado para protagonizar un reportaje.

—¿Y eso?

—Bueno, han visto mis vídeos en Instagram y creen que tengo potencial como actriz.

—¿Los sketches esos de quince segundos que estás haciendo?

—¡Sí! ¿Te lo puedes creer?

—¡Qué bien! ¡Enhorabuena, guapa!

—Me han dicho que quieren que hagamos una sesión de fotos en la que sacar partido a mi imagen...

—Eso es maravilloso, Laura, me alegro un montón.

—¿Verdad? Ya verás, será solo el principio. En unos meses protagonizaré mi propia serie.

—Mujer, tampoco te hagas demasiadas ilusiones...

—Sí, Baby, claro que me las hago. Valgo mucho y estoy trabajando duro para conseguir mi sueño y así será. Que tú no luches por el tuyo no quiere decir que los demás también nos hayamos rendido.

Aunque estamos mejor, desde que la engañé suele soltarme borderías así y yo, sencillamente, lo dejo correr. Es mi única aliada... No quiero perderla. Además, me siento muy culpable por todo lo que le he hecho. Por otra parte, tiene razón... Ahora... ¿cuál es mi sueño? ¿El ballet? ¿La moda? ¿Dani? De inmediato me prohíbo pensar en Dani. No puedo entender que con el poco tiempo que he estado con él, pueda sentir tanto su vacío. Le echo tanto de menos...

—Me ha vuelto a escribir.

—¿Quién?

—Dani, quería saber qué tal estabas.

—¿En serio?

—Sí, luego me mandó una foto junto a una chica, estaban tomando el sol en la piscina de su hotel...

—¿A ver? —digo sin poder controlarme.

—Ay, lo siento, la borré...

Deduzco que no me la quiere enseñar para no hacerme daño. Maldito Dani, ojalá nunca te hubiera conocido.

—¿Y Robin? ¿Ha subido algún vídeo más?

—Sí, claro, de Barcelona. Están ahora allí. No han sacado el tema de las fotos ni nada, imagino que prefieren no hablar de ello para que no se haga la bola más grande. Y han contado un NOTICIÓN. ¿De verdad no te has enterado aún?

—No, te repito que estoy aquí encerrada en mi cuarto todo el día sin Internet...

—Pues vas a flipar. Han subido un vídeo que lleva ya unas cien mil visitas en el que cuentan con quién colaboran en su próxima canción.

—¿Con quién?

—¡Con Ariana Grande!

—¡Qué fuerte! ¡Me encanta Ari! Es adorable y tiene un vozarrón... Jo, qué ganas de oír la canción...

Entra mi madre en la habitación y nos sugiere que vayamos a dar una vuelta rápida. Sabía que no soportarían demasiado tiempo más que estuviese encerrada.

Acepto muy digna, como si por fin me saliese con la mía, y le exijo el teléfono para bajar.

—Ni lo sueñes, Baby, el teléfono sigue confiscado.

—Mamá, si quiero hablar con Dani, puedo hacerlo desde el de Laura. No lo voy a hacer porque no me interesa saber nada de él, que lo sepas, pero me parece absurdo que no me deis mi móvil.

Mi madre suspira, se marcha y al momento vuelve con el teléfono. Cojo la correa del perro y *Danisú* se vuelve loco porque sabe que me lo llevo a pasear. Bajamos y descubro cuánto necesitaba respirar aire fresco. Enciendo el móvil y recibo más de cien mensajes. La gran mayoría son de él. Busco la foto con la tipa rubia esa en Internet, la guardo en mi galería y se la envío con el mensaje: «No quiero saber nada de ti nunca más, deja de escribirme». Bloqueo su número sin leer sus mensajes y suspiro dolida. Esto está siendo más difícil de lo que pensaba.

—Mira, justo me está escribiendo Dani —dice Laura—. Quiere hablar contigo.

—Ni le contestes.

Ella no me hace caso y le escribe. Se empieza a reír, ¿están de cachondeo?

—¿De qué habláis?

—Ah, nada, me está soltando burradas, ya sabes cómo es.

—Pues no, no sé cómo es. No quiero que volvamos ni a nombrarlo, ¿de acuerdo?

—Vale, vale, tranquila.

Damos un paseo entre los pinos hasta llegar a la playa. No podemos meternos en la arena porque estamos en verano y los perros no pueden pasar, pero nos quedamos mirando el mar desde una de las dunas que hay antes de llegar. *Danisú* corre de un lado a otro trayéndome palos para que se los tire. Por primera vez desde que pasó todo esto, me siento algo mejor. El día es típico veraniego, con el mar como una balsa, solazo y todo lleno de gente que ríe, duerme y juega a las palas en la orilla. Nos hemos pasado un buen rato calladas, cada una sumida en sus pensamientos. Miro a Laura y me sonríe, tan preciosa como siempre.

—Ojalá no lo hubiera conocido nunca, Laura.

—Pero ha sido una experiencia genial.

—Sí, tanto que ahora me muero de dolor al saber que no lo voy a volver a ver.

—Bueno, quién sabe si te lo vuelves a encontrar…

—No, Laura, no lo estás entendiendo… No quiero saber nada de él.

—Pero ¿por qué eres tan radical?

—Porque no soporto saber que está con mil tías, que no para de ligar con una y con otra… Me repatea saber que no es mío, que está con cualquiera que le haga un poco de gracia.

—En eso tienes razón, la verdad... Lo mejor es que te olvides de él... ¿Una relación seria con un cantante famoso? Imposible.

—Totalmente. Mis padres piensan lo mismo, y sé que están tarados, pero en esto tienen razón.

Me suena un WhatsApp, lo miro y es de Robin.

—Baby, tenemos que hablar

En cuanto lo leo, bloqueo también su número. Otra. Paso de ella. No sé qué quiere, pero seguro que se está riendo de mí desde que vio cómo me ponía de nerviosa al ver a los chicos. No sé ni cómo habrá conseguido mi teléfono, pero seguro que me quiere marear... Debería haberme dado cuenta de lo difícil que es encontrar a gente en la que confiar y que ellos son famosos y llevan una vida loca, promiscua y glamurosa. No estoy en su mundo, he sido una anécdota en su caótica y divertida «rutina».

Hemos avisado a nuestros amigos de que estábamos en la playa y han empezado a llegar. Todos se sientan cerca de mí y antes o me abrazan por la espalda o me revuelven el pelo, pero no falta ni uno que no me demuestre su cariño y apoyo, con un gesto, sin hablar, no necesitamos decirnos nada. Esta sí es mi gente. Ellos sí son mis amigos. Miro a Laura y me sonríe. No sé qué haría sin ella.

—Me tienes que ayudar a elegir el outfit para la sesión de fotos. Es muy importante para mí. ¿Cuento contigo?

—Claro, Laura, eres mi mejor amiga. —Le guiño un ojo y me acerco para que solo ella pueda oírme—. Y gracias, por todo, eres la mejor.

27

Daniel

—¿LAURA? ¿ESTÁIS SEGURAS?

—Sí, Dani, por enésima vez, te repito, mi contacto es cien por cien fiable.

Rebeca ha vuelto de sus compras y nos ha encontrado a todos en la azotea.

Desde que Robin nos ha contado que Laura ha sido la que nos ha traicionado estamos en shock, sobre todo yo. Llamó para contar que tenía una exclusiva con fotos incluidas. Lo negoció a cambio de que le dedicasen unas páginas. Eso es lo único que le importa, hacerse famosa, triunfar como actriz, a costa de lo que sea y de quien sea. Después les chivó a los de otra revista lo de Barcelona. Ahí fui yo el que metió la pata... Le conté por WhatsApp que Jesús estaba intentando poner celosa a Robin con una modelo espectacular y que se habían ido juntos. Le faltó el tiempo para llamar a sus contactos y mandarnos al hotel unos paparazis que finalmente cazaron a Jesús y a Carla por la calle. Y encima luego me cargaron a mí el muerto. Algo que seguro también manipuló Laura. Quiere hacernos daño a Baby y a mí.

—Por eso no consigo hablar con Baby a través de ella... ¡Nos está boicoteando! Le dije que quería que me la pasara cuando estuvieran juntas, que le contara que no era yo el que estaba con Carla... Pero nada... Baby me bloqueó en cuanto tuvo el móvil. No leería mis mensajes y Laura, por supuesto, no le hizo llegar todo lo que le pedí que le dijera de mi parte. —Cada vez estoy más nervioso y cabreado, no consigo calmarme.

—Venga, tranquilízate, encontraremos el modo de hablar con ella

Jesús me pasa la mano por la espalda. Sé que está sufriendo casi tanto como yo. Somos así, lo que le afecta a uno, le afecta al otro. Eso, y que también está fastidiado por lo de Robin, claro.

En cambio, ella parece aliviada de haber limpiado su imagen.

—Voy a escribirle, ¿vale? —dice.

—Sería genial. Gracias, tía. Y... perdona, me equivoqué, estaba muy nervioso y en mi mente todo encajaba... Creí que tú...

—Ya está, no pasa nada. De hecho, hasta comprendo que llegaras a esa conclusión. Aunque tienes que conocerme mejor para darte cuenta de que JAMÁS haría algo así. Bueno, vamos al lío. Le escribo, ¿no?

—Sí, porfa. Dile que necesitas hablar con ella, que es importante.

—Me ha bloqueado.

—¿Cómo?

—Lo que oyes, me ha bloqueado. No quiere hablar conmigo tampoco...

—¿Qué puedo hacer entonces?

Llega el camarero con la comida que le hemos pedido. Se nos ha hecho tardísimo y yo no quería moverme de aquí, así que al final hemos conseguido que nos subieran algo del restaurante. No podemos entretenernos demasiado porque hay que ir a probar sonido antes de las siete de la tarde al club Sant Jordi.

—¡Madre mía!

—¿Qué pasa?

—¡Más de cien mil visitas!

—¿En serio? Déjame ver.

Jesús le quita el móvil a Robin.

—*Oh, my God!* ¡Qué fuerte, chaval! ¡Esto es increíble!

—¡Es que el tuit de vuestro vídeo lo ha retuiteado y comentado Ariana Grande! —dice Rebeca que es una adicta al Twitter.

—No me lo puedo creer... ¡Es genial!

Jesús viene hacia mí y me abraza fuerte. Yo también estoy muy contento, me alegro muchísimo, pero no soy capaz de celebrarlo teniendo este dolor en el pecho.

—¡Enhorabuena, chicos! ¡Lo habéis conseguido! Ya nadie habla de vuestra vida privada. La colaboración está en la home page de todas las emisoras de radio del país y mirad, también en la página de Billboard, en Capital Fm...

—¡No puede ser!

—Sí, mira.

Jesús vuelve a coger el móvil de Robin. Cuando comprueba que lo que dice esta es cierto, levanta la cabeza y la mira todo emocionado. Pero es que ella corresponde a su mirada... como enamorada... Puede decir lo que quiera, pero a esta tía le gusta mi hermano. Vamos, clarísimo lo tengo.

Tengo ganas de cogerme un tren y plantarme en Valencia. Necesito ver a Baby.

—Bueno, chicos, ¿atacamos?

—Sí, porfa, estoy hambrienta. Ah, y Robin, tenemos que llamar a estos. ¿Quedamos con ellos después del concierto?

—¿Con quiénes vais a quedar? —Jesús ha saltado al segundo.

—Nada, con unos amigos que están por aquí... —Robin le quita hierro al asunto pero conozco a mi hermano a la perfección y sé que está rabiando.

—Jesús, después del concierto, si quieres, organizamos una fiesta privada con Carla y sus amigas.

Toma, chúpate esa Robin. Jesús me da las gracias con la mirada.

—¿Una fiesta? ¡Me encantan las fiestas privadas!

—A ver, Rebeca, creo que no has entendido que no es una fiesta en la que seamos bienvenidas…

—¡Eh! ¿Cómo que no? Que no quieras venir tú, porque prefieres ir a algún antro… No es nuestra culpa.

—Pero entonces, ¿estamos invitadas o no?

—¡Pues claro! Hablo con Jorge y que nos reserven la terraza para nosotros. Y celebramos lo de Ariana.

Jesús se está viniendo muy arriba… Yo que solo pretendía echarle un farol para poner celosa a Robin y al final me ha explotado en la cara.

—Pero ¿podremos invitar a un par de amigos? Es que ya hemos quedado con ellos…

—Sí, bueno, pero solo un par…

—Sí, tranquilos. ¡Qué emoción! ¡Me encanta el plan! —Rebeca da saltitos y palmitas.

—Sí…, planazo —digo yo mientras me meto un buen bocado de comida en la boca.

Me desentiendo de todo lo que tenga que ver con la organización de la fiesta que he inventado y a la que no me apetece nada asistir y me voy a mi cuarto a ver si soy capaz de descansar el ratito que nos queda. Pero no, mi cabeza no deja de darle vueltas a todo lo ocurrido. He salido en pleno calentón en la portada de varias revistas, no paran de hablar de mí en los programas de cotilleos, tengo a mis padres avergonzados, mis colegas no paran de hacerme bromas por WhatsApp, me llegan todo el rato memes que rulan por todas partes en los que se bromea diciendo que soy el nuevo Julio Iglesias… «Y lo sabes». Pero, sobre todo, está ella. La imagino tan dolida por lo de Carla… Querría abrazarla, besar cada centímetro de su preciosa cara, pasar otra tarde con ella tumbados en mi cama, sintiendo su calor junto a mi cuerpo… Me doy por vencido, no voy a dormirme, ni a descansar, ni nada. Necesito salir de aquí, me estoy volviendo loco.

Una vez duchado y con todo listo para el concierto, salgo a buscar a mi hermano. Está en su cuarto, preparándose también.

—¿Qué nos ponemos hoy?¿Camiseta blanca? ¿O el total look de pitillo y camiseta roja a lo Justin Bieber en los EMAs?

—Me da igual… Lo que tú quieras…

—¿Aún sigues así? Dani, luego me dices a mí, tío, no puedes dejar que te afecte tanto lo de Laura, lo de la prensa… Además, ¡ya está todo arreglado!

—Para ti es fácil, tú tienes aquí a Robin…

—¿Qué quieres decir? ¿Te gusta Baby tanto como a mí Robin?

—Creo que sí… —lo digo con la boca pequeña y mirando al suelo.

—¡Olé, mi hermano que se ha enamorado! Pues no te preocupes, que igual que tú me ayudas con Robin, yo te ayudaré con Baby, espero que con mejor resultado porque ya me has visto a mí…

—A Robin le encantas, Jesús. Lo sé.

—Sí, lo que tú digas. Bueno va, vamos al concierto.

He nacido para esto. Me flipa esta sensación. Mi hermano, nuestros músicos, el público. Se me pone la piel de gallina cuando cantan tan fuerte que ni me oigo. Son geniales. Me encantaría poder agradecérselo una a una, que supieran lo mucho que significa para mí que estén ahí, apoyándonos. Les recordamos la noticia de la colaboración con Ariana Grande y se vuelven literalmente locas. ¡Qué alegría haber dado en el clavo!

Acabamos el concierto y como siempre, salimos disparados a la furgoneta para que no haya ninguna posibilidad de que se origine ningún colapso, ni accidente, ni nada.

—¿Dónde está Robin?

—No sé, tío…

—Jorge, ¿y Robin?

—Tranquiiiiiilo, Jesús…, me han dicho que se iban con unos amigos —Jorge lo dice muy serio.

—Pero ¿y la fiesta?

—Pues no sé…, no le he preguntado… Pero a ti, ¿qué más te da? Lo que te tiene que importar ahora es que habéis dado un conciertazo, que hemos conseguido que todo el mundo hable de vuestra colaboración con Ariana y se deje de cotilleos, que a la gente le ha encantado que sea con ella…

—Ya, pero…

—Nada, ¡a disfrutar! Pero tampoco os paséis, que mañana salimos a San Sebastián a las seis.

Y de pronto, al decir que salimos por la tarde se me ocurre la gran idea que hace que vuelva a sonreír.

—Ni de coña.

—Pero ¿por qué?

—Porque no. Porque es una locura, porque seguro que encontramos otra opción. ¡Quítatelo de la cabeza!

—Pero…

—Que no, tío, y termina de arreglarte, que nos esperan en la fiesta.

28

Robin

Me siento un poco culpable porque no hemos terminado de ver el concierto de los chicos. Rebeca ha insistido y no he podido negarme, la verdad es que casi había terminado y, si llegamos a esperar más, nos habríamos tenido que enfrentar a una masa de gente saliendo del concierto. Hemos quedado en un garito de aquí cerca con Carlos y sus colegas. La idea es ir luego a la fiesta del hotel, espero que no se echen atrás. Llegamos y Carlos ya espera con una cerveza en la mano. Está aún más guapo que antes, y eso ya es decir. Tiene doble nacionalidad, como yo, pero en su caso, además de español, es australiano. Es el típico surfer de revista. Rubio, ojos azules, cara de niño y cuerpo finito, pero tonificado. Cuando nos ve, sonríe enseñando unos dientes blancos perfectos, abre los brazos, ladea la cabeza y nos dejamos caer sobre él en un abrazo a tres. Me doy cuenta de que necesitaba un abrazo así, de amigos, de familia, que es lo que son para mí.

—¿Cómo estáis, bonitas? ¡Qué ganas os tenía! Como ya no me queréis...

—¿Cómo que no te queremos? Te adoramos y lo sabes —digo pellizcándole el moflete como si fuera un niño pequeño.

—Lo que pasa es que ya no vienes casi por Madrid...

Rebeca está un poco cohibida. Está clarísimo que le flipa.

—Y qué estáis, ¿con los niños esos de la tele?

—¿Cómo que los niños esos de la tele? —Le doy un puñetazo en el hombro.

—Sí, Dani y Jesús..., ¿no?

—Sí, pero primero, no son unos niños y segundo son artistas, valen mucho.

—Vaaaaale, vaaaaaale... Sí que te están dejando tocada, ¿no?

Me pongo roja, miro a Rebeca y le suplico con la mirada que cambie de tema. Me entiende a la primera.

—Bueno, plan para esta noche: nos tomamos la primera aquí, hasta que llegue el resto, y nos vamos al hotel a la fiesta privada. Allí habrá un DJ, barra libre, comida... ¡Y no sabes lo bien que se está en esa terraza! ¡Es preciosa!

—Genial, Rebe. Solo tenemos que esperar a un colega. ¿Te acuerdas de Fran?

—Sí, claro, el chico de Santa Marina Surf Camp, de Ribadesella.

Y se pone a dar palmitas y saltitos de la emoción.

—¡Ese! Pues le he dicho que veníais y no ha dudado ni un momento, se apunta al plan. El resto no podía.

—¿Y está aquí en Barcelona? ¡Qué casualidad!

Rebeca me mira y me guiña un ojo. Ya tiene dónde elegir. No contenta con Carlos, encima viene Fran, que creo que hasta le gusta más.

A veces pienso que en realidad es mi amiga porque le presento a todos los surferos del país. Llega Fran y nos abraza, esta vez por separado, primero a una y luego a la otra. Es tan buen tío… Ojalá acabe con Rebeca. Me gusta más para ella que Carlos. Además de que creo que este sigue colado por mí. Miedo me da que monte hoy un numerito…

—Tío, cada vez te pareces más a Dani Martín… —le digo guiñándole un ojo.

—Ya, pero yo soy más guapo y más joven, ¿eh?

Nos echamos todos a reír.

Salimos del local, cogemos un taxi y nos volvemos al hotel. Al llegar a nuestro destino, respiro hondo y me pregunto si de verdad estoy preparada para estar en una fiesta en la que estará Jesús con un montón de tías y yo con mis amigos, intentando aparentar que no me importa. Subimos en el ascensor y repaso que todo esté en su sitio. Hoy me he puesto un mono de lentejuelas bastante exagerado de Asos. Es corto, y muy escotado por la espalda, por lo que he de llevarlo sin sujetador.

—Para comerte —me dice Carlos, que me ha sorprendido mirándome y revisando que esté todo en su sitio. Me lo ha dicho tan cerca que me ha hecho cosquillas en el cuello. Me da un escalofrío, me pongo roja como un tomate y le doy un tortazo para aliviar un poco la tensión.

Entramos en la terraza y busco disimuladamente a los gemelos, en concreto a uno de ellos. Cuando mi mirada se cruza con la de Jesús, no tarda ni dos minutos en venir a saludarnos.

—Mira, si están aquí las de la bomba de humo…

—A veeeer, no queríamos comernos todo el barullo de la salida… Y nos fuimos unos minutos antes. Tampoco mucho… —Rebeca sale en nuestra defensa.

—¿No nos presentáis? —dice Carlos.

Cuando Jesús y él se dan la mano, la aprictan más tiempo de lo normal y se mantienen la mirada. Creo que ha sido por mí y quiero que me trague la tierra.

—Voy a por una copa de vino, ¿alguien quiere?

—He pedido que tengan tu favorito, Bahía de Denia.

—Pero bueno, qué detalle, Jesús… No tenías… Jo…, mil gracias.

¿Que ha conseguido mi vino favorito? Pero ¿cómo se puede ser tan mono? Parece que no le ha importado en absoluto todo lo que le dije esta mañana. Ya no sé qué hacer para que se olvide de mí. Sin duda, las miradas que le pongo de enamorada, no ayudan. Pero qué difícil es fingir que no me importa.

—Bueno, os dejo, que tendréis que hablar. Luego nos vemos. Chicos, Robin.

Jesús se aleja con seguridad y va directo a un grupo de chicas que se lo comen con los ojos. Me entran ganas de echarlas de la fiesta. No, Robin, intenta pensar en otra cosa.

—Vaya con el niño, ¿no? —Carlos me acorrala contra la barra—. Lo tienes loquito. Claro, que a quién no. ¿Sigues con el imbécil ese de Fer?

—No... —Me hace sentir incómoda que hable de Fer así. Y mira que sé que es lo peor... Pero no sé..., va un poco a saco—. Bueno, Carlos, cuéntame, ¿qué tal te va todo?

A ver si se relaja.

—Bien, tía, muy guay. A punto de instalarme en la surf house, en Nemiña.

—Estoy deseando ir. En cuanto acabe la gira, me escapo una semana o dos.

—¡Genial! ¡Qué bien! Pensé que no te veríamos el pelo por allí más...

—Pero si es uno de mis sitios favoritos del mundo, ¿cómo no voy a volver?

—¿He oído que vas a pasar por Nemiña? ¿Y Ribadesella qué?

Rebeca y Fran se acercan a nosotros y volvemos a formar un grupo.

—También, claro. Necesito un coaching by Fran Alfonso pero YA. Estoy perdiendo facultades.

—Pues ya sabes, yo te espero allí cuando quieras. Cachopo y sidra no faltarán.

—¡Brindemos por pasar unas semanas juntos tras la gira! ¡Os quiero, amigos!

Me pongo moñas enseguida. Bebemos todos tras el protocolo absurdo que nunca logro memorizar: «El que no apoya... el que no recorre...».

—Otro brindis... ¡Que no volvamos a estar tanto tiempo sin vernos! —dice Fran.

—Ay, vamos a mandar una foto de los cuatro al grupo —dice Rebe emocionada.

Tenemos un grupo de WhatsApp en el que estamos aficionados al surf que nos hemos hecho buenos amigos. Es una mezcla interesante, porque hay algunos surferos muy *pro* como Francisco y Carlos, otros amateur, como yo, y algunos que se apuntan solo a las barbacoas y a hacer fotos, como Rebeca. Nos llevamos de lujo e intentamos vernos cuando podemos. Nos hacemos un selfie y enseguida hay comentarios: «Pasadlo genial, mamones». «Esos deportistas, jajajaja». «Vaya, ¿de parejitas?».

—Oye, dejad el móvil, vamos a sentarnos y hablar entre nosotros, ¿no? Estáis enfermos, todo el día con el WhatsApp...

—Vale, tienes razón, Fran.

—¡Móviles fuera! —Y guardo el mío en el bolso.

Empezamos a recordar algunos de los mejores momentos que hemos vivido juntos. Olas increíbles, puestas de sol, fiestas improvisadas al caer la noche... Nos ponemos al día de los líos que ha habido entre nuestros colegas que son bastantes, últimamente con tanto trabajo estoy demasiado alejada de ellos. Mientras tanto, noto que alguien me mira. Levanto la cabeza y es Jesús que tiene sus preciosos ojos clavados en mí. Levanta la copa que sostiene y brinda al aire conmigo. Le sigo el rollo con esa mirada que no puedo controlar y vuelvo a lo nuestro. No pasan ni dos minutos y lo busco otra vez. Pero esta vez él está a lo suyo. O más bien, a la suya. Con Carla. Ella lo tiene agarrado del cuello y se acerca todo el tiempo a su cara como tentándole a que la bese. Tengo que apartar la mirada porque me arden los ojos. He perdido el hilo de la conversación y solo se me ocurre beberme de un trago la copa que acabo de servirme. Carlos me mira divertido.

—Robin, esta noche estás lanzada, ¿eh? Ten cuidado, a ver si te vamos a tener que llevar a tu habitación en brazos... —Me lleno la copa de nuevo.

—Mmmm..., eso es lo que tengo que hacer para que lo hagas, ¿beber más vino?

Tonteo máximo descontrolado. Me estoy metiendo en un jardín y lo sé, pero la rabia, los celos y el alcohol no me dejan pensar con claridad. Me siento sobre las piernas de Carlos y busco de nuevo a Jesús con la mirada. Esta vez me está observando, muy serio. Levanto mi copa, sonriente, y repito el gesto de brindar. Creo que Rebeca empieza a preocuparse.

—Robin, no bebas más —dice quitándome la copa de la mano.

—¡Eeeeeh! ¡Qué aguafiestas eres!

—Y tú qué vulnerable. Tres copas y ya no controlas. Concéntrate, Robin.

Rebeca me ha dicho esto prácticamente al oído. Sé que me estoy comportando como una idiota, pero no puedo parar.

—Es que soy deportista. No bebo, soy sana.

Le saco la lengua y me agarro al cuello de Carlos. Noto que su respiración se ha vuelto más intensa. Ha empezado a acariciarme el pelo con tanta delicadeza que me estremezco. Es tan mono. Ojalá me gustara como me gusta Jesús. Sería perfecto para mí. Surfista, divertido, con buen corazón, está tremendo y ¡TIENE VEINTICINCO AÑOS! Pues si yo le gusto a él, lo voy a intentar. Es mi amigo, seguro que sale bien. Levanto la cara y nos miramos a los ojos. Estar sobre él vestida con este mono tan indecente, agarrada a su cuello sabiendo que le gusto es más que una declaración de intenciones. Fran y Rebe nos han dejado espacio. Espero que mi amiga no se enfade conmigo por ligar con Carlos… Pero no puedo pensar más. Necesito aliviar este dolor que siento. Necesito olvidar a Jesús. Me acerco muy despacio hacia los carnosos labios de Carlos. Él entreabre la boca. Dios, es guapísimo. Cerramos los ojos y me dejo llevar. Es muy agradable la sensación, me gusta, pero no siento mucho más. Ni electricidad, ni cosquillas, ni magia… ¿Qué he hecho?

—Ha sido… maravilloso, Robin. Llevaba tanto tiempo deseándolo.

Todo me da vueltas. Yo no. No lo deseaba, no he sentido nada… ¿Por qué soy tan tonta? Es mi amigo, también le voy a hacer daño a él. ¿Y Jesús? ¿Lo habrá visto? Levanto la cabeza y veo que está abrazado a Carla mirándome con cara de odio. Vale, sí, me ha visto.

—Perdóname, Carlos, me estoy mareando, necesito ir al servicio.

Me levanto y voy directa al ascensor. Quiero ir al cuarto de baño, pero al de mi habitación. No tengo fuerzas de enfrentarme a él. No soy capaz de decirle que me he equivocado. Es mi amigo, lo adoro. Y ahora él me va a odiar. Un par de lágrimas me recorren las mejillas. Llega el ascensor, paso dentro, pulso el botón de mi planta y, justo antes de que se cierren las puertas, entra Jesús.

—¿Qué te pasa Robin? ¿Adónde vas?

—Déjame. Necesito estar sola.

—No es lo que parecía...

—Vale ya. No creas que voy a darte ningún tipo de explicación...

—No me gusta que bebas. Estás muy rara.

—A ver, me he bebido tres copas de vino...

—Ya, pero se te nota... frágil, como si te hubieras derrumbado. ¿Te ha molestado el Ken ese con el que estabas?

—Es mi amigo, Jesús.

—Vaya, pues te ha besado y has salido despavorida y llorando.

Llegamos a mi planta y salgo sin decirle nada. Me sigue hasta la puerta de mi habitación y mientras intento que la maldita cerradura se abra pasando la tarjeta mal y rápido, él me acaricia el pelo. Y luego la espalda, con el dorso de la mano, haciendo que mi cuerpo entero se ponga alerta. ¿Por qué no me pasará esto con Carlos? Las caricias de Jesús no me ayudan a atinar con la tarjeta. Me rindo y apoyo la cabeza contra la puerta. Él sigue acariciándome de manera sutil, consiguiendo que solo quiera girarme y besarle. Solo tiene diecisiete años, Robin, diecisiete. Pero me empiezo a desvanecer y voy perdiendo mi fuerza. El mareo no es del alcohol, sino de todos los sentimientos golpeándome a la vez. Consigo abrir la puerta. Entro sin mirarle y espero a que pase.

Él tarda en darse cuenta de que le estoy invitando. Finalmente entra despacio, inseguro. Me vuelvo y cierro la puerta. Noto que tiene miedo. Él tampoco está cómodo con lo que está pasando. Hace un momento estaba abrazando a Carla y yo sobre las piernas de Carlos. Y ahora, estamos los dos en mi habitación. Da un paso hacia mí y yo doy otro muy pequeño hacia él. Me coge de la cintura y me aprieta contra su cadera. Acaricio su mejilla y deslizo mi mano hasta su nuca. Le masajeo despacio y sin querer acerco su cabeza un poquito más a mí. Noto cómo su respiración se funde con la mía. El aire que suelta es el que yo inhalo y al revés. Estamos a punto de besarnos. Sé que si lo hago no habrá vuelta atrás y no quiero que pase. Por otra parte, estoy deseando que ocurra. Y justo, el destino hace que no pase nada. Llaman a mi puerta y nos separamos de un salto.

—¡Robin, soy Rebeca, abre!

Está muy nerviosa. Seguro que al final se ha enfadado conmigo. No quiero que vea a Jesús en mi cuarto, pero no sé qué hacer.

—Robin, es importante, Daniel ha desaparecido.

—¿Qué? —grita Jesús. Y abre la puerta asustado.

Rebeca tiene una cara de sorpresa de esas que pasarán a la historia en nuestras memorias y de la que algún día nos reiremos seguro. Ahora no. Yo me tapo la cara con las manos. Estoy avergonzada.

—¿Cómo que no está? —Jesús está muy nervioso.

—Pues que no está. ¿Sabes algo? Jorge está preocupado. Me ha pedido que os viniese a buscar. Al parecer ni contesta al teléfono.

—Joder, ¡será cabezota! Creo que yo sí sé dónde está —dice Jesús.

—¿Dónde?

—En Valencia.

29

Daniel

Probablemente sea la locura más gorda que he hecho en mi vida. Ha sido un viaje corto, pero estando solo se me ha hecho eterno, demasiado rato para pensar. Ojalá se hubiera venido Jesús. Alejarme de él de este modo y hacer algo así sin su consentimiento me hace sentir verdaderamente mal. No me atrevo a encender el móvil, pero debería hacerlo, porque estarán preocupados. Al menos ahora ya no pueden impedirme que venga. En diez minutos estaré en Valencia. Enciendo el teléfono y lo silencio. Empiezan a llegarme cientos de mensajes. Entro directamente a leer los de Jesús. Voy leyéndolos en cascada.

—Eres de ideas fijas, ¿no?

—Dinos al menos que estás bien.

—¿PUEDES COGER EL MALDITO TELÉFONO?

Decido dejar de leer y llamarle directamente.

—¡Dani! ¿Dónde estás? ¿Estás bien?

—Jesús..., sí, tranquilo, estoy bien, de verdad. Ya casi en Valencia.

—Pero ¿cómo se te ocurre? ¿No te había dicho que no?

—Ya, tío, pero no es una decisión que tuvieras que tomar tú —me estoy cabreando, la verdad.

—¿A qué hora volverás? ¡Tenemos que salir a San Sebastián!

—Tranquilo..., solo voy a estar un par de horas. Mi tren sale a las 14:50. A las seis recogedme en la estación de Sants y salimos desde allí. Lo tengo todo preparado en mi habitación, solo tienes que coger la maleta de mi cuarto y meterla en la *furgo.*

—Espero que te salga bien y te merezca la pena... Menudo disgusto nos has dado. Jorge y nuestros padres están muy cabreados.

—Lo siento, Jesús, tenía que hacerlo. Por favor, intenta explicárselo.

—No creo que pueda ni siquiera calmarlos, pero bueno. Ten cuidado.

—Tranquilo. Te quiero, hermano.

—Y yo. Aunque seas un tarado.

Al menos hablar con Jesús me ha sentado bien. Llegamos a la estación Joaquín Sorolla y salgo disparado hacia la puerta, no tengo tiempo que perder. Me subo en un taxi y le pido que me lleve a Gavines, avenida Gola del Puchol número 12, entre el mar y l'Albufera.

—Ya, ya, tranquilo, sé dónde es.

—Perdón, es que tengo un poco de prisa y estoy nervioso... Por cierto, voy a estar por allí unas tres horas y luego he de volver a la estación. ¿Le parece si quedamos?

—Bueno, vale.

—¿A las dos?

—De acuerdo, a las dos en el mismo lugar en el que le deje, ¿no?

—Exacto.

—Pues vaya visita exprés.

—Sí...

—¿Amor?

—Bueno, amor tampoco... Es una chica que me importa y no puedo hablar con ella porque sus padres le han quitado el teléfono y cree que yo he estado con otra, pero no ha sido así, era mi hermano, que como somos idénticos pues parezco yo y la gente es muy mala, han querido hacernos daño y alejarnos y al final... Lo están consiguiendo... Yo solo quiero verla y desmentirle todo..., y bueno...

—Madre mía, chico. Menudo jaleo tienes... Pues si has venido hasta aquí para desmentirle algo así a una chica... es amor. Te guste o no te guste.

¿Tendrá razón el taxista? Trato de tranquilizarme. Pienso en lo que voy a hacer al llegar y, sobre todo, en lo que le voy a decir a Baby. Tengo que convencerla de que al menos me deje explicarme. Espero que no esté la bicha de Laura, porque no sé si seré capaz de controlarme. Tantas ganas de triunfar terminarán por explotarle en la cara. Ya me encargaré de que no la llamen más. Pero no, no es mi estilo. Yo prefiero ser buena persona e ir a mi rollo. No voy a dejar que esta tía me haga cambiar mi forma de ser. Volviendo a Baby, ¿qué le digo?

Llegamos a la urbanización. Está todo lleno de pinos preciosos, gente paseando en bici, corriendo, con sus perros... Es una zona muy bonita, de día gana mucho.

—Y aquí es. ¿Quedamos entonces a las dos?

—Sí, por favor. Muchas gracias.

—Suerte, amigo.

Le pago y me bajo del taxi, qué hombre tan entrañable, hasta me ha guiñado un ojo.

El edificio tiene un jardín con bancos de madera en los que hay un grupo de chicos de mi edad. Al verme, todos se han quedado en silencio y mirándome. Como preveía que no sería bienvenido, me he puesto gafas de sol y una gorra intentando pasar desapercibido. Pero no sé si con este look llamo aún más la atención. No sé qué número es el de Baby, pero sí he pensado cómo averiguarlo. Llamo a un número al azar y pregunto por ella.

—Hola, buenos días, tengo un paquete para Raquel Muñoz Ferrer.

Menos mal que su nombre completo sí lo sé.

—Lo siento, se ha equivocado.

—¿Está segura? En el envío pone esta puerta...

—No, es el número 39.

—Disculpe las molestias y muchas gracias.

Toma, ya lo tengo. En cuanto cuelga, llamo.

—¿Sí?

—¡Hola! ¿Está Baby?

—¿De parte...?

—Soy un compañero suyo de ballet, pasaba por aquí con mis padres y he pensado en saludarla, disculpe si la molesto...

—¿David?

—Sí —improviso.

—Pues acaba de bajar a pasear al perro. ¡Qué lástima! Cinco minutos antes y te la hubieras encontrado. Oye, pero si queréis subir a casa y la esperamos juntos...

—No, no, tranquila y gracias, tenemos un poco de prisa... Dele recuerdos de mi parte.

—Lo haré.

—Adiós.

—Adiós.

No va a ser tan fácil... ¿O sí? De pronto escucho algo que me deja petrificado.

—*¡Danisú! ¡Danisú!*

Alguien grita el nombre por el que nos llaman a mi hermano y a mí cuando quieren referirse a los dos...

Un precioso perro que tiene un ojo azul y otro marrón me deja un palo en los pies. Me quito las gafas de sol y lo miro bien... Este perro...

—¿*Danisú*? —le pregunto al animal, que gira la cabeza y me traspasa con esa mirada tan particular. Coge el palo y me lo deja justo encima de los pies.

La voz de antes está más cerca y ahora me resulta familiar. No puedo creer la suerte que he tenido. *Danisú*, el perro al que ha puesto nuestro nombre, me ha encontrado y la ha traído hasta mí. Me estiro la camiseta blanca de algodón, me arreglo el pelo con las manos y me coloco bien los pantalones pitillo azules que llevo. A los pocos segundos sale Baby entre los pinos. Más preciosa aún de lo que la recordaba. Al verme emite un grito agudo y se tapa la boca con las dos manos. Cojo el palo de *Danisú* y se lo lanzo no muy lejos. El perro, emocionado, va a buscarlo al momento. Luego, me acerco despacio a Baby.

—Hola, Bae —mi voz suena profunda y dulce.

—¿Qué haces aquí?

—Necesito hablar contigo...

—¿Cómo...? Pero ¿tú...? ¿No estabas en Barcelona?

—He cogido un tren a las cinco de la mañana, luego un taxi que me ha traído hasta aquí y tengo solo hasta las dos. Después tengo que volver a Barcelona porque salimos a San Sebastián. Por favor, ten en cuenta todo lo que he hecho para verte y dame la oportunidad de explicarme —hago una pausa y añado—: Aunque quiero que sepas que solo por poder ver una vez más lo preciosa que eres ya me ha valido la pena todo.

Se queda pensativa, probablemente preguntándose qué significa que esté aquí, analizando la locura que he hecho. Diría que lucha entre lo que quiere hacer, decirme que me vuelva a Barcelona y lo que desearía hacer, lanzarse sobre mí y abrazarme. Encima nos hemos encontrado gracias a *Danisú,* eso me da puntos en su balanza mental, estoy seguro.

—Dani, no tenemos nada de lo que hablar.

—No me digas eso, Baby, por favor.

—No somos novios, dijiste que lo nuestro… no significaba nada… No necesito más explicaciones…

—¡Eh, Bae, yo no dije eso! Ven, hablemos. —Y le tiendo la mano.

La mira, después a *Danisú* que viene contento con su palo en la boca, echa un vistazo también hacia los bancos donde están los que deduzco que son sus colegas y, finalmente, suspira mientras se le escapa una ligera sonrisa. Acepta mi mano mientras me sostiene la mirada y me guía hasta un lugar fresquito entre los pinos y por donde parece que no pasa nadie. Por el camino no cruzamos una palabra. Me recreo en la sensación agradable de tener su mano en la mía, del contacto de su piel. De vez en cuando se gira y le sonrío. ¡Estoy tan contento de estar con ella y de que haya accedido a escucharme! Nos sentamos en unos viejos troncos que hay en el pequeño escondite al que me ha traído y me da pie para que arranque.

—Lo primero, Baby, gracias por darme la oportunidad de explicarme.

—Sí, pero no significa nada...

—Ya, pero estoy seguro de que vas a comprenderlo todo. Baby, empezaré por lo más importante, no soy yo el de las fotos con la rubia. Es Jesús.

—Ya, ¿y eso cómo lo sé yo?

—Tienes que creerme. Robin y Jesús se gustan, ella no quiere admitirlo porque se llevan muchos años y le da vergüenza o no sé, no le parece correcto. Jesús, harto del coqueteo que se traían, decidió darle celos con otra. Carla es una vieja amiga de Barcelona que sabemos que si queremos, está ahí para nosotros...

—¿Cómo?

—Lo que has oído. Baby, no he venido hasta aquí para mentirte, ni para decorarte nada. Voy a ser totalmente sincero. Eso incluye que sepas qué es lo que nos encontramos a diario.

—¿Tías dispuestas a todo?

—Pues sí. Hay muchas chicas a las que les gustamos. Que querrían vivir algo como lo que hemos vivido tú y yo, por ejemplo. Jesús tiró de agenda, llamó a una a la que conocemos bien precisamente por eso, por ser de ese tipo de chicas que están deseando ser famosas, tener algo con alguien como nosotros...

—Pues vaya...

—Por eso no nos gusta Carla. Jesús solo la utilizó para poner celosa a Robin. Cosa que consiguió. Y la prensa, como venía de sacar nuestra historia, decidió, sin ningún tipo de escrúpulos, decir que era yo el que estaba con ella, pero no fue así.

—Suponiendo que te creo... ¿Qué más da que no hayas estado con la tía esa? ¿Cuál será la próxima? Me dijiste que no querías estar conmigo. Que éramos muy jóvenes y que no te apetecía empezar una relación con nadie.

—Ya, supongo que es complicado entenderme... Sigo sin querer una relación seria... Pero eso no significa que no podamos seguir viéndonos.

—Ya. Y cuando un día te mole una, estarás con ella y luego conmigo otra vez, ¿no?

—No..., a ver..., ahora me gustas tú. No quiero estar con otra. Pero tampoco quiero venir a cenar a tu casa en Navidad con tus padres.

—Tranquilo, ellos tampoco quieren verte.

—Baby, es un ejemplo. Lo que te estoy diciendo es que tiene que haber un punto intermedio entre un rollo y una relación estable. Podemos salir, pero sin obligaciones.

—Ya, qué listo.

—Me parece que no me estoy explicando bien. Quiero saber cada día que estás bien, volverte a ver siempre que pueda, que hablemos por teléfono, que confíes en mí, formar parte de tu vida, Baby... No quiero estar con otras. De hecho, te prometo que no estaré con otras si de alguna manera empezamos una relación. Aunque no nos llamemos novios...

—Mira, Dani, lo he pasado muy mal. He estado horas llorando en mi habitación. Mis padres no me hablan. Muchos de mis amigos me juzgan por haber estado contigo... Tú... me has traicionado. Vienes hasta aquí, un gesto romántico y bonito, sí, la verdad. Pero ¿para decirme qué? ¿Que sigues sin querer nada serio conmigo? Empezar algo pero sin llamarnos novios... ¿Qué garantías me da eso? No me convence para nada. Me da la sensación de que soy un capricho y que me abandonarás en un par de semanas. No quiero volver a vivir que me dejas. Lo siento. Estos días han sido una auténtica pesadilla y mi único apoyo ha sido Laura. A pesar de haberla traicionado, porque no le conté nada sobre nosotros cuando ella estaba interesada en ti, me ha perdonado y me ha hecho ver que lo mejor es que no tenga nada más contigo. Si no fuera por ella, me habría derrumbado.

—¿Cómo? Pues precisamente de ella quería hablarte también... Pero antes de cambiar de tema..., siento mucho haberte hecho daño. No ha sido mi intención.

Yo también he llorado y mucho. He sentido tal impotencia al no poder hablar contigo por teléfono que aquí me tienes, de viaje exprés y a ciegas para intentar salvar lo nuestro. Mis padres, Jorge y hasta mi hermano, están súper enfadados conmigo por haberme ido sin su consentimiento. Baby, me gustas mucho, quiero estar contigo, intentarlo, cuidarte... Vale, llámalo como quieras pero hagámoslo... ¡Sal conmigo! ¡Seamos novios!

30

Jesús

Ya estamos en la estación esperando a Daniel. Según me ha dicho en un mensaje, está a punto de llegar. En la *furgo* hay un ambiente tenso e incómodo. Rebeca ha vuelto a Madrid. Robin no me habla desde lo de ayer. Jorge está enfadado como nunca lo había visto. Mis padres además se han cabreado con él por no darse cuenta de que Daniel se iba. Yo también estoy enfadado con Daniel por no hacerme caso, pero me siento en la obligación de defenderle. ¿Quién si no lo hará?

—Chicos, bajo a buscarlo.

Ninguno me contesta. Entro en la estación, averiguo por dónde saldrá y lo espero en la puerta. Cuando lo veo al menos me alegra ver que parece feliz.

—Te voy a matar, hermano.

—Lo siento, tenía que hacerlo...

—¿Te ha servido?

—Desde luego. ¡Tengo novia!

—¿Qué dices? ¿Estás saliendo con ella? Pero ¡si no querías tener novia!

—Ya..., pero me gusta mucho, tanto como para hacer la locura de ir hasta allí a verla, total para cuatro horas. Y ella quería un compromiso, una garantía. Saber que si estaba conmigo era porque yo sería leal a nuestra relación. Y se lo he prometido. A ver si soy capaz de no decepcionarla...

—Seguro que no lo haces.

—Eso sí..., de momento, no voy a poder hablar mucho con ella ni verla, claro... No sé si aguantaré... Va a ser una tortura...

—Podrás, ya verás...

—¿Y tú? ¿Qué tal con Robin?

—Pues... se enrolló con un tío ayer en mi cara.

—¿En serio?

—Sí, pero luego salió corriendo y llorando. La acompañé porque me preocupé por ella, a pesar de todo... Y volvió a pasar algo entre nosotros. Estuvimos a punto de besarnos... Y habría ocurrido si el idiota de mi hermano no se hubiera ido a Valencia a escondidas.

—Sí, claro, ahora la culpa la voy a tener yo, no te digo...

—Pues sí, porque justo cuando estábamos a punto de besarnos, Rebeca llamó a la puerta como una loca contándonos que no estabas.

—Vaya, lo siento...

—Bueno..., ¿qué le vamos a hacer?

—¿Y sigue aquí? ¿Qué tal ahora con ella?

—Mal, no me habla.

—¿Rebeca viene a San Sebastián?

—No, se cogía ahora un AVE a Madrid.

—Bueno, ya verás como todo se arregla.

—¡Ah! Y ahora lo que tenemos es un marrón del bueno. Jorge y nuestros padres enfadadísimos por lo que has hecho. Vas a flipar con Jorge, ni habla.

Entramos en la furgoneta y Daniel les pide disculpas. Robin emite un leve sonido que intuyo que es un «nada» y Jorge ni se pronuncia. De hecho, se pasa todo el viaje callado. Debe de estar tan enfadado que prefiere ni echarle la bronca. Estos días van a ser muy duros.

Nuestro paso por San Sebastián, Santander, León y Valladolid ha sido estrictamente profesional. Hemos sido buenos chicos y hemos ido del hotel al concierto, del concierto al hotel y vuelta a viajar. Apenas hemos reído ni hecho nada que no tenga que ver con trabajar. Robin sigue distante, Daniel se abstrae con facilidad y yo intento que haya buen rollo entre todos, trabajo porque volvamos a estar como antes. Pero los ánimos están bajos. Jorge sigue decepcionado y se mantiene firme en lo de nada de fiestas, ni de escapadas ni de chicas... Solo nos permite trabajar y descansar. Vamos de camino a Madrid para dar el último concierto de esta primera parte de la gira. Nos jugamos mucho y estamos bastante nerviosos.

—Chicos, ¿grabamos un nuevo vídeo? —sugiere Robin.

—Sí, claro, tú dirás.

—He pensado que como es el último concierto en el que estaré con vosotros, podríamos hacer algo así como un resumen de lo mejor que hemos vivido juntos y en la edición pondré las imágenes de otros vídeos que encajen en esos recuerdos. ¿Os parece?

—Vale, mola.

Escuchar lo de «mi último concierto» me ha destrozado. No quiero ni pensar en cuando se haya ido. Grabamos el vídeo destacando la broma que le hicimos a Dani, el vuelo a Tenerife, la paella nocturna en Valencia y por supuesto, el bombazo de la colaboración, cuyo vídeo lleva más de quinientas mil visitas. Aprovecho que ha vuelto a generarse un ambiente agradable y empiezo una conversación con Robin.

—¿Qué tal está Rebeca?

—Bien, tan loca como siempre, pero bien.

—¿Tienes ganas de verla?

—Sí, muchísimas. En realidad tengo ganas de todo, de volver a mi casa, dormir en mi cama, quedar con Rebe en nuestro bar favorito...

—Vamos, que estás harta de estar con nosotros.

—No, no es eso. Pero ya llevamos mucho tiempo de aquí para allá. La primera parte de la gira, estarás conmigo, fue muy movidita. Y esta segunda ha sido más aburrida, para qué vamos a mentir.

—Pero más llevadera.

—Sí, eso sí. Hemos hecho mejores vídeos y vosotros habéis estado más concentrados en vuestros directos.

Llegamos al palacio Vistalegre y nos llevan hasta el camerino. Hoy vienen a vernos nuestros padres, amigos, la gente de la radio, otros medios de comunicación... Uno de los camerinos está habilitado para recibir a todos estos invitados, otro, para nuestros músicos y un tercero para nosotros dos. Hacemos la prueba de sonido y empieza a llegar todo el mundo. Abrazos, alguna lágrima y muchas risas hacen que se nos pasen volando las horas previas al directo. Robin no pierde detalle de cada paso que damos. Nos acompaña al camerino y le enseñamos qué nos vamos a poner. Cuando estamos los tres solos y con la cámara apagada, Daniel se derrumba.

—No puedo más, no sé nada de Bae. No puedo hablar con ella, me llama muy de vez en cuando y sus padres no cambian de opinión. No me quieren ver ni en pintura.

—¡Eh! Ven aquí, tranquilo, *bro*... —Nos abrazamos y miro a Robin preocupado.

—Dice que no quiere que sigamos juntos si no vamos a poder vernos... Y apenas contesta a mis mensajes.

—Chicos, ¿os dejo solos?

—No, *tranqui*, Robin... —Dani se separa y se seca las lágrimas con las manos—. Te he cogido mucho cariño. Confío en ti, eres mi amiga. Si tienes algún consejo, te lo agradezco.

—No sé, quizá podrías demostrarles que eres un buen chico para su hija... Y ella podría sacar valor y hacer su vida contigo por mucho que a ellos les parezca mal.

—Desde luego, ella es demasiado buena chica. Otra ya les habría montado un pollo...

—Sí, Jesús, pero eso también dice mucho de Baby. Es buena persona y respeta a sus padres. Oye, se me acaba de ocurrir... Yo podría hablar con ellos. A lo mejor a mí me hacen caso.

—¿De verdad harías algo así por mí?

—¡Claro!

—¡Oh! Robin..., ¡graaaacias!

Dani la abraza, la levanta y gira con ella en brazos, gritando y riendo.

Me encanta verlos así y me parece muy bonito lo que le ha dicho Dani a Robin. Después de tanto tiempo con nosotros, de tantas experiencias, somos buenos amigos. Yo sigo completamente enamorado de ella, pero no he vuelto a insistir. He preferido dejar que el tiempo pase y quién sabe si algún día, dentro de unos años, volveremos a coincidir y mi edad ya le parecerá aceptable. Llegar a este punto de resignación no ha sido fácil. De hecho, me he convencido de que eso es lo que quiero. De momento, viéndola a diario no ha sido muy difícil, pero ya veremos cuando llevemos un tiempo separados. Robin nos dice que nos va a dejar solos para que nos arreglemos y nosotros nos concentramos en el concierto. Calentamos la voz y acabamos haciendo una cover de *Love Yourself,* de Justin Bieber, que nos queda de lujo en acústico y a dos voces. Alguien llama a la puerta y le invitamos a que pase. Es Jorge, viene algo nervioso.

—¡Chicos, tengo un notición!

—¿Qué pasa, *quillo?* No nos asustes…

—Tranquilos. Es bueno.

—¡Cuenta!

—No os lo hemos querido decir antes porque no era seguro. De hecho, estaba ya casi descartado, pero de pronto todo ha cuadrado y…

—¡Quieres decírnoslo ya, me va a dar un ataque, tío!

—Hoy actuará con vosotros… ¡Ariana Grande!

—¿Cómo? ¿Está aquí?

Me levanto y voy hacia la puerta para buscarla.

—No, Jesús, no está aquí. De hecho, solo la vais a poder ver en el escenario. No vais a poder ni ensayar ni nada...

—¿Y eso?

—Porque viene directa de Londres. Llegará cuando haya empezado el concierto y probablemente se marche antes de que acabéis.

—¡Qué loco todo! ¿No? —dice Daniel muerto de risa.

—Sí, muy loco y genial. ¡Lo vais a petar!

Los nervios se han multiplicado por mil. Salgo a hablar con los músicos y me choco con Robin. Está tan bonita. Lleva un vestido blanco con muchos dibujos de Disney, parecido a nuestras zapatillas de Mickey.

—¿Te has enterado?

—¿De qué?

Miro a ambos lados y cojo de la mano a Robin hasta llevarla al final del pasillo, donde nadie nos pueda ver ni oír. Ella está un poco reacia a separarnos del resto, supongo que le da pánico que alguien de su curro o mis padres nos pillen cuchicheando.

—¡Va a venir Ariana a actuar con nosotros!

—¿Esta noche?

—¡Sí! ¿Te lo puedes creer? ¡Va a ser genial!

—¡Qué guay, Jesús! Mola todo.

Y creo que no medita lo que hace, simplemente se deja llevar y se lanza a mi cuello. La abrazo y damos vueltas.

Es el abrazo más amargo que he dado nunca, porque no puedo evitar pensar que probablemente sea el último.

—¡Jesús! ¿Dónde estás?

—Te reclaman. —Se aparta de mí y me estira la camiseta—. Estás muy guapo. Te deseo un gran concierto.

Y me da un beso en la mejilla.

Me voy hacia el camerino flotando, me reúno con Daniel, vamos con los músicos al backstage y en cuestión de minutos estamos sobre el escenario. Vamos mirando a Jorge todo el tiempo hasta que nos hace la seña, Ariana está aquí. Creamos un ambiente íntimo, solo guitarra y nuestras voces, y empezamos a cantar nuestro tema con Ariana. Todavía no lo hemos lanzado, con lo cual nuestras fans no se la saben y se quedan completamente calladas, atentas e iluminando con sus móviles… Justo en la estrofa en la que entra Ariana, nosotros nos quedamos callados y se oye su potente voz antes de que salga al escenario. Se me pone la piel de gallina automáticamente al escucharla y, sobre todo, al verla entrar acompañada de los gritos de sorpresa de las chicas que la han reconocido al segundo.

—¡Vaya conciertazo, amigos!

—*¡Quillo,* enhorabuena! Ha sido increíble.

—¡Guapos, sois los mejores!

Al salir del concierto todos los amigos y familiares se acercan a darnos la enhorabuena. Jorge me confirma que Ariana se ha marchado y nos pide que nos demos prisa, que hay que abandonar el recinto lo antes posible. Lanzamos besos y damos las gracias a todos de lejos mientras nos dirigimos a la salida trasera donde nos espera la furgoneta. Al entrar veo a Robin. Menudo alivio, está grabando nuestra llegada.

—Chicos, habéis estado increíbles, de verdad. Ha sido muy emocionante. ¡Enhorabuena! Y gracias, gracias de corazón por todo. Mandad un saludo final y así es como despediremos el último de los vídeos que haré con vosotros de gira.

—Robin, gracias a ti por tu profesionalidad, ha sido una maravilla tenerte cada día con nosotros...

—Te vamos a echar mucho de menos, vuelve cuando quieras. ¡Te queremos!

—Y a vosotras, princesas, gracias por todo y hasta la próxima.

Robin apaga la cámara y se seca las lágrimas. Dani se lanza a abrazarla y yo hago lo mismo. Acabamos los tres llorando y abrazados. Cuando nos relajamos un poco, nos separamos y volvemos a hablar.

—¿Qué planes tienes?

—¡Pues tengo ganas hasta de volver al trabajo! Luego, tal y como ya planeé, me tomaré unos días de vacaciones. Voy a pasar una semana con Rebeca y mis amigos en Nemiña.

—¿Surfeando?

—Claro. Ya sabéis que es mi pasión.

—¿Y tu familia?

—Mi familia... Tendré que ir a verla, pero la próxima semana que me coja de vacaciones, ahora no.

—¡Qué suerte, cómo me molaría vivir la experiencia de estar en una surf house, con colegas y desconocidos! Entre lo mucho que me gustó el surf y tal y como lo vendes, con las barbacoas, las puestas de sol... Debe de ser genial.

—Daniel, no tienes por qué perderte esa experiencia.

—Ya..., no tengo, pero es difícil ir a una surf house. La gente nos conoce..., se puede liar. Ya has visto lo que pasa cuando llegamos a una ciudad.

—La verdad es que lo de los táperes no me lo podía creer, cuando lo vi, flipé. Que os traigan vuestros platos favoritos cocinados... ¡Es de locos!

—¿Y cómo se enterarán del hotel en el que estamos, de los números de las habitaciones...? Y lo más fuerte, ¿cómo se colarán?

—¡Aluciné con las chicas que se escondieron en tu ducha, Jesús! ¡Menudo susto te llevarías!

—Ya ves...

Nos reímos todos, incluso Jorge, que por fin respira tranquilo. A él también le van a venir muy bien las vacaciones.

—Pues yo creo que eso en Nemiña no os pasaría.

—Sí, claro…

—No, en serio. No hay nadie. Solo hay locos del surf y gente muy mayor que vive ahí. En las poblaciones cercanas sí hay gente joven… Pero en Nemiña… Es que en serio, no hay ni casas. La surf house está al lado del mar y lo único que hacemos es estar en la playa, surfear, correr, jugar a fútbol, pasear y estar en la casa y allí, barbacoas, charlas hasta las tantas, juegos de mesa…

—Suena genial.

—Veníos.

—Sí, contigo, ¿no?

—Nosotras iremos en coche. Somos dos, sitio hay.

—¿Lo estás diciendo de verdad? ¿Nos invitas a pasar una semana contigo en Nemiña?

Le pregunto con toda la intención, sabiendo que quizá no se ha dado cuenta de lo que supone en realidad.

—Sí, bueno, si queréis… Podría estar bien…

Y aunque ella no lo reconocerá nunca ni yo jamás se lo mencionaré, porque definitivamente he dado por perdida esta guerra, se le han iluminado los ojos y mi estómago ha reaccionado encogiéndose, una vez más, por su culpa.

—Dani, ¿qué dices? ¿Vamos?

31

Robin

—Entonces, ¿no ha llegado a pasar nada entre vosotros?

—¡No! —digo mirando a izquierda y derecha siempre con la paranoia de que alguien pueda enterarse...

—Y tú ahora les has propuesto que se vayan contigo de viaje, ¿no es eso?

—Sí, bueno. En realidad, ni siquiera han aceptado. Vamos, que no creo que vengan.

—¿No crees o no quieres?

—Fede, me da igual. Lo tengo clarísimo. Ha sido una tontería... Él se dejó llevar y yo estaba muy frágil con todo lo de Fer... Y... es tan mono, tan encantador, tan detallista... Pero luego entré en razón y pasé el resto del tour súper bien con él. Es un buen amigo, nada más.

Miro el móvil por si he llamado accidentalmente a alguien y lo está escuchando todo. Otro de mis habituales miedos cuando hago confidencias.

—Ya.

—Oye, te lo estoy diciendo en serio.

Le pego un puñetazo suave en el brazo y se queja como si le hubiera perforado.

—Vale, que sí, que ya está, que no te digo nada...

Y ahí está el tono que tanto odio de mis amigos, cuando me dan la razón pero en realidad creen que saben mejor que yo lo que siento.

Me revuelvo incómoda en mi taburete de plástico e intento cambiar de tema.

—¿Y qué tal todo por la radio estos días?

—Bien, vaya, como siempre, de locos. Tenemos un concierto con Alejandro el jueves, un directo en Bilbao el viernes y ya estamos preparando el festival del aniversario...

Fede se levanta dando por terminada nuestra conversación y se dirige veloz hacia la barra de la cafetería para invitarme a desayunar. Yo le sigo mientras busco el dinero para evitar que vuelva a ser él quien pague. Pero como soy un cuadro y mi bolsillo está más lleno que el de Doraemon, no consigo sacar las suficientes monedas y se me adelanta. Me enfado con él y le advierto que la próxima vez invito yo.

Volvemos a la redacción y Fede se concentra rápido en lo que había interrumpido para estar conmigo. Yo, en cambio, me quedo de pie junto a mi mesa sin saber por dónde empezar. Tras tantos días fuera, se me hace extraño estar de nuevo en la radio. Lucía me saca de mi abismo dando un par de palmadas delante de mi cara. Está exactamente igual que cuando la vi por última vez, con sus gafas de pasta negra que se le escurren constantemente por la nariz, sus pantalones boyfriend y sus camisetas básicas blancas de tirantes.

—¡Lucía! ¡Estoy en la parra, no te había visto!

Y aunque sé que me odia un poco por hacerlo, le pego un buen abrazo y le doy dos besos de abuela, con ruido y todo. Me encanta porque hasta que llegó yo era «la arisca del grupo» y siento un placer malsano en fastidiarla como han hecho conmigo siempre.

—Ay, Robin, vale, basta... ¡Para!

Detecto que sus mejillas blanquecinas adquieren un punto de color rosado a consecuencia de la infinita timidez que le produce el roce.

—¿Cómo ha ido por aquí? ¿Qué tal has visto los vídeos? ¿Han sonado bien las notas de voz que os he ido enviando?

Estoy ansiosa porque me diga cómo lo ha vivido ella desde fuera.

—Bien, bien y muy bien.

—Tú siempre tan comunicativa. ¡Ay, te he echado de menos!

Voy a abrazarla de nuevo pero me freno antes de abalanzarme sobre ella porque me apunta con su dedo dejándome claro que no es buena idea. Temo por mi vida.

—Pues no lo parecía...

No, ¿ella también? Pero ¿qué le está pasando al mundo? Su media sonrisa pícara me confirma mis sospechas y me entra hasta calor al descubrir que he debido de ser la comidilla de la redacción durante todos estos días.

Ahora soy yo la que la amenaza apuntándola con el dedo, dejando claro que es algo que no vamos a comentar y menos delante de todos. Me siento, abro mi sesión en el ordenador y me pongo al día con los e-mails.

Tres horas después me va a estallar la cabeza y me doy cuenta de que no ha sido muy productivo el tiempo que he estado aquí haciendo que trabajaba. Creo que he llegado a cantar mentalmente durante demasiado rato: «Quiero mi bocadillo, quiero mi bocadillo» a lo Homer Simpson. Supongo que tras tantos días en la carretera, el trabajo de oficina se me resiste.

Suspiro y Fede me mira.

—¿Sushi? —decimos a la vez.

—¡Chispas! —decimos al unísono de nuevo.

—¿Te das cuenta de que cada día somos más teenagers?

—¡No sabes cuánto!

Y me avergüenzo al recordar algunas de las cosas que he hecho en las últimas semanas.

Recogemos nuestro escritorio e invitamos al resto a venir con nosotros. Solo se nos une Lucía, que ha aceptado, a pesar de que tiene mucho trabajo. ¡Es tan mona, seguro que ella también me ha echado de menos aunque no me lo diga! La Gran Vía está bastante desierta para lo que suele ser. El calor es insufrible y apenas hablamos hasta llegar al restaurante. Está justo enfrente de la emisora, junto a la Casa del Libro. Al pasar, me quedo mirando uno de mis libros favoritos que está destacado en el escaparate. Me pregunto qué haría Silvia en mi lugar. La fuerza de voluntad y su resistencia a dejarse llevar, por mucho que le apeteciera Gabriel, me hacen aferrarme a mi sensata decisión.

Bordeamos la librería y giramos hacia la perpendicular a Gran Vía para entrar a nuestro restaurante japonés favorito. Está bastante lleno, pero nos confirman que nos podemos quedar. Mientras esperamos nos hacemos un selfie «del reencuentro» y empezamos a salivar visualizando la deliciosa comida que nos espera. Aún me pregunto cómo podía vivir antes de descubrir el sushi. Recuerdo perfectamente el primer día que lo probé. Fue con uno de mis «adorables» exrollos cuando aún vivía en Londres. Quiso dárselas de cosmopolita y la verdad es que me impresionó llevándome a uno de los mejores *japos* de la ciudad. Nunca sabré si fue casualidad que se dejara la cartera en casa, pero aún me duele el hachazo que me pegaron porque, claro, tuve que pagar yo. Después de ese día, en el que me negué a que pasara nada entre nosotros más allá de unos besos mientras cruzábamos Westminster Bridge, no volví a saber de él. Y, por supuesto, ni rastro de las cincuenta libras que costó la comida. Si es que siempre he tenido un ojo con los hombres…

Nos acomodamos en una mesa con sofá y en el mismo momento en que mi trasero toca el asiento, oigo una voz familiar. Cuando pienso que mi locura se me ha ido de las manos, escucho unas risas ahogadas y ya no me cabe ninguna duda, los gemelos están aquí. ¡No puede ser! Peino con la mirada el restaurante y los descubro, justo al final, sentados de espaldas a nuestra mesa con, los que imagino que son, sus padres.

—Jesús y Daniel —susurro.

—Creí que no querías hablar de ellos… —dice Lucía.

—No, Jesús y Daniel, que están ahí.

—¿Dónde? —grita Fede haciendo además un ruido infernal con la silla al girarse y llamando la atención del local entero.

Los chicos se giran, me ven y me pongo como un tomate, fuerzo una sonrisa y saludo con la mano con timidez. Estoy tan cortada que intento no parecerlo y, sin pensarlo, pongo la típica cara de Rubius a lo Jim Carrey. ¿Por qué lo imitaré tanto? Ahora me sale sin querer todo el rato. Lo siguiente que hago es levantarme y acercarme a saludarlos como si fuera la alegría más grande que me he llevado nunca.

—¡Robin!

—¡Qué sorpresa! ¿Qué hacéis aquí?

—Pues lo mismo que tú, comer sushi.

Dani se acerca y me da un abrazo seguido de dos besos muy sonoros.

—Jesús... —le digo antes de que se levante y nos demos un abrazo muy corto y dos besos rápidos. Noto que se alegra de verme.

—Deja que lo adivine, ¿tu restaurante japonés favorito? —Se toca el tupé de ese modo recurrente y tan mono, revisando que siga correctamente. Está guapísimo.

—Sí, amo el sushi, y lo sabes.

Nos reímos recordando cómo durante el viaje les di un poco la brasa al querer ir a restaurantes japoneses todo el tiempo. Va con una camiseta gris de algodón con botones en la parte del cuello y la lleva remangada a la altura de los codos. Sus ojos me hipnotizan, destacan mucho, sobre todo gracias a esas cejas tan marcadas que refuerzan la mirada.

—Estos son nuestros padres, Robin.

Se levantan y me saludan muy cariñosos.

—Nos han encantado los vídeos —dice el padre.

—Sí, ha sido como estar con vosotros... Gracias por todo, eres un encanto. Nos han hablado maravillas de ti, ¡los tienes enamoraditos *perdíos!*

Jesús se atraganta con el agua que justo estaba bebiendo, al escuchar el comentario de su madre y yo me descompongo. Mi cara debe de ser un poema.

—Muchas gracias. Ha sido muy enriquecedor compartir la gira con ellos. Pueden estar orgullosos, son muy buenos chicos.

—Pues mira, nos estaban comentando ahora lo del viaje... Nos están pidiendo que les dejemos ir contigo. La verdad es que nos da bastante tranquilidad saber que irían con un adulto responsable como lo eres tú... Pero aún tenemos que meditarlo...

¿Un adulto responsable? ¿Está hablando de mí?

—Mamá, somos prácticamente mayores de edad —se queja Dani.

—Se lo pasarían genial. Y lo bueno es que allí estarían tranquilos. Podrían desconectar, de la prensa, del trabajo... Vamos, pasarían unos días como cualquier chico de su edad. Es una aldea, prácticamente estaríamos solos los de la surf house.

—Bueno, lo pensaremos.

—Pues ya me decís, chicos, me alegro de veros. Me voy con mis *compis*, que tenemos que volver a trabajar enseguida.

Todos miramos hacia mi mesa y pillamos a Fede y a Lucía con la antena puesta y expresión concentrada para enterarse de lo que decimos. Al descubrirlos, se ponen a hablar entre ellos disimulando francamente mal.

Intento distraer a la familia para que desvíen la mirada y no crean que mis compañeros son un par de psicópatas, si es que no lo han pensado ya.

—Pues eso, ya me decís, ¿vale? Ellos tienen mi teléfono. Yo podría recogerlos en coche o, si lo preferís, pueden ir en avión y luego alguno de los monitores iría a por ellos al aeropuerto. Lo que os parezca mejor.

—Muchas gracias, Robin —dice Jesús, tocándome levemente mi muñeca y guiñándome el ojo, tan seductor como cuando lo hace en cámara para alguno de sus videoclips.

Me despido y vuelvo a mi mesa. Sin borrar la sonrisa, para que no noten que les estoy echando la bronca si nos vuelven a mirar, les digo a Lucía y a Fede que los voy a matar y les prohíbo hablar del tema durante toda la comida. No consigo relajarme en ningún momento ni seguir el hilo de las conversaciones porque tengo la cabeza unas mesas más allá. «Adulto responsable» es la frase recurrente que se ha instalado en el número uno de la gran lista de motivos por los que no es buena idea «dejarse llevar».

Cuando terminan de comer, se acercan a la mesa y, tras saludar a Lucía y Fede, vuelven a despedirse. Salen del restaurante y Dani se queda algo rezagado y vuelve de nuevo para finalmente pedirme dos minutos. Me levanto y nos quedamos solos entre las mesas.

—Aún no he podido ver a Baby, estoy desesperado. No le dejan quedar conmigo y no es capaz de mentir a sus padres. He ido a su casa con la esperanza de cruzármela y tampoco ha habido suerte. ¡Hasta dos horas esperé plantado en el portal! Tú dijiste que..., bueno, que podrías ayudarme. ¿Aún estás dispuesta a hacerlo?

32

Baby

He visto el último vídeo unas diez mil veces. Hasta he memorizado todo lo que dice y, sobre todo, cómo lo dice. Es la única manera que tengo de estar cerca de él. Echo de menos sentir su mano sobre la mía, que me coja de la cintura, que me aparte el pelo de la cara... Muero por él. Y haría lo que fuera por poder pasar otro día como el de Valencia. Pero no se me ocurre cómo. Al menos, ahora estamos los dos en la misma ciudad. Quizá pueda engañar a mis padres y disfrutar de Dani aunque sea a escondidas. A veces pienso que lo mejor es que él haga su vida, ¡no puede estar esperándome eternamente!

Se me sigue poniendo cara de tonta cada vez que lo recuerdo plantado en la puerta de mi casa de la playa con *Danisú* a sus pies. Nunca olvidaré lo que hizo por mí ni la frase más bonita que me han dicho nunca tras el palizón de viaje que se pegó: «Quiero que sepas que solo por poder ver una vez más lo preciosa que eres ya me ha valido la pena todo». ¿Se puede ser más bonito?

Actuó en Madrid y no pude verlo. ¿Cómo voy a ser su novia si no nos hemos visto desde aquel día en Valencia? Vivir así es una auténtica tortura. Aún me doy cabezazos contra la pared cuando recuerdo que el otro día estuvo aquí, en mi portal, y no me atreví a bajar. Me bloqueé. Me daba pánico que mis padres nos pillaran. Oigo el timbre, me levanto para ir a abrir, pero mi madre se adelanta. Vuelvo a mi cuarto y me dejo caer como un peso muerto en la cama. No me concentro en nada, me aburro, no tengo ganas de hacer otra cosa que pensar en él y darle vueltas a ver si se me ocurre alguna idea para engañar a mis padres y poder verle. Me siento encarcelada e impotente.

—¿Qué tal? ¿Cómo están?

¿Esa voz...? Me suena mucho.

Me dirijo sigilosa hacia el salón y me escondo en la cocina. No veo nada, pero oigo todo lo que dicen.

—Bueno, cuéntanos, ¿qué es eso tan importante que querías decirnos?

—Lo primero, quería felicitarles porque tienen una hija estupenda. He podido conocerla bastante y me parece muy buena niña. Es educada, responsable y muy inteligente. A pesar de la mala experiencia con la prensa, puedo decirles que siempre la he visto muy prudente y seria. También quiero hablarles de Daniel.

Se hace un silencio que me deja sin respiración. La voz familiar continúa hablando.

—He viajado durante toda la gira con él. Como sabrán, he estado cubriendo el tour desde dentro y he podido conocer muy bien a los chicos. Son fabulosos, los dos. Y Daniel está muy enamorado de su hija.

¡Es Robin! ¡Está en mi salón hablando con mis padres y diciéndoles que Dani me quiere! No sé si estar contenta o asustarme. ¿Cómo se lo tomarán?

—Puedo asegurarles que habla de ella con un respeto, un amor y una adoración que seguro aprobarían. Es un gran chico. Y desde que está loco por Baby no tiene ojos para nadie más. Por mucho que lo intenten, no van a poder separarlos. Solo están retrasando lo inevitable. Sé que lo hacen porque quieren a Baby... Pero si me permiten darles mi opinión, esta no es manera de querer...

—Pero ¿tú qué te has creído, niña? ¿Que vas a venir a mi casa a darme lecciones sobre cómo educar a mi hija?

Mi madre está rabiosa, aunque noto que intenta controlar su ira con una sonrisa falsa.

—Señora, solo digo que tiene la oportunidad de lograr que su hija sea feliz. Que se equivoque o no es otra cosa, pero deje que tome sus propias decisiones. Está levantando un muro entre ella y usted solo porque cree que Dani le hará daño, pero yo le puedo asegurar que si eso ocurre, que es algo normal, ya que obviamente la vida es así y el amor y las relaciones de pareja, son complicadas..., no será porque él es un mal chico.

—Lo siento, no quiero escuchar ni una palabra más...

—Raquel, por favor, relájate. La verdad es que yo a Baby la veo muy mal... Creo que... se nos está yendo de las manos.

¿Mi padre apiadándose de mí?

—¡He dicho que no!

Mi madre está cada vez más enfadada. Aquí se lía.

—Usted verá, pero algún día, cuando descubra que su hija le miente y no confía en usted, se arrepentirá. He venido para intentar abrirle los ojos y también para hacerle una propuesta. Me voy de viaje unos días con unos amigos a Nemiña, Galicia, a hacer surf. Entre estos amigos está Dani. Podría llevarme conmigo a Baby. Cuidaría de ella y la traería de vuelta sana y salva. A cambio, estoy segura de que os lo agradecerá toda la vida.

—Sí, y que vuelva a salir en todas las revistas del corazón dándose el lote con él, ¿no?

—En la casa estaremos solo gente de confianza y Nemiña es un lugar muy tranquilo. Le puedo asegurar que no habrá prensa. Estaremos todos juntos, en grupo. Es un plan muy sano y deportivo, ya que sobre todo, estaremos surfeando. Baby y Daniel tendrán tiempo de conocerse mejor y darse cuenta de si es una buena idea estar juntos o no. Piénsenlo y si deciden que sí, vendré a por ella en coche en un par de días.

No puedo creer que les haya hecho esa propuesta. Me muero de emoción. Por favor que le digan que sí. ¡Que digan que sí!

—Y ahora, si me disculpan, me marcho ya. Antes, eso sí, me gustaría hablar con Baby un momento.

—No creo que sea buena idea…

—Voy a avisarla.

Mi padre deja claro que manda él y que está escuchando a Robin más de lo que imaginaba. Me lleno de esperanza. Salgo de mi escondite y voy todo lo rápido que puedo hasta mi cuarto. Me tumbo sobre la cama boca abajo y espero.

—Levántate, tienes visita. Robin está en el salón.

—¿Robin? —Me hago la sorprendida—. ¡Pues que pase!

Mi padre va a por Robin, la acompaña hasta mi cuarto y nos deja a solas.

—¡Robin! —Me abalanzo sobre ella y la abrazo fuerte. Ha hecho algo tan bonito por mí, ¡por nosotros!—. Lo he oído todo. Gracias, gracias y mil veces gracias. No sabes lo que significa para mí.

—No me ha costado nada. Ojalá cambien de opinión. Pienso realmente todo lo que les he dicho. Sobre todo, la parte en la que les hablaba de lo mucho que te quiere Daniel. ¡No sabes cómo está contigo! Habla mucho de ti y está muy triste, tiene muchas ganas de verte.

—Y yo de verlo a él...

—¿Y por qué no quedas con él ahora que está aquí? ¿Qué es lo que te pasa?

—¡Pues porque no me dejan! ¿No lo has visto? Me he pasado toda mi vida haciendo lo que me pedían, siendo una niña ejemplar. Y ahora no sé cómo imponerme, me están matando en vida.

—Mira, Baby, sé que eres joven y que tienes que hacer lo que tus padres te digan... Pero es tu vida. Tienes que intentar que comprendan lo importante que es para ti ver a Dani, insiste y no seas tan dócil ni sumisa. Está bien que respetes a tus padres, no me malinterpretes, ellos solo quieren lo mejor para ti... Pero tienes que dejarles claro que tú tienes tu propia voz, tus propios sentimientos y que tienen que aceptarlo.

—No es tan fácil...

—Lo sé, yo también he pasado por ahí. Pero hay que plantarse. Baby, en esta vida no se puede ser tan buena. Si algo no te parece justo, lucha por ello.

—Está bien, intentaré ser más... reivindicativa.

Aprieto los puños y me lleno de ilusión, empiezo a ver algo de luz en el camino.

Robin está distinta de la última vez que la vi. Diría que no duerme bien, tiene cara de cansada y triste.

—Robin, ¿y tú cómo estás? Te veo, cansada...

—¿Yo? Estoy bien, tranquila.

Pero no lo dice muy convencida. Lleva unos pantalones boyfriend con roturas extremas y una camiseta de Justin Bieber que me flipa.

—Vale. Por cierto, Dani me ha dado esto para ti.

Robin saca del bolso un paquete envuelto en papel de regalo del tamaño de mi mano.

—Me marcho ya, ¿vale, bonita? Piensa en lo que te he dicho.

—Lo haré.

—Me alegro de verte. Ojalá pueda volver a por ti.

—Ojalá. Gracias por intentarlo.

—De nada.

Nos volvemos a abrazar y sale por la puerta. Cuando estoy sola, aprovecho y abro el regalo. No me había dado cuenta, pero lleva una carta en un lateral. La saco, la despliego y la leo queriendo acariciar cada letra, sintiendo más cerca a Daniel al saber que ha tocado ese papel y que ha escrito estas palabras para mí.

¡Bae, no sabes las ganas que tengo de tenerte entre mis brazos! Me da igual lo que digan tus padres, como ves, no voy a dejar de insistir. Y para que tú tampoco te olvides de mí... Espero que te guste el regalo.

Tu (ya no tan) malote, Daniel.

Deseando seguir pervirtiéndote.

Me acerco la carta al pecho y por un momento me siento como uno de esos personajes míticos de película romántica y antigua que no tenían otra forma de estar en contacto con sus amados que por correspondencia tradicional. ¡Solo que en pleno siglo XXI! No puedo permitirles a mis padres que me traten así... Abro el regalo con cuidado y me encuentro con un estuche de joyería. Al ver lo que hay dentro se me escapan dos lagrimones y me quedo un rato con la boca abierta por la sorpresa. ¡Es su placa militar! Bueno, es la mitad de su placa militar, con una cadena. Al parecer la ha dividido en dos partes y deduzco que él llevará la otra colgada. La cojo y al mirarla de cerca veo que ha grabado algo. Hay una *D*, su inicial. Me la cuelgo, la pongo en contacto con mi piel y tomo una decisión.

Ahora me toca a mí demostrarle lo mucho que me importa.

33

Robin

—¡Locaaaaaa! ¡¡Nos vamos a hacer suuuurf!! Bueno, tú a hacer surf y yo a pulular por ahí, sacar alguna foto y coquetear con los más guapos de la surf house. ¿Tienes todo listo ya? Acaba ya y vente a hacerte una con nosotros… ¡¡Hola, Robin!! ¡¡Te esperamos!! Son tus compis del curro, me los he encontrado en la Taberna. ¡Venga, ven!

Siempre que me llega una nota de voz de Rebeca le doy al play y me pongo a hacer cosas. Suelen durar la vida entera y acabo perdiéndome un veinte por ciento del mensaje por las risas, la música y su perjudicada pronunciación. Cuando prefiere grabarse es porque ya no es capaz de escribir.

Me río sola y me siento realmente tentada por la propuesta. La combinación de Rebeca y mis compañeros de trabajo suele ser siempre épica. Pero no estoy de humor… Tengo la cabeza puesta en el viaje. Estoy deseando llegar a Nemiña y pegarme el baño de mi vida. La maleta la tengo casi preparada. Mientras intento recordar qué es lo que buscaba antes de escuchar el mensaje de Rebe, me pongo a mirar el parte de olas. Es bueno, para toda la semana.

Como aún no recuerdo qué era, decido pasearme por Instagram. Hago que me interesa ver las publicaciones de la gente a la que sigo, buscando alguna suya. Cuando no encuentro ninguna, me rindo y entro en su perfil directamente. Jesús ha publicado hace unas horas una foto de su maleta abierta, en la que se ve todo cuidadosamente doblado y estratégicamente colocado. «Mañana desconectaré durante una semana. Espero que entendáis que necesito un tiempo para mí. Creo que va a ser una experiencia única. Os quiero, princesas».

Desde que volvimos de la gira no me ha escrito ni una sola vez. Solo aquel encuentro sorpresa en el japonés. Y desde que me dijeron que sí se apuntaban al viaje, con el que he hablado ha sido con Dani. Sé que es lo correcto y tenía la esperanza de no echarle de menos, creía que este tiempo alejados me serviría para descubrir que lo que sentía fue una enajenación temporal y fruto del roce, que, como dice el refrán, hace el cariño. Pero no. No ha habido un solo día en que no haya pensado en él. He visto mil veces los vídeos que hice durante la gira, he entrado en sus redes sociales una vez cada hora, más o menos, he comprobado que mi WhatsApp funcionaba escribiendo a alguien solo para confirmar que me llegaban los mensajes… Y más de una vez he empezado a escribirle un mensaje que he acabado borrando.

Soy muy mala persona por sentir lo que siento, pero aún me queda algo de dignidad. Si yo le pedí distancia y que no se tomara confianzas, si fui yo la que lo rechazó una y otra vez, no puedo marearlo e iniciar una nueva fase de confusión. He de ser fuerte. Me pregunto cómo nos irá durante el viaje. ¿Por qué habrán aceptado? ¿Por qué les he invitado? ¿Qué pretendo con todo esto? Porque si algo tengo claro es que nunca me voy a permitir tener algo serio con él. Moriría de vergüenza ante su familia, amigos… ¡Jorge!

Me froto la sien y recuerdo qué era lo que buscaba. Uno de los bikinis que me llevaré. Reconozco que estoy haciendo una maleta bastante diferente a la habitual. Normalmente solo llevo cosas cómodas y prácticas. Esta vez, estoy metiendo prendas para estar mona. Definitivamente soy lo peor.

He cambiado de opinión, creo que sí es buena idea salir y despejarme un poco. Me visto rápido y cojo un taxi para estar lo antes posible rodeada de gente que me haga no pensar todo el rato en lo mismo.

Estamos en pleno verano y sorprende ver un Madrid diferente, vacío. Las únicas personas que deambulan por la capital son unos cuantos guiris que habrán aprovechado precios chollo y gente joven que exprime la tregua que la temperatura da por la noche para pasar horas en las terrazas del centro con amigos. Cuando llego a la calle Desengaño, me dan ganas de volverme a casa. Qué pereza ahora fingir felicidad.

Aún no he llegado y oigo mi nombre. Están sentados en la primera mesa de la terraza. La imagen es tremenda. Están todos tan animados que parece que son las seis de la mañana en lugar de las nueve de la noche.

—¡Hola, chicos!

—No te has podido resistir, ¿eh? Soy una máquina haciendo notas de voz.

—Sí, Rebe, eres infalible.

Nos reímos juntas y cuando me acerco a darle dos besos, me sujeta la cabeza y me planta un beso en los labios.

—¡Nooo! ¡Sabes que lo odio! —Me froto fuerte la boca intentando quitarme toda la humedad que ha dejado—. ¡Al menos aprende a cerrar bien la boca y no dejar baba!

La mesa entera se parte de risa y decido mandar un saludo generalizado para que ninguno me la vuelva a jugar. Cruzo una mirada con Lucía que traduzco rápidamente en algo así como «Toma nota, no me hagas a mí pasar por los mismos trances».

Tras un buen rato de burradas, anécdotas y confesiones varias, la gente va marchándose a casa hasta que nos quedamos Fede, Lucía, Rebe y yo solos.

—Bueno, cuéntanos, ¿qué va a pasar en ese viaje, Robin?

Fede se inclina hacia mí con unas ansias de cotilleo propias de la vieja del visillo.

—A ti te lo voy a contar, maruja.

—¿Perdona? Eres una lista, ¿eh? Le echaste el ojo y ahora te lo llevas a tu paraíso, alejado del mundo... ¿Qué hay entre vosotros? ¡Venga, dinos!

—No sé a qué te refieres, Fede... Mañana me voy de viaje con un grupo de amigos, fin de la historia.

—¡Qué rancia eres, hija! Menos mal que Rebe me lo contará todo luego, ¿verdad, bonita?

—Por supuesto.

Chocan las manos y piden otra ronda de chupitos.

Al menos con ellos no tengo que fingir. Podré intentar engañarme a mí misma, pero al parecer mis amigos tienen todo mucho más claro que yo, aunque nunca les daré la razón. Suena mi teléfono, lo cojo y veo que es él, Jesús me está llamando. Me sudan las manos y necesito huir de los bestias de mis amigos, no vayan a soltar alguna fresca que me ponga en evidencia. Me voy rápido con el móvil sonando en la mano y cuando estoy lo suficientemente alejada, contesto.

—¿Hola?

—Hola, Robin, ¿qué tal?

Tiene una voz tan bonita también por teléfono. Amo su acento sevillano.

—Bien, aquí en la calle con unos amigos, tomando algo.

—Ah, perdona, no quería molestarte... Nada, solo era preguntarte si sabes algo de Baby. A Dani le da palo molestarte otra vez con lo mismo... No sabes nada más de ella, ¿no? Ya seguro que no va a venir, ¿verdad?

—No..., lo siento. Lo último que sé es que su madre se ha negado en rotundo a que haga el viaje con nosotros.

—Vale..., bueno..., pues a ver si aun así Dani sigue queriendo ir... Está muy depre y tampoco quiero obligarle...

—Pero —¿cómo no van a venir?—... lo pasaremos muy bien, va a ser una experiencia genial, ya veréis. Y a él le encantó hacer surf. Allí va a flipar.

—Lo sé, Robin, pero cuando uno está enamorado, las cosas no son tan fáciles...

—Ya, me lo imagino...

¿No me digas? ¿A qué ha venido eso?

—Bueno, te dejo, que no quiero molestarte...

—No me molestas.

—Nos vemos mañana. Si no te llamo es que todo sigue en pie, ¿vale?

—De acuerdo.

—Buenas noches, prin... Perdón, buenas noches, Robin.

—Buenas noches, Jesús.

Nada más colgar, hago otra llamada.

—Me ha llamado Jesús, están pensando en rajarse... ¿Qué hacemos?

—No sé... ¿Qué te parece si se lo cuentas? Así pondrá más empeño en convencer a Dani.

—No sé si será suficiente...

—Bueno, si vemos que no, me planto directamente en su casa. Aunque creo que es mucho mejor así. Me parece más... emocionante.

—Vale, tranquila, hacemos eso.

—Y tú, ¿cómo estás?

—Bien, bien, no te preocupes por mí.

Colgamos y llamo a Jesús.

—Hola, perdona que te moleste de nuevo...

—No, *tranqui*, no molestas, dime...

—A ver, te voy a contar algo que no puedes decirle bajo ningún concepto a tu hermano, ¿vale?

—Mmmm..., es que nosotros no nos mentimos nunca, Robin...

—No es una mentira, es... ¡una sorpresa!

34

Daniel

Creo que nunca había hecho una maleta con tan poca ilusión. Sé que está bien que lo haga por Jesús y que al final me hará feliz ver que él lo es. Pero ahora mismo solo tengo ganas de plantarme en casa de Bae y liberarla de sus padres. Llevármela a pasear, a comer, a bailar... Cualquier cosa estaría bien si es con ella. Pero este viaje... Ya no tiene sentido.

—¿Lo tienes todo, Dani?

—¡Sí, pesado!

—Vale, vale, solo era por preguntar...

—Estás un poco nervioso, ¿no?

—Bueno, nos vamos de viaje. Por primera vez vamos solos sin nuestros padres ni nuestro mánager, estoy emocionado.

—Ya. Porque Robin no tiene nada que ver, ¿verdad?

Jesús me lanza una mirada asesina.

—No tengo nada que hacer con ella. Por favor, no vuelvas a sacarme el tema, intento recuperarme. No voy de viaje a Nemiña por Robin. Creo que es un plan que nos sentará bien, simplemente eso.

—Vaaaaale, lo que tú digas...

Muy inteligente, pasar página yendo con ella de viaje... Claro que sí. En fin, no insistiré en este asunto, está muy rarito. Si al menos Baby me contestara a los mensajes o me cogiera el teléfono me quedaría para insistir... Pero me está empezando a cabrear su actitud, está claro que pasa de mí. Al final sus padres han debido de comerle la cabeza. Lo que significa que tampoco debe apenarme haber perdido a una chica así, sin personalidad y tan influenciable por su familia. Ojalá pensara esto de verdad. Lo cierto es que tengo ganas de verla todo el rato.

—Robin estará aquí en breve. ¿Estás listo?

—Que síííí. ¿Viene con Rebeca?

—Sí, iremos los cuatro juntos.

—Mola.

Será divertido. Rebeca está muy loca. Justo en ese momento escuchamos el pitido de un coche, cogemos el equipaje y salimos. Robin nos recibe con un abrazo a cada uno y nos invita a que guardemos las cosas en el maletero. Rebeca no se molesta en bajar. Baja la ventanilla, asoma la cabeza y gruñe algo parecido a un saludo.

—Está de resaca —dice Robin poniendo los ojos en blanco.

El viaje se me pasa volando, a pesar de que dura unas siete horas. He dormido prácticamente todo el rato. De vez en cuando abría los ojos y oía a Robin y a mi hermano sin parar de hablar. Música, cine, videojuegos... Lo han tocado todo.

Cuando llegamos a Nemiña ya es por la tarde, está cayendo el sol y el cielo tiene unos colores rosados preciosos. Robin ha parado en una especie de mirador para que podamos apreciar desde una buena altura, la zona en la que vamos a estar. Salimos del coche, estiramos las piernas y nos quedamos todos embobados mirando el mar. De pronto veo algo.

—¡Eh! ¿Habéis visto eso?

—Son... ¡delfines!

—Sí, parece que nos están dando la bienvenida. Se ven bastante a menudo por aquí, incluso cuando estamos haciendo surf.

—¡Qué pasada! ¡Son un montón!

Jesús tiene los ojos húmedos, creo que se ha emocionado. Robin sigue explicándonos las peculiaridades de la zona.

—Esa es la casa en la que nos vamos a quedar, la surf house. Como veis, está muy cerca de la playa. Haremos surf justo delante. Ahí es donde suelen entrar mejor las olas, pequeñas y bien formadas.

—¿Y eso qué es?

—El restaurante al que iremos a comer. Vais a flipar con el arroz con bogavante y los percebes.

—¡Qué hambre!

—Bueno, ¿seguimos?

—¡Vamos!

Me siento algo más animado, la verdad es que el sitio es maravilloso. Aparcamos el coche, sacamos las cosas y nos recibe uno de los monitores, Darío. Es un chaval de unos veinte años, con el pelo rubio quemado por el sol, largo y despeinado. Está todo el rato sonriendo y parece muy feliz, muy relajado. Se me contagia ese buen rollo casi sin darme ni cuenta. Lleva una camiseta blanca, un bañador largo, por la rodilla y va descalzo. Nos resume las normas de la casa y nos acompaña a la que será nuestra habitación. Hay cuatro y nos han puesto en una en la que dicen que estaremos todos los chicos. Tenemos que compartir habitación con desconocidos, pero Darío nos tranquiliza diciéndonos que son buenos tíos. Dejamos las cosas y cotillcamos el resto. La habitación en la que estarán Robin y Rebeca está justo al lado de la nuestra. Al parecer, ellas también tendrán que compartir cuarto con otras chicas que ya tienen invadida la habitación con maletas, secadores de pelo, ropa y decenas de sandalias. Está mucho más desordenada que la de los chicos.

—Ahora están todos surfeando, a punto de salir, ¿queréis que vayamos a verlos?

—¡Claro! —Estoy entusiasmado.

Salimos de la casa y bajamos por un caminito que va directamente a la playa. No son ni tres minutos andando. Las vistas son sobrecogedoras. Está atardeciendo y aunque no cae el sol por este lado por la orientación, el cielo tiene mil tonalidades entre el morado y el azul. Hay algunos que ya han salido del agua y vienen hacia nosotros cargados con las tablas. Cuando están a nuestra altura, Darío nos los va presentando. Robin y Rebeca ya los conocen a casi todos, van abrazándose y poniéndose al día. Una de las que sube es una chica morena con el pelo muy largo y con un tipazo increíble. Cuando me la presentan le doy dos besos y me quedo embobado mirándola, como si se moviese a cámara lenta. Ninguno parece reconocernos, es extraño y reconfortante. Me siento uno más.

Volvemos a la casa y, mientras se duchan, Darío nos anima a practicar el equilibrio en el indo board, una tabla de madera con un cilindro debajo a la que enseguida le pillamos el punto. Robin nos da una exhibición de todo lo que sabe hacer y acabamos aplaudiéndola. Luego sube Darío y nos quedamos con la boca abierta, lo que le hacemos a él ya es una ovación. La chica de antes sale a la terraza recién duchada y parece otra persona, aún mucho más guapa. No sé ni cómo se llama, pero está tremenda. Lleva un short tan corto que debería estar prohibido.

—Carmen, prueba tú, va.

Carmen, así se llama el pibón. Darío la incita a probar el indo board y ella se defiende muy bien ganándose un buen aplauso también.

—No ha estado mal... —le digo a Carmen.

—¿No ha estado mal? Vaya, gracias... —me contesta, juguetona.

—Para ser tu primera vez, digo...

—¿Mi primera vez? Ja, ja...

—Ah... ¿Lo habías hecho ya otras veces?

Suelto una carcajada. Me encanta ver la cara que pone alucinada con mi atrevimiento.

—Serás... —Me pega un puñetazo en el brazo mientras se aguanta la risa—. ¡Vaya con el niño, Robin! ¿Es siempre así?

—Sí, y peor.

Robin sonríe feliz al ver que estamos a gusto y nos hemos integrado enseguida. Me molesta un poco que Carmen me haya llamado niño. ¿Será de la edad de Robin? No me da tiempo a plantearme muchas más preguntas sobre la imponente Carmen porque nos piden que pongamos la mesa para cenar. Una vez sentados, nos vamos conociendo mejor. Los temas saltan de uno a otro pero sobre todo, hablamos de surf. Lo viven con tanta emoción que se me contagian sus ganas porque llegue mañana. Parece que entraremos sobre las diez, así que tampoco habrá que madrugar demasiado. En estas horas que hemos pasado aquí me queda claro que Carmen es la típica que sabe que está buena y que le encanta ser el centro de atención.

—Mañana viene Carlos —dice Rafa, el director de la escuela.

Todos gritan emocionados, excepto Robin, a la que le ha cambiado la cara de golpe. Miro a mi hermano en busca de alguna explicación y su cara también es un poema. Acto seguido se pone a recoger la mesa. En la cocina, cuando nadie puede oírnos, le abordo.

—¿Qué pasa, *quillo*?

—El tío ese es con el que se lio Robin en Barcelona.

—Ah... —no sé ni qué decirle. Va a ser muy violento que estén aquí los tres juntos—. Pero ella pasa de él... No te amargues, ni lo pienses. Además, ¿tú no decías que tenías claro que con ella nada? Por cierto, ¿has visto a la morena esa? ¡Qué buena está! Menudo cuerpazo.

Pero Jesús no reacciona. ¿Está tan enamorado que ni se ha fijado en ella? Esta pregunta hace que me acuerde de Baby. Con tantas novedades y emociones se me ha olvidado un poco. Pero al pensar en ella siento un pinchazo en el estómago. Mejor así. Voy a intentar olvidarla. No sé nada de ella. Me toco la media placa militar que llevo con su inicial y la escondo bajo la camiseta. Mañana no me la pondré. Paso.

El olor a café recién hecho me despierta y al momento empiezo a escuchar gruñidos y comentarios bordes. Lo siguiente que noto antes de abrir los ojos es un cojín en la cara.

—¡Eh! —me quejo.

—Venga, todos arriba. Hay olazas amigos, ¡olazas! —Darío suena entusiasmado.

Tengo tanto sueño que me parece imposible meterme en el agua a hacer surf ahora mismo. Pero a los demás les ha hecho efecto el anuncio del monitor y han saltado de las camas con una energía que me da mucha envidia. Jesús y yo nos miramos un poco desconcertados. Nos aseamos y salimos a desayunar. De nuevo, estar sentados en las mesas con el resto es una risa. No paran de hacer bromas. Hay como dos grupos, unos cuatro chicos y dos chicas de nuestra edad y cinco chicos y tres chicas, de la edad de Robin y Rebeca, más o menos. Nos piden que nos pongamos los neoprenos porque vamos a entrar ya. Nos dividen en grupos y a Jesús y a mí nos ponen en uno de iniciación. La sorpresa me la llevo cuando nos dicen quién será nuestro profesor.

—¿Estáis listos, chicos?

Carmen es nuestra profesora.

—¿Das tú la clase? —pregunto incrédulo.

—Sí, ¿algún problema?

—No, qué va. Es solo que pensaba que eras alumna. No sabía que... Bueno, eres pequeña, ¿no?

—¿Pequeña? Tengo diecinueve años. Y llevo desde los trece haciendo surf. Algo te voy a poder explicar, tú tranquilo. —Y me da una palmadita en la espalda.

Nos vamos a la playa cargados con unas tablas enormes y mirando con envidia las pequeñitas que llevan los que ya llevan tiempo, como Robin. Rebe ha cogido la cámara, ella se encargará de hacernos fotos. La verdad es que no me sorprende, porque no la imagino en el agua luchando contra las olas... Antes de empezar a surfear vemos cómo los veteranos ya han entrado al agua y Robin nos demuestra que estos años surfeando no son en balde. Tiene un estilo muy personal, lo hace todo muy dulce.

Nos metemos en el agua y Jesús se queja, está congelada.

—Venga, Dani, no seas llorón —dice Carmen.

—Dani soy yo —contesto.

—Ah..., perdón..., sois igualitos.

—Ya nos diferenciarás, tranquila... —Y le guiño un ojo sabiendo que caen rendidas cuando lo hago.

La clase va genial y no tardo en ponerme de pie. Me emociono al notar cómo el agua me lleva, disfruto deslizándome y veo que mi hermano lo pasa mal, pero no dice nada. Supongo que poco a poco irá superando su pánico a que haya algo debajo de él en el mar. Tres horas después, salimos del agua. Me queman los hombros porque remar no es un ejercicio al que esté acostumbrado. Por lo demás estoy bien, me quedaría un rato más, pero Carmen nos recuerda que vamos a tener tiempo de sobra y nos aconseja que salgamos ya, que las corrientes han aumentado y se ha hecho todo más difícil.

—¿Cómo puede cambiar tan rápido el mar? Si estaba perfecto.

—¿Verdad? Esa es una de las cosas más importantes y difíciles del surf. Aprender a leer el mar, conocer cómo funciona en cada playa, saber analizar cuándo es un buen momento para entrar, saber por dónde hacerlo...

Intento salir, pero me pesa todo muchísimo. Descubro que es que se me han quedado unas algas colgando del invento, ese cable de plástico que se ata al tobillo para no perder la tabla.

—No has estado mal. Podrías haberlo hecho mejor, pero bueno..., un cuatro sí te pongo —me dice Carmen cuando solo yo puedo oírla.

—¿Un cuatro?

Está tonteando conmigo descaradamente. Sin pensarlo, le lanzo las algas que acabo de quitar del invento. Carmen se protege con las manos, pero le dan en el pelo. Se las quita y viene corriendo hasta mí, para restregármelas por la cara. En el forcejeo, acabo tropezándome y al sujetarme a ella para no caerme, los dos acabamos en el suelo, ella encima mía. Definitivamente a esta tía le gusto.

—¡Dani! —grita mi hermano.

Miro hacia él, que está mirando a su vez hacia la roca en la que acaba el camino de la casa, justo a pie de playa. Veo a cuatro personas asomadas y no puedo creerlo, me da el sol en la cara y no estoy muy seguro, pero juraría que sí, juraría que una de ellas es… Carmen se levanta, me incorporo yo también y sí, estoy convencido. Conozco esa silueta. Es como un sueño.

35

Baby

No puedo creer que esté haciendo esto. Me siento mala y, al mismo tiempo, poderosa. Sin duda es lo más atrevido que he hecho nunca. Cuando se lo conté a Laura no daba crédito. Al principio no quería acompañarme, pero cuando vio que lo haría tanto si venía conmigo como si me dejaba sola, me dijo: «¿Para qué están las amigas?» y nos pusimos a mirar billetes de avión. Al final, Robin no tuvo que venir a recogernos, porque en el último momento se habían apuntado un tal Carlos y un tal Francisco, que venían en coche desde Ribadesella y pasarían por el aeropuerto a por nosotras. Vaya dos tíos guapos y simpáticos. Nos hemos reído mucho en el trayecto con ellos. Laura no ha parado de coquetear ¡con los dos! Y ellos, evidentemente, han babeado lo más grande con el pibón de mi amiga. ¡Como para no hacerlo! Se ha puesto un vestido minúsculo con escotazo y cortísimo. Yo no sabía qué ponerme, pero como no tuve mucho tiempo para elegir, cogí lo primero que pillé: shorts vaqueros y una camiseta cortita muy mona, de piñas. Para hacer la maleta tampoco pude tomarme mi tiempo y cogí cosas a lo loco. ¡Miedo me da abrirla!

Cada segundo que pasa me pongo más nerviosa. Llevo un par de días sin hablar con Dani porque soy tan pava y miento tan mal que seguro que habría fastidiado la sorpresa. Pero él ha dejado de insistir. ¿Y si se ha enfadado? ¿Y si ya no me quiere? ¿Y si está con otra? El chico que nos ha recibido nos dice que están todos en el agua, surfeando, así que vamos a buscarlos a la playa. ¿Cómo reaccionará al verme? ¿Le gustará que haya venido? Las dudas y el miedo a que no le haga gracia mi sorpresa empiezan a asfixiarme. Laura debe de haberlo notado y me ha cogido de la mano fuerte.

—¡Tranquila! —me susurra al oído—. Distráete con el culito del rubio. ¿Tú has visto qué monumento? ¡Gracias por traerme! —Y se parte de risa.

Fuerzo una sonrisa, pero estoy desquiciada. Necesito verlo ya o saldré corriendo de vuelta a casa en el próximo avión. Me pregunto cómo se tomarán mis padres que me haya venido sin su permiso. Cuando se enteren, ¿qué harán? ¿Me vendrán a buscar o ya me dejarán que me quede?

Llegamos al final del camino. Es un saliente rocoso que queda a unos metros por encima del nivel de la arena. Hay algo así como una escalera natural por la que bajar, pero nos quedamos arriba para poder ver bien a la gente. No necesito mucho tiempo para localizar a Dani entre todos los chicos y chicas que están saliendo del agua. Me preocupa confundirlo con Jesús, porque desde tan lejos y así vestidos... Pero no tengo duda, cuando veo cómo se mueve, cómo anda y cómo habla con esa chica..., lo tengo claro. Precisamente, esa cara al hablar con la morena, me suena mucho. ¿Están tonteando? Le tira un manojo de algas y ella se abalanza sobre él para restregárselas. Acaban en el suelo, ella encima de él. ¡Será fresca! Me hierve la sangre. Lo peor es que él está encantado. Normal, menudo cuerpazo tiene la tía esa... Me han llamado la atención sus pechos desde aquí y está vestida con un neopreno que los aplasta... Quiero salir corriendo, huir definitivamente de vuelta a casa. Ha sido la peor idea de la historia de mi vida. Por algún motivo, no puedo moverme, me he quedado bloqueada, aquí plantada y con cara de imbécil. «Hola, Dani, he venido a verte y tú estás con otra». Genial, Bae, genial.

—¡DANI! —grita Jesús.

Y ya no hay vuelta atrás, Dani me ve y me reconoce, seguro, al juzgar por la cara de alucine que se le ha quedado. Cuando nuestros ojos se cruzan, recupero las fuerzas y salgo corriendo de vuelta a la casa. No sé qué decirle. Vaya sorpresa le he dado, pero además de verdad.

—¡Baby! —oigo a mi espalda.

Laura sale corriendo detrás de mí. Me alcanza y me hace frenar.

—Tía, ha sido una muy mala idea. ¿Lo has visto? Está tonteando con otra. No me quiere aquí, seguro.

—A ver, relájate, Bae. Los tíos son así, son unos golfos, todos. ¿Qué crees que habrá estado haciendo todo este tiempo? ¿Esperarte? Venga, no me hagas reír, pero si me tira los trastos hasta a mí.

Y se tapa la boca.

—¿Qué has dicho?

—A ver..., no te lo quería decir, pero es mejor que lo sepas..., sigue tonteando conmigo por WhatsApp. Pero yo no le hago caso, no le doy coba.

—Me lo tendrías que haber dicho antes de meterme en este lío para venir a verlo, ¿no te parece?

—Lo pensé... pero también soy consciente de que todos los tíos son así, qué más da lo que haga. Si a ti te hace feliz estar con él..., no seas tonta y disfruta del momento.

—¡Baby! —su voz suena ronca, agitada por la carrera que ha debido de pegarse—. Laura, ¿nos dejas solos, por favor? —Dani se acerca a mí y me coge de las manos—. Pero ¡qué sorpresa! Me he quedado loco... —no soy capaz de mirarlo a la cara. Él empuja suavemente mi barbilla hacia arriba para poder mirarnos y se acerca como para darme un beso. Cuando me tiene muy cerca me susurra—: ¿Vienes hasta aquí y ahora no me hablas?

—No he debido venir. Ya veo que no me echas de menos —digo apartándome de él.

—Pero, Bae, ¡no seas boba! Estábamos de coña.

—Ya, con la más fea de la casa, ¿no?

—¿Estás celosa? ¿En serio?

—No, mira, paso. Me vuelvo a casa. —Y sigo andando.

—Loquita, espérame, no te pongas así... De hecho, el que debería estar enfadado contigo, soy yo. Imagínate cómo me he sentido cuando tras toda la gira deseando llegar a Madrid y verte, no has quedado conmigo ningún día, me has dado plantón en tu portal y encima, estos últimos días apenas me has hablado. ¡Creí que pasabas de mí! ¡Estaba muy triste! —Parece muy sincero. Me giro y le hago ver que estoy dispuesta a escucharle. Está mojado y aunque hace sol, es verano y debemos estar a unos veintiséis grados, parece que se está enfriando porque tirita como un niño pequeño—. Baby, yo quiero estar contigo. No sabes lo feliz que me has hecho dándome esta sorpresa. No te mentiré, estaba decepcionado, creí que no eras capaz de plantarle cara a tus padres por mí... Pero es evidente que sí lo eres. Y ahora todavía me gustas más, por ser tan valiente.

Se desabrocha el neopreno y se libera de la parte de arriba, supongo que con la esperanza de entrar en calor al tener el sol dándole directamente sobre la piel. Lo ha dejado caer a la altura de su cadera y se intuye que no lleva nada debajo. Nunca lo había visto así, tan fuerte. Me impresiona su pecho al descubierto, se le marcan todos los músculos. Tiene un cuerpo muy sexy, esbelto y atlético. Me encantaría lanzarme a sus brazos y comérmelo a besos. Se peina con la mano rehaciéndose el tupé que a pesar de que aún aguanta un poco está bastante deshecho para como lo suele llevar y me sonríe desarmándome.

—¿Qué dices? ¿Te quitas ya la tontería que tienes y vienes a darme un beso?

Sus ojos se curvan seductores y su boca me atrae como un imán. La tiene entreabierta y de lado, me lanza su mano izquierda para que se la coja.

—Laura me ha dicho que tonteas con ella.

—¿Qué? Pero ¿qué dices?

—Eso me acaba de decir. Y te lo advierto, es mi mejor amiga, así que cuidado con lo que dices porque tienes todas las de perder si me haces elegir entre que la crea a ella o a ti.

Se tapa la cabeza con las manos. Se frota la frente y al rato me contesta.

—Baby, no tonteo con Laura. Tienes que creerme. Está mintiendo. Pero si no la ves capaz de decirte algo así para hacerte daño y separarte de mí, que es lo que creo que intenta, pensemos qué ha podido pasar para que la adorable Laura crea que tonteo con ella. ¿Quizá es una creída y se piensa que todo el mundo está por ella? ¿Quizá está rabiosa porque estoy enamorado de ti y no es capaz de asumirlo? Baby, te quiero. Y me encanta que estés aquí. Por favor, bésame.

Se me encoge el estómago al tener a Daniel, a mi Daniel, medio desnudo, con una luz preciosa que acaricia su pecho, mirándome con esa carita de niño malo y pidiéndome que haga lo que estoy deseando hacer desde hace tantos días. Vuelvo a mirarlo de arriba abajo, está de foto. ¿Cómo es posible que me esté pasando esto? ¿Qué verá en mí? Da unos pasos hacia mí hasta que estamos muy cerca. Ahora ya no sonríe, está serio y mira fijamente mis labios, como hipnotizado. Cuando está totalmente pegado a mí, me coge de la cintura y me acerca hasta él antes de besarme en los labios. Su lengua me invade rabiosa y enérgica, recorriéndome con pasión. Acabo entregándome y respondiéndole exactamente igual. No me reconozco, me doy cuenta de que me estaba muriendo sin tenerlo a mi lado. La emoción me invade y se me saltan las lágrimas. Cuando nos separamos, Dani se da cuenta y me las recorre con minúsculos y sensuales besos hasta acabar en mi cuello, donde termina absorbiéndome la piel. Cierro los ojos y hundo mis manos en su pelo mojado. No sé qué hace conmigo, pero una vez más estoy ardiendo.

—Te tenía tantas ganas…

Me coge en brazos y empieza a dar vueltas haciendo que me entre la risa y tenga miedo de caerme.

—Entonces, ¿me sigues queriendo? —le pregunto juguetona.

—¡Hasta el infinito y más allá, mi Cenicienta! —dice.

Abre los brazos y me vuelve a rodear con ellos después.

36

Jesús

—Robin, tenemos un problema.

—¿Qué ha pasado?

—Baby ha venido con Laura.

—Puff…, hay que hablar con ella. No podemos permitirle que esté aquí. Puede filtrarlo todo, llamar a la prensa, meternos en otro lío…, ¡si me dijo que vendría sola!

—Pues no lo ha hecho.

Robin se escurre el pelo, limpia la tabla en la orilla y la rodea con el invento a la altura de las quillas.

—¡Vamos, tenemos que hablar con ella!

Tenemos un buen paseo, ya que Robin estaba en la otra punta de la playa, en la parte donde surfean los que ya tienen cierto nivel. Vamos callados un rato hasta que ella rompe el silencio.

—¿Qué tal lo estás pasando?

—Muy bien. Gracias por proponernos el viaje, este sitio es... ¡mágico!

—Un placer. Me encanta que lo disfrutéis. ¿Y qué tal se te ha dado el surf?

—Bien, bien. He cogido una ola yo solo, sin que me empujasen ni me ayudasen con indicaciones. Simplemente la he visto, he remado y me he puesto de pie cuando he notado que me llevaba. Ha sido emocionante.

—¡Eso está genial! Yo necesité algunos días más hasta conseguir eso, que lo sepas.

—Si es que eres una patosilla...

Nos reímos los dos.

—¡No te vengas tan arriba, *flipao!* Oye, te quería decir una cosa...

—Uy, suena a marrón...

—No, es, una explicación... A ver, quería decirte que, no sabía que esta semana estaría Carlos... Me dijeron que tenía que ir a otro surf camp.

—Ah..., bueno, ¿y qué más da?

—No, es solo que como pasó aquello y..., bueno, que no sabía que coincidiríamos todos, punto.

—Tranquila, aprovecho para decirte que estoy mejor.

—Ah, vale. Entonces genial.

Parece decepcionada. ¡Qué difíciles son las tías! Si me gusta porque me gusta, si ya no me gusta (cosa que en realidad es absolutamente falso) se cabrea también.

—¿Qué pasa? ¿Te molesta que ya no esté colado por ti? —le digo para hacerla rabiar aún más.

—Por mí, como si te lías con otra en mi cara. Me alegraría verte feliz con alguien, de hecho.

—Tomo nota.

—Pues sí.

—Vale.

—Vale.

Llegamos a la roca por la que subimos al camino y lo paso bastante mal cuando las aristas afiladas se me clavan en los pies descalzos mientras sostengo la tabla, que pesa considerablemente.

—¡Venga, hombre, no seas tan delicado! —me dice Robin desde arriba. Parece que a ella no le ha costado nada subir.

—Pero ¿es que a ti no te duelen los pies o qué?

—Los tengo acostumbrados. No soy una princesita como tú. —Y me saca la lengua. Mientras me esperaba se ha bajado el neopreno y lleva la parte de arriba de un bikini. Está muy sexy. No tiene mucho pecho, pero sí firme y bonito. Me gusta su cintura, tan femenina, tan marcada en contraste con sus caderas, mucho más anchas.

Por fin logro subir y voy corriendo a calzarme las sandalias que habíamos dejado aquí. No sé si algún día me acostumbraré a ir descalzo y clavarme todo tipo de piedras, palitos y pinchos sin sufrir. Llegamos a la casa, dejamos las tablas, nos enjuagamos con la manguera y buscamos a Laura. No me sorprende en absoluto encontrarla con Carlos y Fran. Ambos la miran embobados. Otros que han caído en sus garras. Carlos nos ve acercarnos y se le dibuja una sonrisa malvada.

—¡Hombre, mira, si son la parejita del año!

—Carlos, por favor, cállate.

Robin va hacia él y le da un abrazo. Él aprieta los ojos y la boca al recibirlo. Está enamorado de ella, está claro. Ella le dice algo al oído que no puedo escuchar y él asiente.

—Hola, Jesús, ¿no me vas a saludar?

Laura se aproxima y nos damos dos besos. Ni le contesto.

—Fran, ¿no? —le digo al otro chico.

—Sí, nos conocimos en la azotea del hotel aquel en Barcelona, ¿verdad?

—Sí, me acuerdo de ti porque te pareces un montón a...

—Dani Martín —decimos a la vez—. Sí, todo el mundo me lo dice.

—¡Mi Fran es más guapo! ¡Y mira que Dani me encanta y es colega! —dice Robin.

—Pero no es tan buen surfer... —contesta Fran risueño abalanzándose sobre su amiga. La coge en brazos, la zarandea y ella se echa a reír. Es un regalo escuchar esas carcajadas. Me contagia y me quedo sonriendo como un idiota.

Cuando Robin mira a Laura, su cara cambia radicalmente.

—Laura, tenemos que hablar contigo, ahora.

—Vale. Hola, también me alegro de verte, Robin.

—Por eso quiero hablar contigo, porque no me alegro de verte.

La tensión se puede cortar con un cuchillo. Salimos del terreno de la casa y nos vamos a la carretera, donde nadie pueda oírnos.

—Laura, sabemos lo que hiciste. Fuiste tú la que dio el chivatazo a la prensa, tú vendiste a tu propia amiga y encima tienes la poca vergüenza de plantarte aquí con ella como si nada, cuando también sabemos que has intentado reventar la relación entre Bae y Daniel. ¿Qué es lo que quieres?

—¿Qué decís? Os habéis vuelto locos.

—No nos vas a engañar con tu cara de angelito… Sabemos que has sido tú.

—¿Sí? ¿Y qué pruebas tenéis?

—Llamaste a la revista, has conseguido un reportaje a cambio. O se lo dices tú a Baby o se lo decimos nosotros.

—Ya, y pensáis que os va a creer, ¿no?

—Por supuesto.

—No estoy tan segura.

—No te preocupes, lo vamos a comprobar enseguida...

—Decidle una sola palabra, obligadme a que me vaya y preparaos para que filtre lo vuestro.

—¿Qué nuestro?

—No finjáis, tengo fotos en las que es evidente que entre vosotros dos hay algo.

Miro a Robin y está pálida.

—Eh, Robin, no te creas a esta mentirosa... ¿Qué fotos va a tener? No hemos hecho nada.

—Pues no lo parece en las imágenes que me pasó un amigo. De cuando estabais en Valencia, jugando con una manguera.

Robin y yo volvemos a mirarnos y sabemos perfectamente de lo que habla. Estuvimos tonteando y a punto de besarnos. Nuestros labios hasta se rozaron. Una sola imagen publicada de ese momento en el que se juntaron nuestras bocas y se desataría la locura. Mucho peor que lo que pasó con Dani y Baby. Ni una colaboración con la mismísima Rihanna evitaría que todo el mundo hablara de ello. Primero, porque Robin también es conocida y segundo, porque nos llevamos ocho años.

—¿Qué? Ya no estáis tan chulitos, ¿eh? Os dejo que habléis, imagino que tendréis que replantearos muchas cosas. —Laura se aleja contoneándose como una diva—. ¡Ah! —vuelve a acercarse y añade—: Ya le estáis diciendo a Dani y a quien lo sepa que como le llegue una sola palabra a Baby, lo vuestro saldrá en portada en la *Cuore*.

—Pero será... —Robin está furiosa.

Desde que nos hemos quedado solos no dejamos de pensar qué podríamos hacer.

—Si la echamos, mal, pero es que si se queda, ¿cuántas situaciones comprometidas más puede fotografiar y filtrar luego?

—Estamos metidos en un buen lío. De momento habla con tu hermano, yo hablaré con Rebeca, que no digan nada. Como salgan esas fotos, me muero.

—Bueno, tranquila. Tampoco sería la muerte.

—Créeme, lo sería.

Y probablemente esta frase es la que más daño me ha hecho, con diferencia, de todas las cosas desagradables que me ha dicho en todo este tiempo.

—Bueno es saberlo —digo con toda mi rabia.

¿Tan horrible sería para ella que la gente pensara que estamos juntos? Busco a Daniel y lo encuentro enredado a Baby. Tiene una carita de felicidad.

—Hola, Baby.

Aún no la había saludado.

—¡Hola, guapo!

Me da dos besos muy cariñosa. Se me hace raro pensar que es... mi cuñada...

—Me alegra mucho verte aquí, le has dado la sorpresa de su vida a Dani. Estaba deseando verte. ¡Menudo cansino! —Nos reímos todos—. Por cierto, cansino, tengo que hablar contigo, a solas.

—¿Pasa algo?

—Ahora te lo cuento, *quillo.* —Salimos de nuevo al jardín y nos sentamos en un banco de piedra que está justo en el centro del terreno.

—Me estás asustando.

—Sí, es para asustarse. Te cuento: Robin y yo hemos ido a hablar con Laura. Como comprenderás, pensábamos echarla de aquí, es un peligro. Podría hacer más fotos comprometidas y meternos en un buen lío. Además, está claro que quiere haceros daño, nos da miedo y pena que haya engañado a Baby y que esta no sepa nada.

—Ya..., te prometo que quería decírselo, pero la quiere tanto... No sé cómo reaccionará. Hoy le ha dicho que yo le tiraba los trastos. Y la pobre Bae se lo ha creído...

—Pues déjame terminar porque vas a flipar un poco... El caso es que hemos ido a hablar con ella y le hemos dicho que se tenía que pirar, que no podíamos arriesgarnos a que una persona así estuviera aquí porque ya sabíamos de lo que era capaz. También le hemos dicho que Baby tenía que saberlo y que lo mejor era que se lo contara ella misma.

—¿Y qué ha dicho?

—Pues que tiene unas fotos de Robin y mías en las que parece que nos enrollamos, son las del día de Valencia, cuando casi nos besamos, y amenaza con publicarlas como le digamos algo a Baby o la echemos.

—¡Menuda cabrona! Y ahora ¿qué hacemos?

—Pues de momento comérnosla con patatas, *bro.* No le digas nada a Baby e intenta vigilar los pasos de Laura. Que no os pille en una pose que pudiera perjudicar mucho más la relación difícil que ya de por sí tiene Baby con sus padres. No sé, haz lo que puedas. A ver si se nos ocurre algo.

—Vale, tranquilo, pensaré a ver qué podríamos hacer. ¡Menuda bruja!

Volvemos a la zona de la casa en la que están todos y me cruzo con Rebeca y Robin. No tengo ganas de hablar con ellas, estoy cogiendo frío y quiero cambiarme. Pero Robin me para.

—¿Has hablado ya con él?

—Sí.

—¿Y qué te ha dicho?

—¿Pues qué me va a decir? ¡Que vale! Oye, tengo frío, luego hablamos.

Se queda muy cortada y me da igual. Estoy harto de que diga cosas que me hacen daño y luego actúe como si nada.

El resto del día lo paso bastante apático. Me he quedado muy tocado con lo de Laura, pero más aún con lo de Robin. Por la tarde hemos dado otra clase de surf y me ha dado tiempo a ducharme y venir a pasear por la orilla de la playa antes de cenar. Hoy hay barbacoa y están todos súper entregados. Yo, en cambio, empiezo a pensar si no me habré equivocado al venir. Daniel está encantado con Baby a pesar de lo de Laura, pero yo no tengo complicidad con nadie. Y encima Carlos parece empeñado en burlarse de mí todo el tiempo. No sé por qué me ve como su rival, si Robin pasa olímpicamente de mí.

—¡Hola!

Me giro y veo a Robin, que también se ha duchado y se ha arreglado ya para esta noche. Está muy guapa. Lleva un vestido negro largo que se le ciñe a la figura y una cazadora vaquera encima.

—Hola —digo nada entusiasmado. No me apetece hablar con ella, la verdad.

—¿Estás bien?

—No, Robin, no estoy bien. Estoy preocupado, y también muy molesto porque te pongas tan de la olla con la posibilidad de que se filtren nuestras fotos. Si tanto miedo tienes, no vuelvas a acercarte a mí. Ahora mismo podría hacernos fotos alguien y sería lo mismo, podrían inventar la historia que quisieran sobre nosotros. ¿Qué más da si es mentira?

—Bueno, vale, lo siento. Me he puesto un poco histérica pensando en todo lo que se nos vendría encima. Es que sería muy poco profesional por mi parte. ¿Y tus padres? ¿Qué dirían de mí?

—Pues nada, tía, ¿qué van a decir? Tampoco sería para tanto.

—Perdóname.

—He venido aquí sabiendo que entre tú y yo ni hay, ni va a haber nada. Solo somos amigos. Me ha sentado genial pasar unos días lejos de ti, creí que ya estaba lo bastante fuerte para enfrentarme a una convivencia contigo. Pero este tipo de cosas me lo ponen todo muy difícil. Crees que soy un crío y probablemente lo sea. Pero piensa que este niñato tiene sentimientos y que no es fácil luchar contra ellos.

—De acuerdo, lo tendré en cuenta, te lo prometo. ¿Amigos?

Me tiende la mano y tengo ganas de atraerla hacia mí, rodearla con mis brazos y besarla como nunca nadie lo ha hecho.

—Amigos —digo a regañadientes mientras le doy la mano.

—Por cierto, he tenido una idea, ya sé qué hacer con Laura.

37

Robin

Le he tocado la mano y mi cuerpo entero se ha estremecido. «Solo somos amigos». Lo dice y no parece real. Si ya estaba colada por él, ahora que ya no está interesado en mí, que ya no lucha por conseguirme, parece que me gusta aún más. Es una pesadilla. He estado a punto de lanzarme a sus brazos cuando me ha dicho que es difícil luchar contra los sentimientos. ¿Qué me va a contar a mí? La sudadera negra con mensaje que lleva y esos pantalones ceñidos y rotos me han dejado noqueada, hoy está especialmente guapo. Su derrota me duele en lo más profundo del corazón. Pero jamás lo sabrá, nunca se lo diré. Bueno, quizá dentro de veinte años, cuando nos crucemos y él esté estupendo a sus treinta y siete y tenga una novia de veinticuatro por la que babee mientras que yo, con cuarenta y cuatro, sea una vieja solterona. Vale, basta, estoy perdiendo la cabeza.

Volvemos a la casa y nos mezclamos con el resto en los preparativos para la barbacoa. La idea para tener a Laura a raya creo que es bastante buena, pero no la podré poner en práctica hasta mañana. Para hacerlo necesitaré ir al pueblo más cercano.

Rebeca tiene monopolizado el iPod con el que estamos ambientando la noche y no para de poner canciones de los ochenta que casi nadie conoce.

—*Sista*, escucha, Alaska mola, pero ¿no crees que la gente prefiere algo más… actual? No sé, ¿qué tal un poco de Ed Sheeran? Lo ponemos de fondo y luego ya creamos una playlist con canciones para bailar y cantar. ¿Te parece?

—Sois un rollo, de verdad. Haced lo que queráis. Pero que sepas que la música que estaba poniendo no tiene nada que envidiar a la que pincharía un DJ moderno que cobra una pasta en algún garito de Malasaña.

—Por eso, Rebe, por eso. No estamos en Malasaña.

Me río a gusto. Le doy un abrazo y tengo ganas de confesarle todo lo que me pasa por la cabeza pero prefiero dejarlo para otro momento. No me apetece escuchar sus «te lo dije».

Pongo a Ed Sheeran en aleatorio y suena *Tenerife Sea*, mi favorita del pelirrojo. Me quedo mirando el horizonte y sonrío feliz. El mar se ve tan bonito desde aquí, con sus olas perfectas insinuándose como caricias... Cogería otra vez el neopreno y la tabla y me metería, aunque ya no me quedan fuerzas hoy. Algo me distrae y vuelvo a mirar hacia el jardín. La hamaca que cuelga entre dos árboles parece el capullo de una oruga. Dentro debe de haber alguien completamente tapado. Me acerco un poco y oigo risas. Son dos personas y no me hace falta ver ni oír más, estoy convencida de que son Daniel y Baby. No se separan ni un momento. ¡Me dan una envidia! Ojalá yo pudiera ser como Baby, ojalá tuviera su edad.

La cena me sabe a gloria tras un día tan intenso de surf. He comido hasta hartarme y también he bebido demasiado. Solo cerveza, pero como soy tan sensible al alcohol, me siento bastante mareada. Empiezo a pinchar música electrónica para animar la noche y casi todas las chicas acabamos bailando, dándolo todo. Los chicos se resisten, pero también están con la sonrisita en la boca, van contentillos. Si es que después de tanto ejercicio y con lo deportistas que somos todos, salimos baratísimos.

—¿Jugamos a la botella? —Carlos hace la pregunta con una sonrisa maligna. No puedo creer que esté proponiendo algo así.

—¡Sí! A la botella pero extrema, aquí tengo la aplicación. —Carmen se viene arriba enseguida.

—¿Botella extrema? ¿Aplicación? ¡Ni de coña! —digo totalmente en serio.

— Robin, no seas boba. Lo hacemos extremo, pero solo para el que quiera.

—¡Que no, tía! ¡Que yo paso de jugar! Vosotros haced lo que queráis, en serio.

—Yo juego.

Jesús, que también sonríe divertido, lleva toda la noche haciéndole demasiado caso a Carmen; intuyo que va algo achispado. No sabe lo que dice sumándose al juego. Esto acabará mal, seguro.

—Y yo.

—¡Y yo!

Todos van confirmando excepto Dani, Baby y yo, que me niego a participar en una tragedia segura.

—No seáis críos. Estáis aquí, estáis viviendo una noche surfera, no podéis decir que no. Ya ves tú, ¿qué va a pasar? ¿Que os tengáis que dar un pico con otra persona? Wow... ¡qué fuerte!

Carlos se parte de risa y todos lo siguen. Es el más guay del grupo, el más guapo, el líder, al que todos intentan imitar y por el que todas suspiran. Excepto yo, claro. Suelta su discurso de tal manera que, si Dani y Baby no quieren ser unos marginados no les queda más remedio que participar. La presión del grupo mirando es más de lo que cualquiera podría aguantar.

—Bueno, vale, contad con nosotros.

—¿Robin? —me pregunta y todo el grupo me mira. Les devuelvo la mirada uno a uno y cuando veo a Jesús, reclinado sobre una silla, con una media sonrisa y la mirada clavada en mí, de pronto, en un momento de enajenación absoluta, pienso que quizá sea la única manera que tengo de poder probar esos labios carnosos que deseo besar desde que los vi por primera vez.

—¡Maldita sea, contad conmigo! —grito tapándome la cara con las manos.

Me hacen una ovación que ni cuando pincho para diez mil personas. Estoy loca, todos lo estamos. Nos sentamos en el suelo formando un círculo, ponemos en medio el móvil de Carmen que tiene la aplicación de la botella y después de repasar las reglas del juego, arrancamos. Probamos con el móvil, pero a la luz de la luna y siendo tantos, decidimos que lo mejor es recurrir a una botella de verdad. Los primeros a los que les toca hacer lo que ellos quieran, pero como mínimo a darse un beso delante de todos, son Fran y Rebeca. Sé que Rebe, aunque disimula poniendo cara de fastidio, por dentro está dando saltitos de alegría, le encanta Fran. Se ponen en el centro, donde todos podemos verlos y se dan un beso muy dulce y bonito en los labios. Les aplaudimos emocionados. Cuando se sientan, Rebe me mira y yo le guiño el ojo. Las siguientes en salir elegidas son dos chicas, nada más y nada menos, que las más explosivas de la casa, Carmen y Laura. Miedo me da lo que son capaces de hacer. Efectivamente, se ponen en el centro y en lugar de darse un piquito se comen los morros a lo bestia. Se ganan un buen aplauso.

Me toca a mí; giro la botella y cierro los ojos. Escucho el sonido que hace al dar vueltas sobre sí misma y los gritos de mis amigos, que están como poseídos. Cuando deja de girar, se hace un silencio y me temo lo peor. «Ten cuidado con lo que deseas, porque los sueños se hacen realidad». Y así es, el chico con el que he de besarme es Jesús. La gente aplaude y yo me arrepiento de haber jugado y de haber deseado este momento. Nos gustamos de verdad, estamos luchando contra nuestros sentimientos desde que nos conocimos y ahora, por un juego, ¿nos vamos a besar y encima delante de todos?

Jesús está muy animado y parece dispuesto a comerme enterita. Nos ponemos en el centro, a la vista de todos.

—No tienes que hacerlo si no quieres —me susurra.

Encima él es el maduro de los dos.

—Ese es el problema, que sí quiero —le digo mirándole a los ojos.

De perdidos, al río. Su boca se abre y puedo notar cómo su respiración se vuelve profunda y densa.

Apenas escucho los comentarios, las risas y los aplausos de los demás, han pasado a un segundo plano. Es como si solo estuviéramos él y yo, con una misión: la de hacer realidad, por fin, aquello que desde que nos conocimos queremos hacer. Jesús se acerca a mí y me coge la cara, acaricia mi mejilla de forma suave con la yema del pulgar. Lleva su otra mano hasta mi boca, que tengo abierta y sedienta, y pasa su dedo índice por mi labio superior y luego por el inferior hasta metérmelo. Lo succiono con ganas, me está volviendo loca. El deseo se multiplica con cada uno de sus gestos y movimientos. No sé qué hacer con las manos, pero él se encarga de que no estén quietas. Me coge las muñecas y coloca mis brazos en su cintura dejando mis manos casi a la altura de su culo. Se vuelve a acercar a mí, estamos a un centímetro. Me acaricia el pelo, hunde la otra mano en mi espalda, rozando mi trasero y finalmente, se lanza. Primero roza mis labios con los suyos haciendo aún más excitante el momento. Yo ya no puedo más, tengo el estómago encogido con un cosquilleo inmenso, necesito saborearle. Con el ímpetu del que bebe agua tras haber pasado mucha sed, Jesús me besa llenándome entera y descubriéndome que nunca antes había deseado tanto un beso y que jamás me había generado tantas emociones sentir que alguien recorría mi boca con su lengua.

No sé cuánto tiempo llevamos besándonos, solo sé que no quiero parar. Las risas, los silbidos y los aplausos me sacan de mi realidad paralela. Tras el viaje maravilloso y sin prejuicios que he realizado, aterrizo de nuevo en el jardín de la casa rodeada de los locos de mis amigos y sintiendo la culpabilidad de haberme dejado llevar por el momento sin pensar en las consecuencias.

Nos miramos a los ojos, aún prácticamente pegados, y él vuelve a besarme, esta vez con rabia y los ojos llorosos. ¡Qué bien saben sus besos, qué sensación tan reconfortante! Pero aunque no queramos, tenemos que separarnos.

—Luego hablamos —me dice amenazador.

Claro, ¿qué pretendía? ¿Besarlo en un juego y que él no notara que me encantaría repetir una y otra vez? Cuando vuelvo a mi sitio, miro a Rebeca. Ella hace un gesto con la mano queriéndome decir que me he pasado. Miro a Dani y me dice que no con la cabeza. Cuando miro a Carlos, veo tanta rabia en sus ojos que solo tengo ganas de salir corriendo de allí. Pero me aguanto. El siguiente es precisamente él.

No sé en qué momento fui consciente de lo que iba a ocurrir, creo que mucho antes de que pasara, justo cuando me negaba a participar. Ya entonces intuía que jugar a besar a los amigos aleatoriamente, cuando además existen sentimientos más profundos entre algunos de nosotros, no era buena idea.

Como no quiero besar a Carlos, y probablemente soy la única que no quiere, sobre todo después del beso que me acabo de dar con Jesús, pues, efectivamente, ley de Murphy, me toca a mí.

Carlos me da la mano para que me levante. Nos ponemos en el centro de nuevo. Me coge de la cintura, me acaricia el cuello con el dorso de la mano. Justo provoca en mí el efecto contrario al deseado, me siento mal, forzada, no quiero besar a Carlos y menos delante de Jesús. Carlos continua con sus preliminares y cuando está a punto de besarme y mientras estoy parada sin saber qué hacer, Jesús se levanta y se va corriendo. Le pongo la mano en la boca a Carlos y lo separo con toda la delicadeza que soy capaz de sacar y pidiéndole perdón. Aun así, veo ira en sus ojos, he vuelto a rechazarlo y encima ahora delante de todos. Sigo a Jesús adonde quiera que haya ido.

No veo dónde está, pero la puerta de la calle da golpes, así que imagino que la acaba de abrir con rabia. No hay muchas opciones, así que decido probar suerte en la playa. Hago el camino tropezándome porque no llevo linterna, y aunque la luna, que esa noche está enorme, ilumina una buena parte del camino, no es suficiente en mi estado de locura y embriaguez. Cuando llego a la roca lo veo sentado, mirando el mar.

—Jesús. —Ni siquiera se gira—. No le he besado.

—¿Por qué?

—Porque no me apetecía.

—¿Y a mí? ¿Por qué me has besado a mí?

—No me obligues a decirlo.

—Otra vez con tus prejuicios... Solo volverías a hacerlo jugando, ¿no? No eres capaz de reconocer que te mueres por besarme, nunca serás sincera contigo misma y confesarás abiertamente que te gusto, ¿no?

Se levanta y me mira enfadado, noto la rabia que le recorre el cuerpo. De pronto no soy capaz de controlarme. Está tan guapo, tan sexy, deseándome con tanta urgencia, odiándome tanto al mismo tiempo, que sin pesarlo, me lanzo a sus brazos y volvemos a besarnos con toda la pasión que hemos ido acumulando desde que nos conocimos.

Cuando logramos calmarnos un poco y dejamos de besarnos, apoyamos la frente del uno en el otro y Jesús me susurra:

—¿Y ahora qué, Robin? ¿Ahora qué?

38

Baby

—¿Debería ir con él? —me dice Dani tras el numerito de su hermano.

—No, ha ido Robin. Creo que es mejor que hablen.

A ver si es verdad y llegan a la conclusión de salir, porque no es sana la relación que tienen. ¡Van a explotar! A mí tampoco me parecería tan mal si lo hicieran... Sí, se llevan muchos años, pero Robin es como una cría, pasaría perfectamente por alguien de mi edad. Cuánto más la conozco, más se rompe esa imagen de mujer independiente, fuerte y con personalidad arrolladora que proyecta a través de su trabajo. Debería aplicar esa actitud a su vida personal.

Creí que después de lo ocurrido nadie tendría ganas de seguir jugando pero muy a mi pesar, no fue así.

No me hace ninguna gracia formar parte de esta tontería de la botella, pero no he sido capaz de quedar como la niñata aguafiestas del grupo. Tampoco me habría gustado quedarme fuera y que Dani sí jugara. Así por lo menos tenemos la opción de que nos toque juntos. Eso sí, tengo claro que me muero como le toque besar a Carmen o a Laura. Y es que me pone muy celosa cómo se relaciona con ellas. Creo que lo que ocurre es que Dani es un ligón por naturaleza. Estoy segura de que no quiere hacerme daño. Probablemente no haría nada con ninguna otra chica, porque sí me creo que me quiera. Pero veo que no sabe relacionarse con las chicas si no es seduciéndolas todo el rato. Ellas babean con él porque es muy guapo, divertido y encantador. Así que yo he de hacer de tripas corazón y no enfadarme, o no decirle que me enfado para que no se canse de mí. No quiero ser la típica tía que da problemas todo el rato.

Mientras analizo esa forma de ser que odio tanto como amo de Daniel (porque no olvido que a mí me conquistó también con esas armas), Carmen hace girar la botella. Los chicos se frotan las manos, todos quieren con ella. ¿Querrá también Dani? ¿Le hará gracia aprovecharse del juego para hacer realidad algo que quizá haya deseado, besar a la tía más cañón de la casa?

Y la botella se frena al llegar a la posición de Dani. Se me cae el mundo encima. Dani me mira y yo finjo una sonrisa, como dándole mi consentimiento. ¿Qué otra cosa puedo hacer? Ella se levanta, se coloca sus impresionantes tetas en su sitio, es decir, mostrándolas mucho más, y le llama.

—Venga, pequeño, ven aquí, que te voy a enseñar lo que es un beso.

La frase me perfora el corazón. ¿Qué insinúa la tía esta, que yo no beso bien? Me dan ganas de levantarme y arañarle la cara. ¡Y eso que no soy violenta! Pero es que es muy golfa. La odio. Se colocan en el centro y se dicen algo por lo bajini, no logro averiguar qué. Dani toma la iniciativa pillándole a ella un poco desprevenida, le da un pico y se aparta enseguida. Pero ella retrocede, se vuelve a pegar a su boca, le coge la nuca y lo obliga a recibir su lengua. Se besan un rato y por fin Dani consigue despegarse. Está colorado y tiene una media sonrisa. A pesar de haberse resistido, le ha gustado. Yo me quiero morir. Dani me busca con los ojos, pero no soy capaz de sostenerle la mirada. Jugamos un rato más y consigo que terminemos la partida sin que me toque ni una sola vez. Cuando por fin nos levantamos, como si me hubieran liberado, me invade toda la rabia y me pongo a llorar.

Salgo corriendo y me voy directa a la playa. Llego al final del camino y veo dos figuras. Reconozco a Jesús y a Robin. Están abrazados, ella tiene la cabeza apoyada en el cuello de él. No hablan, parece que ni respiran, es como si no quisieran romper la magia del momento, despertar de ese sueño quizá irrepetible que es estar juntos. Intento que no me vean, pero paso demasiado cerca de ellos para poder bajar a la arena.

—¿Baby? —Robin me ha cazado.

—¡Perdonad, no quería molestaros, ya me voy! —digo llorando ya abiertamente.

—Pero, bonita..., ¿qué ha pasado? —Robin me sigue. Cuando me alcanza, me frena y me obliga a hablar con ella.

—Relájate, Bae, dime, ¿qué ha pasado?

—Nada, Robin, ese juego del infierno...

—Lo sabía. ¡Mira que os avisé!

—Dani ha besado a Carmen.

—Bah, pero no habrá significado nada para él... Y Bae, tampoco para Carmen, ella está enamorada de Carlos.

—Pues no lo parecía...

—Lo que pasa es que intenta ponerlo celoso todo el rato y por eso coquetea con todo bicho viviente. Y encima Carlos pasa de ella. A él le gusta otra.

—Le gustas tú. Lo he notado.

—Sí..., haríamos tan buena pareja...

—Pues a mí me gustas más como cuñada.

—Ay, Baby..., ¡qué mal! Estoy loca... Soy una... ¡pederasta!

Y consigue que me ría a carcajada limpia.

—Un poco sí, no te lo voy a negar.

—¡Eh! Eso no me ayuda, ¿sabes? Además, ¡es casi mayor de edad!

Robin se sienta en el suelo bastante triste y me pongo a su lado. Hace una noche muy bonita. Este sitio está tan alejado de la civilización es tan salvaje y tan natural, que las estrellas se ven como en ningún otro. Me estremece la belleza que nos envuelve. El sonido del mar y el olor de la playa, la brisa que se nos enreda en el pelo…

Pasamos un buen rato en silencio, cada una sumida en sus pensamientos.

—Gracias, Robin. Me siento mejor. Era un juego, una tontería, tengo que verlo así… Pero es que Dani es tan mono… Todas pierden la cabeza por él y es muy difícil no ponerme celosa, ¡estoy tan enamorada de él!

Escucho el sonido de una guitarra… Robin y yo nos miramos sorprendidas. Necesito solo un par de acordes para reconocer el tema. ¡Es mi canción favorita! Poco a poco van acercándose a nosotras, aunque no podemos verlos todavía, está todo muy oscuro… Empiezan a cantar la letra y me emociono. La interpretan a un ritmo muy suave y en un tono muy meloso. Se colocan junto a nosotras, Jesús al lado de Robin y Dani al mío.

Escaparme, contigo
a un lugar que no hemos conocido.
Y cantarte al oído

las canciones
que tú cantas conmigo...

Me derrito.

—Lo siento, Bae —me susurra al oído Dani.

Me lanzo a besarle y nos quedamos todos en silencio. Creo que ellos también se están besando. Con un movimiento rápido, Dani me coloca encima de él y me coge en brazos. Hundo la cabeza en su pecho mientras siento sus brazos rodeándome.

—¡Mirad! ¡Son estrellas fugaces! —grita emocionado Jesús.

—¡Oh!

Suspiramos todos al ver esa imagen sobrecogedora. Un montón de estrellas fugaces se iluminan en el cielo creando el ambiente más imponente que jamás he visto.

Volvemos a quedarnos en silencio y estoy segura de que en mi vida olvidaré este instante. Es lo mejor que me ha pasado. Él es lo más bonito que me ha sucedido nunca. No quiero que este viaje se acabe.

Nos despertamos más o menos a la misma hora que el día anterior, pero nos cuesta el triple empezar a ser personas. Vamos como zombies por la casa, gruñendo «buenos días» a un lado y a otro. Como soy muy presumida, antes de salir al comedor a desayunar me he aplicado una BB Cream con color y un poco de máscara de pestañas, me he cepillado el pelo y me he puesto un bikini negro que se transparenta a través de la camiseta de algodón fina y ancha. Es blanca, igual que el short vaquero. Robin en cambio lleva la cara lavada, gafas de pasta y el pelo recogido en una coleta deshecha. No parece importarle mucho su aspecto. Y eso que no está muy favorecida... Me ve y fuerza una sonrisa.

—Buenos días, Bae, ¿has dormido bien?

—Sí, muy bien. ¿Tú?

—No, muy mal. A las ocho me he caído de la cama, ya no podía dormir más. He pasado por el pueblo, he comprado el desayuno, he hecho unas gestiones... Y ahora esperaba a que estuvierais todos despiertos, tengo algo que deciros.

Estamos reunidos en el salón; algunos no le han hecho caso a Robin y siguen hablando, pero la mayoría la mira expectante. ¿Qué es eso que tendrá que contarnos? Dani se acerca y se sienta a mi lado. Me coge la mano y me da un beso en los labios.

—Buenos días, princesa —me susurra.

Veo que lleva colgada la cadena con su media placa militar y saco la mía de debajo de la camiseta para que la vea.

—¿Qué pone en la tuya? ¿Te la grabaste también para ti?

—¡Claro! Mira.

Me la enseña y veo una *B*, mi inicial.

—Chicos, atención, necesito hablar con vosotros. —Robin coge una carpeta que hay sobre la mesa, la abre y saca de ella un taco de folios—. Estamos entre amigos, tanto monitores como alumnos, todos los que esta semana convivimos en la surf house somos de un pequeño núcleo de confianza. Por eso, quizá lo que os diga ahora os pueda parecer ofensivo pero creedme, lo hago por el bien común y sin ánimo de molestar a nadie. Algunos de los que estamos aquí nos dedicamos al mundo de los medios de comunicación o del espectáculo. Especialmente están en el punto de mira los gemelos, que, como sabéis, son cantantes y muy famosos. —Un par de chicos y también Carmen, se sorprenden, no los habían reconocido—. Cualquier acontecimiento mínimamente reseñable de su vida privada es carroña para la prensa rosa. Tras varias experiencias desastrosas en las que se han visto envueltos y con el fin de evitar que vuelva a pasar algo parecido, hemos tomado una decisión. Os vamos a dar un acuerdo de confidencialidad que tendréis que firmar, en el que todos nos comprometemos a no decir nada de lo que veamos o hagamos aquí estos días, incluyendo los días que ya han pasado. Tampoco se podrán hacer fotos sin autorización específica en cada momento.

Nos pasa una copia a cada uno y bolígrafos para compartir. Me levanto, cojo un boli, leo el acuerdo y lo firmo en cuestión de minutos. Hay muchos que comentan entre ellos las condiciones, que dudan... Pero poco a poco todos van firmando y entregándole a Robin los contratos.

—Pues no me parece bien.

Laura se ha levantado para decirlo y ha tirado el documento a la mesa con rabia.

—¿Y eso por qué? ¿Qué problema tienes?

—Pues porque no voy a firmar ningún acuerdo sin que estén mis padres delante. Además, soy menor de edad, no tendría ningún valor.

—Pero, Laura, ¿qué más te da? No te compromete a nada, simplemente es para que no cuentes nada a la prensa. Si no lo vas a hacer, ¿qué más te da?

—Eso, si no lo vas a hacer, ¿qué más te da? —repite Robin.

Laura aprieta los puños y los labios. Se está poniendo demasiado nerviosa. No sé muy bien qué le pasa.

—Vamos, Laura, no tenemos todo el día.

—Os he dicho que no lo pienso firmar.

—Pues el que no lo firme tendrá que abandonar la casa —dice Rafa muy serio.

Interviene muy pocas veces, pero cuando lo hace siempre es para hacer una broma muy divertida o para ponerse serio y contundente; no habla por hablar.

—Laura, pero ¿qué más te da? Si es una tontería. Si no vas a decir nada a la prensa... No seas ridícula, firma anda.

—No me llames ridícula, Baby.

—Era una forma de hablar...

Pero ¿qué le pasa a esta ahora?

—Laura, o firmas, o te tendrás que marchar.

Rafa insiste y Robin le pone la mano en el brazo para tranquilizarlo.

—Déjame a mí... —antes de que la cosa se ponga peor, lo vuelvo a intentar—. Laura, entra en razón, ¿por qué vas a crear todo este mal rollo sin ningún tipo de motivo? No seas boba y firma.

—¿Baby, quién te has creído que eres para llamarme boba?

—Pero, mujer, es una forma de hablar...

—¡Que te calles! No puedo firmar eso porque luego se me puede caer el pelo.

—¿Cómo?

—Que das pena tía... Te crees que le gustas a Dani y eres solo un pasatiempo para él. No para de mirarme a mí, de coquetear con Carmen... Es un golfo y te va a hacer la vida imposible.

—¡Laura! —Dani se levanta muy serio y la señala con el dedo—. No montes ningún numerito y deja de decir mentiras.

—Sois lo peor. Vosotros lo habéis querido. Os vais a arrepentir toda la vida de haberme tratado así.

—Laura, como sigas así...

—Cómo siga así, ¿qué? ¿Le vais a contar a Baby que fui yo la que filtró sus fotos con Daniel a la prensa? Ups, ya lo he dicho yo. Estoy harta de esta farsa. Lo hice porque ella me traicionó primero a mí.

No puedo creer lo que estoy oyendo… Es como si Laura se hubiera convertido en otra persona.

—¿Yo te traicioné? —pregunto casi temblando.

—No te hagas la mosquita muerta… Sí, te liaste con Dani a mis espaldas sabiendo que me gustaba mucho. Eres mala, Baby, y vas a pagar por ello.

Las lágrimas me salen solas sin poder contenerlas. Mi mejor amiga, ella fue quien me traicionó. ¿Cómo no me di cuenta antes? Estoy tan impactada que me he quedado inmóvil, llorando como una tonta mientras todos me miran y Dani me susurra al oído.

—Tranquila, shhhh, tranquila…

Sin saber cómo, en cuestión de segundos lo veo todo claro. Ellos lo sabían, todos. Por eso se han inventado lo del acuerdo de confidencialidad…

—¿Lo sabías? —le pregunto a Dani.

No hace falta que me conteste, su cara de culpabilidad es suficiente.

—¿Por qué no me lo dijiste?

—Bae, es complicado…

—¿Por qué me has mentido?

Se me parte el corazón otra vez. Nunca podré confiar en él. ¿Qué más no me habrá contado? ¿Sobre qué otras cosas me ocultará información? No puedo fiarme de nadie. Ni de mi mejor amiga ni de los nuevos amigos. Ni de Dani, ¿mi novio?

Me lo quito de encima y voy a buscar a Laura. Está recogiendo sus cosas. Se marcha.

—Laura...

—Aléjate de mí, Baby. Quédate con tus nuevos amiguitos...

—Pero ¿qué necesidad tenías de hacernos todo esto? Incluso aunque fueras tú la que nos traicionaste, ¿por qué no quedarte ahora con la única condición de no contar nada más? ¿No te habías vengado ya de mí?

Laura se ríe a carcajada limpia y saca su lado más perverso. Veo una cara que no reconozco, una actitud que no encaja con la amiga generosa y comprensiva que ha sido siempre conmigo.

—Porque aún no me he vengado del todo. Os vais a acordar de mí durante *muuuuucho* tiempo. Amiga, no quiero volver a verte nunca. Que te vaya muy bien con tu Dani. Y aprende la lección, nadie me traiciona sin pagarlo.

Sale por la puerta con su maleta y Carlos la espera cabizbajo, debieron de liarse anoche. Entiendo que será él quien la lleve al aeropuerto.

«Aún no me he vengado del todo». ¿Qué más piensa hacer para destrozarme si ya me ha arruinado la vida?

39

Jesús

Qué situación más violenta. Pero al menos nos la hemos quitado de encima. Imagino que Robin estará muy asustada por lo que pueda contar a la prensa la loca esta. Me parece muy fuerte que se haya ido con Carlos. Claro que él estaba destrozado. Está enamorado de Robin y ella está conmigo. Un crío como yo, de diecisiete años, le ha arrebatado la chica de sus sueños al tío más guapo que he visto nunca y por el que todas suspiran excepto... mi bonita.

—¿Robin? ¿Puedo pasar?

—Sí, *tranqui*...

Entro en su cuarto y cierro la puerta cuando veo que aún se está terminando de arreglar, está muy sexy. Me gustaba también recién levantada con la coleta y las gafas de ver, pero así me vuelve loco. Me acerco y la arrincono contra la pared. Me quedo a muy poca distancia de su boca, pero espero a que sea ella la que me bese. Acaba haciéndolo y me emociono. Sigo esperando con miedo que sea todo un sueño, que entre en razón y me rechace. Pero de momento está aquí, es real, está pasando.

Me encanta. ¡Sabe tan bien! Nunca había vivido una experiencia así, es la primera vez que beso a alguien y siento todo esto por ella. Es brutal. Soy… invencible. Nos abrazamos y le doy mil besos más en el cuello. La agarro del pelo y tiro un poco de él, le muerdo suave en la barbilla… La cojo y la lanzo sobre una de las camas de debajo de la litera más cercana. Me tumbo sobre ella y se estremece, me desea tanto como yo a ella. No puedo contenerme, lo quiero todo con Robin.

—Espera, espera…

—¿Más?

—Sí, más… Es muy pronto. Y… la casa está llena de gente y…

—Vaaaaaale. Es que no se puede estar tan buena, tía. Me pones malo.

—Y tú a mí, créeme, y tú a mí. No es fácil para mí frenarte.

—¡Pues no lo hagas!

Me dejo caer sobre ella, aplicando más peso sobre una zona concreta consiguiendo que suspire.

—¡Basta!

Y se escabulle muerta de la risa. Me quedo tumbado boca arriba mirando lo bella que es, impresionado por ver que al fin esa sonrisa me pertenece.

—No te preocupes, Robin, tengo toda la vida por delante. A tu lado esperaré todo lo que sea necesario.

Porque no es una ilusión, lo hemos conseguido. Por fin no hay prejuicios, la historia acaba con final feliz, Robin y yo estamos juntos.

—Te quiero, bonita.

40

Daniel

Ya no sé qué más hacer para volver a pedirle perdón a Baby. Desde que estamos juntos lo he tenido que hacer tantas veces que entiendo que ya no me crea. Me siento fatal porque ha perdido a su mejor amiga, que, por muy mala que sea, para ella significaba mucho. No sé qué decirle, pero es mejor no alargarlo más. Darío le ha dejado su dormitorio para que Bae tuviera intimidad y pudiera encerrarse a llorar tranquila con un cuarto de baño para ella sola.

—Bae, soy yo, ábreme por favor.

Llevo todo el día intentando que me deje pasar. Por fin lo consigo. Esta vez no tarda mucho en ceder. Tiene los ojos hinchados de tanto llorar. Me deja pasar, cierra con llave y se vuelve a tirar en la cama.

—Lo siento.

No dice nada.

—Nos amenazó con filtrar unas fotos de Jesús y Robin. Tienes que entenderlo, no podíamos jugárnosla. ¿Sabes lo que pasaría si los medios se enteraran de lo suyo? Se nos echarían encima. Y Robin, quién sabe, quizá hasta podría perder su trabajo.

—No exageres, Dani...

—En serio, es muy complicado... La prensa rosa es capaz de todo.

—Me puedo hacer una idea, sí...

—Es una manipuladora. Es mucho mejor así, que esté lejos de ti, lejos de nosotros. Metía cizaña para que desconfiaras de mí...

—Sí, lo he estado pensando todo este rato. Es como cuando rompes con un tío porque te enteras de que es un cabronazo que te ha engañado. Te duele, te enfadas, no quieres volver a saber nada de él, pero le echas de menos y sigues queriéndolo en contra de tu voluntad. Sé que se me pasará, pero... ¡hemos vivido cosas tan bonitas juntas! Ha sido una amiga genial en muchos momentos... Y en parte me siento culpable...

—¿Culpable?

—Sí, porque a ella le gustabas... Y yo no le dije que a mí también... Luego tú te interesaste por mí y no pude pensar en nada más. Solo quería estar contigo. Se lo tendría que haber contado, pero me daba una pereza infinita. Tenía miedo a que se enfadara y no me apetecía que me estropeara el momento, o que me pidiera que dejara de verte. Me nublaste el juicio...

—¿Te nublé el juicio? Mmm... ¿tan seductor soy? —Me acerco a ella y le hago cosquillas. Se revuelve y ríe hasta quedarse tumbada. Me chupo el dedo en plan sensual y se lo meto en la oreja—... ¡Toma fresquito!

Me río a carcajada limpia con la cara de asco que pone, da mucha rabia lo que le he hecho.

—¡Qué cerdo eres! ¡Para! ¡Déjame en paz!

Baby se parte de risa, aunque quiere parecer enfadada.

—Sabes que no voy a dejarte en paz nunca, ¿no?

De golpe nos ponemos serios. El ambiente ha adquirido de pronto otra connotación. Me cuesta respirar. Estoy encima de ella y tengo todo el cuerpo en contacto con su piel. Lleva unos shorts blancos indecentes y se le transparenta el bikini negro. Yo llevo un bañador ancho, muy fino, y noto su piel a través de él. Me quito la camiseta y me come con los ojos. Me acerco, nos besamos y meto la mano por dentro de su camiseta. Le acaricio los pechos por encima del traje de baño y suspira. Abre la boca para hablar, quiere decirme algo, pero consigo que ni lo llegue a pronunciar besándola de nuevo.

41

Baby

Me arde el cuerpo entero. Necesito que pase. Sé que es pronto, es probable que me arrepienta, pero algo me dice que es el momento y si hay alguien con quien quiero vivir mi primera vez es con él. Sus labios me recorren el cuello, se aprieta contra mí frotándose con fuerza, me ha tocado por encima del bikini y casi me muero. Acaricio su pecho desnudo y me sorprendo de lo duros que están cada uno de sus músculos. El surf se le está notando en tan solo dos días que llevamos aquí. Meto la mano en su pelo, lo acerco hacia mí, quiero que me vuelva a besar. Cierro los ojos y presto atención a la sensación tan bonita y sensual que es tener su lengua dentro. En un arrebato, me quito la camiseta. Nos quedamos sentados sobre la cama y él, sin parar de mirarme, se quita también el bañador. No soy capaz de mirar directamente su calzoncillo, pero de refilón veo que está abultado. Me muero de calor, y de miedo, y empiezo a estar muy nerviosa.

Dani me besa y se aparta un momento de mí. Se levanta y abre la mesita de noche. Rebusca un momento y saca un preservativo.

—Se lo cogeremos prestado a los chicos, ¿te parece?

Me enciendo tanto que no soy capaz de articular palabra. Las mejillas me arden de la vergüenza.

Es él, estoy dispuesta a que pase. Me dejo llevar y lo disfruto.

Cuando terminamos, nos quedamos abrazados y acariciándonos. Él me toca la oreja y yo recorro su pectoral con mis preciosas uñas pintadas en rosa palo (estoy muy orgullosa de lo bien que me han quedado). Ha sido, mágico, maravilloso, perfecto. Nunca había imaginado que sería tan bonito. Mis amigas me lo pintaban tan mal, decían que era tan distinto a las *pelis*… Pero debe de ser que no escogieron al chico adecuado. Dani ha sido atento, respetuoso, dulce, generoso… Ha sido el mejor momento de mi vida. Estoy tan feliz como agotada. Entre el disgusto de esta mañana, el llanto y ahora esto, siento tanto alivio que me empiezan a faltar las fuerzas.

Unos golpes en la puerta me devuelven a la realidad.

—Bae, nos hemos quedado dormidos…

—Mmmmm, ¿qué hora es?

—No lo sé, preciosa. Pero parece que estos quieren entrar…

Volvemos a escuchar golpes en la puerta, esta vez más insistentes.

—Ya vaaaaaaaaa…

—No quiero moverme de aquí, Dani, quiero estar siempre así contigo.

Más golpes, mucho más constantes y agresivos.

—Darío, que ya vaaaa… ¡Tranquilo! Bae, ha sido el mejor momento de mi vida. Gracias por hacerme tan feliz.

Dani me besa, nos abrazamos y se levanta.

—Deberíamos salir. Va, vístete, cariño.

—Vooooy…

—¿Lista?

—Sí.

Dani abre la puerta y se me cae el mundo a los pies. Mis padres están en el umbral con la cara descompuesta. Mi padre aparta de un empujón a Dani y mi madre se acerca hasta mí y me da un bofetón.

—¡Que sea la última vez que me das un susto así! ¿te enteras? ¡Te la has cargado, Baby, se te va a caer el pelo!

«Aún no me he vengado del todo». Las palabras de Laura y su risa maligna se repiten en mi cabeza mientras intento reaccionar a la desagradable sorpresa de mis padres encolerizados llevándome con ellos. Apenas me puedo despedir de Dani, ni de nadie. Ni siquiera me dejan que recoja mis cosas. Solo oigo gritos y llantos. Todo ocurre muy deprisa. Dani está indignado, les grita cosas que no soy capaz de asimilar con el sofoco que llevo. Llora como un niño pequeño. Mi padre lo aparta de mí y me obliga a andar hasta el coche. Cierran rápido la puerta y casi al segundo, arranca. Dani corre y golpea con sus puños el cristal de mi ventanilla.

—¡Bae, te quiero! ¡No te olvides nunca de mí! ¡Por favor!

42

Robin

Parece que Daniel ya no tiene fuerzas para seguir llorando. Se ha quedado traspuesto en el sofá, acurrucado junto a Jesús. Ya no sé qué más puedo hacer. Les he ofrecido bebida y comida como si estuvieran enfermos y yo fuera una madre preocupada. Y es que Jesús también está destrozado. Tiene mucha empatía con su hermano. Está siendo una escapada muy intensa, con demasiadas emociones. Decido irme sola un rato a pensar, necesito que me dé el aire. Me voy a la playa y me quedo arriba, en mi sitio favorito de Nemiña, esa roca que te permite disfrutar de las vistas de la zona incluso de noche cuando hay luna llena como hoy.

—Robin, ¿estás bien? —Rebeca hace que me sobresalte.

—Sí, guapa, solo necesitaba tomar un poco el aire.

—¿Qué tal con Jesús?

—Sin comentarios...

—No, sin comentarios, no. ¡Cuéntamelo todo ahora mismo! ¿Cómo ha sido besarlo? ¿Qué más ha pasado entre vosotros? ¿Habéis hablado de la relación que tendréis a partir de ahora? ¡Lo quiero saber todo!

—Que no, Rebe, que no seas pelmaza, que no tengo energía para hablar...

—Pero... ¡tía, que soy yo! ¡Que conmigo puedes hablar!

—Todo bien, ¿vale? Necesito estar sola.

—¿Estás de coña?

—¿De verdad no puedes entender que quiero escuchar mis propios pensamientos?

—Vaaaaaale, vaaaaaaale... Me voy, antipática. Y cuando me necesites... quizá sea yo la que no tenga fuerzas para escuchar tus tonterías.

Se levanta con rabia y se marcha. Aunque me siento fatal por haberle hablado tan mal y una parte de mí necesita pedirle disculpas, no reacciono, me quedo inmóvil. No sé qué me pasa, pero no estoy bien.

He perdido la noción del tiempo. Jesús llega para devolverme a la realidad. Se arrodilla a mi lado y me abraza.

Es reconfortante sentir su calor, sobre todo cuando me doy cuenta de que estaba quedándome helada.

—¿Cómo estás, bonita? ¿Qué haces aquí sola? Te vas a resfriar. —Su aliento cálido me acaricia el cuello y mi cuerpo reacciona con un escalofrío. Todo el vello se me eriza—. ¿Vamos a la cama, Robin?

—¿A la cama? —Me quedo sin respiración.

—Sí, cada uno a la suya. Hoy mi hermano me necesita.

Y me recorre los labios muy despacio con su pulgar.

—Sí, claro, vamos.

Nos levantamos y nos quedamos el uno frente al otro. Se acerca despacio y me besa muy dulcemente, atrapando al final mi labio inferior entre los suyos. Me aprieta contra él y me coge de la nuca mientras me acaricia el cuero cabelludo con una mano hundida en mi melena. Experimento muchas sensaciones que me aceleran el corazón. Es agridulce. Una mezcla de necesidad, culpa y deseo descontrolado.

Volvemos a la casa cogidos de la mano y nos despedimos en la puerta de mi habitación con otro beso y un abrazo que me saben a desesperación. Me duele el alma cuando me separo de él.

Una vez en la cama, a oscuras, en silencio, rodeada de compañeras que ya duermen, siento que me ahogo. Odio no haber sido fuerte, no haber logrado contenerme. Mi mente no me deja descansar, no me permite olvidar el gran error que estoy cometiendo. Cuando calculo que ya están todos durmiendo, decido que es el momento. Cojo lo imprescindible y me marcho. No aviso a nadie. Simplemente desaparezco, huyo como la cobarde que soy.

Tres horas después de conducir sin rumbo, busco donde aparcar el coche para dormir un rato.

Tengo miedo, frío y estoy agotada. Siento que soy la peor persona de la faz de la tierra. No puedo ni imaginar qué pensarán cuando despierten.

Rebeca no me lo va a perdonar nunca, lo sé. No solo no le he confiado mis sentimientos, sino que además la he dejado tirada en la casa.

Y Jesús… me va a odiar para siempre.

Me despierta el ruido del teléfono móvil vibrando. Es Rebeca. No contesto. Todo me da vueltas. Recuerdo mi huida nocturna como una pesadilla, como si no hubiera sido real. Recibo otra llamada, ahora es Jesús. Sigo sin contestar. Estoy en mi coche, retorcida, sin haber dormido más de dos horas seguidas y con un dolor de cabeza insufrible.

No sé qué decirles. La vergüenza me mata. No sé cómo explicarles por lo que estoy pasando.

Han pasado dos meses desde aquella maldita noche en la que decidí que mi vida se volviera oscura, triste y solitaria. Rebeca no ha vuelto a ponerse en contacto conmigo y lo peor, no me coge el teléfono ni contesta a mis mensajes. Sé que tiene razón y comprendo que no quiera verme ni en pintura, pero la echo tanto de menos, la quiero tanto, la necesito en mi vida con tal intensidad que no pararé hasta que me perdone.

Hola, Rebeca:

Te escribo un e-mail a ver si hay suerte y lo lees, ya que no me coges el teléfono ni contestas a mis mensajes de WhatsApp…

Entiendo perfectamente que estés enfadada conmigo porque no te conté lo que me pasaba y, sobre todo, porque te dejé tirada. De verdad, ¡no sabes cuánto lo lamento! Me siento la peor persona de este planeta. Soy una cobarde. Nunca podré reparar el daño que te he hecho, pero espero que sigas leyendo y que quizá, puedas comprender lo que me pasó y, algún día, perdonarme.

Las cosas se habían complicado demasiado… ¡Me estaba asfixiando! Jesús daba por hecho que estábamos juntos y yo me moría por dentro al no ser capaz de confesarle la verdad. Sabía que cuando acabase el viaje, cuando volviéramos a Madrid, lejos de Nemiña, sería incapaz de continuar con esa «relación».

Esa noche tuve un ataque de ansiedad, me costaba respirar y tenía taquicardia. Cuando conseguí tranqui-

lizarme, sentí el impulso de huir. Recogí mis cosas y me largué. Estuve unos días por las playas de alrededor, haciendo surf sola y durmiendo en el coche. Necesitaba pensar y llorar. Tuve la tentación de llamarte varias veces, te necesitaba. Pero me daba miedo que estuvieras con él, no quería oírte echándome una gran bronca y diciéndome lo insensible e irresponsable que era. Con el tiempo, se me fue haciendo una bola y cada día me costaba más lanzarme a llamarte. Cuando llegué a Madrid me quedé unos días sola en casa y hasta que no hablé con Fede, que vino a verme, no tuve el coraje suficiente para hacerle frente a la realidad.

Jesús tampoco me ha cogido el teléfono desde entonces. Ni Dani, que no sé cómo llevará que Baby esté viviendo fuera del país. ¿Te has enterado de que sus padres la mandaron a París para alejarla de él?

Ha sido muy duro volver al trabajo, incluso salir a la calle estando en boca de todos. ¡Qué paradójica es la vida! Me fui porque no era capaz de contarle a mi gente que tenía una relación con Jesús y resulta que el mundo entero sigue creyendo que estoy con él. El destino me tenía preparado este escarmiento ejecutado por la bruja de Laura, que en el fondo me ha hecho ver las cosas desde otra perspectiva. Cuando descubrí que no solo publicaban nuestras fotos de Valencia, sino también las del juego de la botella, las de la playa, en las que salimos juntos haciendo surf, paseando por la orilla del mar, peleándonos aquella tarde..., ¡quería morirme! Toda nuestra historia está fotografiada y analizada en todos los programas de televisión y las revistas del corazón. En realidad me lo merezco. Y, como te decía, me ha servido para no volver a avergonzarme nunca más de mis sentimientos.

Lo sé, un poco tarde.

Rebeca, te quiero muchísimo y necesito que me perdones. Lamento mucho que mi caos interno haya afectado de este modo nuestra relación. Para mí sigues siendo mi hermana, y esperaré e insistiré lo que haga falta hasta volver a tenerte a mi lado.

Deseo que estés bien. Ha llegado a mis oídos que has empezado una relación con Fran. Me alegro muchísimo por los dos, hacéis muy buena pareja.

Ojalá pudiera retroceder en el tiempo, ¡cambiaría tantas cosas!

Si no me contestas, volveré a escribirte, pero, por favor, dime algo, sista.

Te quiere,
Robin

Epílogo

Jesús

—Son maravillosas, ¡enhorabuena!

—Gracias, Pedro. Viniendo de ti es todo un honor.

—De verdad, me habéis dejado muy impactado.

—Hemos concentrado toda nuestra energía en estas nuevas composiciones.

—¿De dónde habéis sacado la inspiración para crear temas tan crudos, tan... intensos?

—De la vida, Pedro, de la vida. ¿Verdad, Dani?

El estudio de grabación es nuestro nuevo hogar. Desde que volvimos de Nemiña nos hemos refugiado en la música. Nos pasamos el día entero hablando de melodías, ritmos y rimas, confeccionando un traje para nuestros sentimientos. Buscando que así duelan menos, que tomen vida propia y abandonen por fin nuestro corazón.

No he vuelto a hablar con Robin. Intento no pensar en ella. Nadie me la nombra. A veces, querría que me preguntaran si sigo queriéndola, si sigo llorando por ella, si mantengo la esperanza de que un día vuelva. Pero nadie lo hace. Quizá tengan miedo a mis respuestas.

Ayer me escribió un mensaje. «Me gustaría hablar contigo». Hablar conmigo. Ahora.

No le he contestado, pero he entrado a leer la frase un millón de veces. Como si fuera a encontrar un matiz diferente, un significado oculto, alguna explicación a lo que hizo.

Supongo que dentro de unos meses ni me acordaré de ella. «El tiempo todo lo cura», dice mi madre. Y Marta ayuda. Es la niña más bonita y dulce que he conocido nunca. Hace que tenga fe en que todo este dolor se me pasará. Antes o después, pero se esfumará. ¿Verdad?

Daniel

Por fin sé algo de ella. En cuanto pueda iré a verla. La buscaré en París, en todas y cada una de las escuelas de ballet que hay si hace falta. Que todo sea tan difícil, saber que la arrancaron de mi vida con tanto sufrimiento, pensar que está en contra de su voluntad en un país extranjero y haciendo algo que no le ilusiona mantiene vivos todos mis sentimientos por ella.

Necesito verla pronto. Tengo la terrible sensación de que se me está olvidando su cara, el sonido de su voz, su olor...

No puedo dejar de interpretar las canciones que he creado pensando en ella. De algún modo me siento mejor, viendo que he sacado algo positivo de tanto dolor. Estoy deseando ver la cara que se le queda cuando se las cante. ¿Me seguirá queriendo? ¿Querrá volverme a ver? ¿Luchará por mí?

Solo sé que hasta que no lo descubra no descansaré.

Agradecimientos

«Escritora y actriz». Eso contestaba cada vez que me preguntaban qué quería ser de mayor. Poco a poco fui cambiando de objetivos y al final he tenido una trayectoria profesional en la radio maravillosa que me ha dado la posibilidad de desarrollar otras facetas, como en este caso, la de escribir. En esta novela hay mucho de las experiencias que he ido acumulando en el mundo de la industria musical y de los medios de comunicación.

Un millón de gracias, Pablo, Ana, Elísabet, Gonzalo y demás compañeros de Penguin Random House, por creer en mí y ayudarme a llevar a cabo, con tanto cariño y talento, este sueño hecho realidad.

Gracias a Jesús y Daniel por ser los mejores *musos* que podría tener, por facilitarme todos los detalles que he necesitado conocer para crear los personajes y por hacer que cada minuto con vosotros sea una experiencia inolvidable. Os adoro.

Gracias a Esther por ser mi primera lectora, por ser crítica y hacerme sentir segura. Eres un amor.

Gracias, mamá, papá y Ana, por vuestro apoyo incondicional, por creer tanto en mí, por vivir todos mis proyectos con tanto entusiasmo. Os quiero.

A Miriam y a Mónica por su arte sevillano, gracias por los chivatazos.

A los *sinfils,* mis amigas catalanas, la de León, los madrileños, los valencianos, a todos mis compañeros de trabajo. A toda mi familia, especialmente mis sobrinos y primos adolescentes, por ser una constante fuente de inspiración, por vivirlo todo con tanta emoción y alegraros de cada uno de mis pasos.

A mi tío Honorato Boscá por predecir que algún día yo también escribiría un libro, gracias por marcarme el camino.

A Juan Ángel, por quererme, apoyarme y ayudarme a conseguir todo lo que me propongo.

A todos los que seguís mi trabajo porque me dais fuerza para asumir nuevos retos.

A ti, que has leído esta historia, por hacerla tuya.

Este libro
se terminó de imprimir en España
en el mes de mayo de 2016